古典文獻研究輯刊

七　編

潘美月・杜潔祥　主編

第 11 冊

明代艷情小說研究

傅　耀　珍　著

國家圖書館出版品預行編目資料

明代艷情小說研究／傅耀珍 著 — 初版 — 台北縣永和市：花
木蘭文化出版社，2008〔民 97〕

目 4+200 面；19×26 公分
（古典文獻研究輯刊 七編；第 11 冊）

ISBN：978-986-6657-61-0（精裝）
1. 明代小說　2. 情色文學　3. 文學評論

820.9706　　　　　　　　　　　　　　　　97012740

ISBN - 978-986-6657-61-0

9 789866 657610

古典文獻研究輯刊
七　編　第十一冊　　　　　　ISBN：978-986-6657-61-0

明代艷情小說研究

作　　者　傅耀珍
主　　編　潘美月　杜潔祥
總 編 輯　杜潔祥
企劃出版　北京大學文化資源研究中心
出　　版　花木蘭文化出版社
發 行 所　花木蘭文化出版社
發 行 人　高小娟
聯絡地址　台北縣永和市中正路五九五號七樓之三
　　　　　電話：02-2923-1455／傳眞：02-2923-1452
電子信箱　sut81518@ms59.hinet.net
初　　版　2008 年 9 月
定　　價　七編 20 冊（精裝）新台幣 31,000 元

明代艷情小說研究

傅耀珍　著

作者簡介

姓名：傅耀珍

學歷：國立高雄師範大學國文學研究所

現職：國立恆春工商國文科專任教師

學術研究成果：

學位論文

《明代艷情小說研究》2006.6

期刊論文

1. 〈柳暗花明又一村——從中國園林談陶淵明「桃花源記」之原型〉發表於 2005.11.5「清大中文 2005 全國研究生論文討論發表會」

2. 〈網際網路中的語言現象探討——以台灣為例〉發表於 2005.9.1《國文天地》第二十一卷第四期

3. 〈嚴羽《滄浪詩話》「氣象」析論〉發表於 2004.12《問學》第七期

4. 〈超文本文學的美學探討與未來危機：以台灣超文本文學為例〉發表於 2004.9.1《國文天地》第二十卷第四期

5. 〈從《顏氏家訓》觀婦女對家庭的影響〉發表於 2004.7.28《孔孟月刊》第四十二卷第十一期

6. 〈鄭板橋之家書十六通的現代省思〉發表於 2003.12《中國語文》第五五八期

提　　要

　　本論文主要以研究明代艷情小說中的男性以及與小說相關的男性之心理特徵。一般而言，艷情小說的作者多為男性，其筆下的男性，有時是作者心理狀態之呈現，也時是當代男性的圖像，而艷情小說的創作是作者在個人經濟因素、圖書市場與消費者的期待下，有意創造的商品。因此，若從男性心理的角度觀之，艷情小說從作者、圖書市場到讀者，勾勒出明代男性部份的情欲圖像，從小說的創作到接受過程中，男性的性心理不斷的影響他人或被影響，意即：男性的性意識透過艷情小說而傳播。此外，小說中的女性有是研究男性心理的另一個角度，一方面，情節中女性的言行舉止，有可能是男性的心理期待；二方面，中國女性的思維與行為模式是在男性教育下形成的，因此，從對小說中女性的研究，或許也可成為研究男性性心理的另一片拼圖。

　　一、明代情色書寫的裸露程度甚於以前，人性中情感的部份減少，動物性的欲望增加。

　　二、男性對女性的「凝視」形成一種控制力量，這股力量的背後成顯出男性是女性為「第二性」與「陽具中心」心態。

　　三、作者於小說中構築一個「情色花園」，即男性的「色情的理想情境」。

　　四、艷情小說創作者在書寫中，呈現淫行書寫與勸誡說教之矛盾。

　　五、艷情小說作者創造一個性遊戲，而讀者也以遊戲心態加入遊戲中。

　　六、從性別、性認同與權力建構三方面來檢視艷情小說，其稱不上是性解放。

目

次

第一章　緒　論

第一節　研究動機與目的

　　明代最早的艷情小說是《如意君傳》，〔註1〕爾後的《金瓶梅》便正式開啓明代艷情小說的風潮。明末清初官方曾多次禁毀淫穢書籍，因此，現今保存下來的明代艷情小說數量有限；其中《癡婆子傳》還傳至日本，與《如意君傳》一同影響了當時日本的古典文學。〔註2〕

　　現今，我們該如何看待明代的艷情小說？有人認爲艷情小說是道德的淪喪，是人性的墮落，是文人俗化的結果，它不配稱爲文學。首先，筆者以爲艷情小說作者的創作動機是市場取向與讀者取向，其書寫初衷並非以創作一部動人小說爲依歸，而是將其視爲禮教束縛的宣洩，並著眼於商品的生產、流通與利潤，因此，視艷情小說不配稱爲文學的說法大可不必。其次，視艷情小說爲道德淪喪的說法，部分是偏見。艷情小說著重性行爲的描寫，對作者而言，除了紓解欲望外，便是營利；對讀者而言，其意在透過閱讀，獲得感官滿足，達到某種程度的性補償或性滿足。但是，性爲人之正常本能，性行爲是欲望的紓解，其與道德並非必然相關。面對小說中的性顛倒、性暴力、性喜好等，雖然部分情節過度誇張，但我們卻無法否認，有時這些是人性中最幽微、最難以理性解釋的部份，只是它被有意識或無意識的寫出、說出。因此，僅以人性墮落或道德污穢來評斷它，則過於簡化。以上對艷情小說的

〔註1〕據孫楷第考證，《如意君傳》應於明宣德（1426～1435）、正統（1436～1449）間。參見《如意君傳》之出版說明，頁15。

〔註2〕參見（1）《明清社會性愛風氣》，吳存存，大陸：人民文學出版社，2000年，頁90～91；（2）同註1，頁16～17。

說法，部分確實存有偏見，因此筆者嘗試以其他角度來觀察艷情小說，期待以更開闊的視野來研究它。

目前對於明代情色書寫的研究，大多侷限在《金瓶梅》、《三言》、《二拍》、《弁而釵》、《宜春香質》與《龍陽逸史》等文本。研究的角度大多在以下各方面：社會政治方面，如社會風氣對小說的影響、法律對婦女的箝制與守寡的獎勵；文化方面，如自小說來觀察古代房中術的使用、房中術如何影響男女的性生活、遠古生殖崇拜的遺俗等；心理方面，如男女如何在道德與情欲間作抉擇、其過分壓抑後的情欲張揚、男女的性心理；小說寫作方面，如探討文本中的人物類型、書寫模式等。

總上研究現況，筆者以為：研究的文本若能再擴及明代其他艷情小說，將可綜合觀察與比較，理出其中異同。再者，對於研究的視角應該再提升，自現象的歸納再進行深入探討，研究角度諸如，以西蒙・波娃（Simone de Beauvoir）的「第二性」來觀察明代艷情小說中男性的意識形態；以傅柯（Michel Foucault）規訓與懲罰的觀點及約翰・柏格（John Berger）的「凝視方法」，來觀察男性對女性的權力運作與控制；〔註3〕以「空間」與「身體」的概念來觀察男女的情欲活動與行為；以容格（Carl Gustav Jung）的「阿妮瑪」觀點探索艷情小說男性作者的潛意識。以上所提出的研究方法已漸受國內學者關注，對於男女情欲的研究將是個新的視野。

第二節　文獻探討

一、主要研究文本之探討

本論文所討論的文本共計十四本，皆出自明代，收入《思無邪匯寶》〔註4〕叢書。《思無邪匯寶》收錄明清兩代的艷情小說，並附唐初張文成的《遊仙窟》與明代鄴華生的春宮畫冊《素娥篇》，由法國國家科學研究中心研究員陳慶浩主編，原稿分置世界各地圖書館收藏。該叢書為第一部艷情小說集萃，並以高級絲光棉燙金，象牙道林十六開本精印，不僅美觀，也極富學術價值。

《遊仙窟》為我國現存最早的艷情小說，其書寫方式、騈散互用、故事情節等對後代影響甚深。〔註5〕該書於張文成在世時就已流入日本，並在中國亡佚，直

〔註3〕傅柯（Michel Foucault）與約翰・柏格（John Berger）的觀點，並非出自於對情色書寫的研究，僅是筆者受到兩人的啟發，將其想法運用在艷情小說的研究上。
〔註4〕台北：台灣大英百科出版。
〔註5〕參見《遊仙窟》，收入《思無邪匯寶》，台北：台灣大英百科，頁20。

至楊守敬（1839～1915）於日本發現抄本，該本才重新在中國出現，受到注意。《素娥篇》則是將春宮畫編輯成故事，並以詩詞描述兩性性交姿勢共四十三。〔註6〕

在主要研究文本中，筆者就小說主要描寫對象，大略分爲三大類：第一類爲異性戀類，多述及男女兩性間之性事，同性戀則爲散見；第二類爲同性戀類，專記同性戀，共計三本；第三類爲僧尼類，僅《僧尼孽海》一本。文本之故事梗概與版本情況現以表格整理如下：

類別	書　名	作　者	情節梗概	版本與存書狀況
異 性 戀 類	《海陵佚史》	無遮道人	海陵以遍尋天下美色爲大志，四處勾引已婚婦女。	原名《初像批評海陵佚史》。現存者爲孤本。此書明顯文白夾雜，前段以文言書寫，故事背景全抄自《金史》。故事情節部分則以白話書寫，內容槪取材自說書人。（參見「出版說明」頁23～31）
	《繡榻野史》	呂天成	互換性伴侶。	版本、分卷及撰者有多種，現據《思無邪匯寶》叢書，以爲作者爲呂天成。現存版本、插圖最全者爲日本元鹿島收藏。（參見「出版說明」頁15～28）
	《昭陽趣史》	古杭生	狐精與燕精被玉帝打入人間受苦，然二人仍舊縱淫，死後被分別化爲龜與虎。	版本多種。故事情節取材自託名漢代伶玄的《飛燕外傳》、宋代秦醇之《趙飛燕別傳》等。（參見「出版說明」頁15～21）
	《浪史》	風月軒又玄子	浪子好色，並且男女不拒，縱欲一生，後隱居山中並得道入仙籍。	又稱《浪史奇觀》、《巧姻緣》、《梅夢緣》。推測爲明萬曆中後期作品。（參見「出版說明」頁15～21）
	《玉閨紅》	東魯落落平生	國府小姐閨貞與丫環失散並被騙賣淫。	全稱《繡像玉閨紅全傳》，共六卷，每卷計五回，現僅殘存第一至十回的內容，第三、四卷僅存目。（參見「出版說明」頁275～280）
	《別有香》	桃源醉花主人	多記男女豔遇（遇妖）的故事，尙有寡婦與男風的情欲生活。	現存爲孤本，爲大陸中國社會科學院劉世德收藏。殘缺嚴重，全冊應爲九回，闕第六至十二回。（參見「出版說明」頁15～20）

〔註6〕內容及特色參見《素娥篇》，收入同前註。

異 性 戀 類	《載花船》	西泠狂者	共四卷，各分四回，共記三則故事。前二則爲一般男女淫逸的情節，另一則記武則天派遣女子若蘭到民間蒐羅美男子，以供其逞淫。	全書分四卷十六回，然序言、插圖及第一、二、十一、十二回內容皆散失。原稿現存於日本東京大學東洋文化研究所。（參見「出版說明」頁15～20）
	《如意君傳》	徐昌齡	武則天淫穢宮廷之事。	共一冊，不分回。取材自歷史筆記小說。其對後來的艷情小說影響頗大，如《癡子婆傳》、《素娥篇》、《僧尼孽海》、《續金瓶梅》、《肉蒲團》、《桃花影》等，不論在人物描寫或故事情節皆有明顯模仿痕跡。（參見「出版說明」頁15～21）
	《春夢瑣言》	不題撰人	故事架構實自《遊仙窟》而來。	此書僅存日本傳抄本，不見「評」。（參見「出版說明」頁343～346）
	《癡婆子傳》	芙蓉主人	女子阿娜一生縱欲，後遭七出，獨居陋巷，好講年輕淫事，藉之警示眾人勿淫。	共分上下兩卷。成書當在明萬曆四十年。此書在清代頗流行，《肉蒲團》在故事中曾提及該本。日本江戶時期的《好色一代女》小說可能受《癡婆子傳》影響。（參見「出版說明」頁79～84）
同 性 戀 類	《龍陽逸史》	醉竹居士	記二十個小官的故事。多是負面人物。	全稱《新鐫初像批評通俗小說龍陽逸史》。不分卷，共二十回，現存日本。（參見「出版說明」頁15～22）
	《弁而釵》	醉西湖心月主人	記四個小官的故事，多爲正面性人物。	共分四記，各記有五回，共二十回。版本之一存於台北故宮，其他版本眾說紛紜，無法確定藏處。（參見「出版說明」頁15～20）
	《宜春香質》	醉西湖月主人	記四個小官的故事，多爲負面性人物。	全書共風、花、雪、月四集，每集五回，各演一個故事。原稿現存日本，何時流入尚待研究。（參見「出版說明」頁15～20）
僧 尼 類	《僧尼孽海》	唐伯虎選輯	書寫僧尼的性生活，大多爲負面性人物。	分乾、坤二集，乾集以描寫和尚爲主，坤集則以尼姑爲主。〔註7〕（參見「出版說明」頁153～156）

〔註7〕 此書效法公案小說將罪刑部份另外歸類，因此，該本特別針對有惡行惡狀的僧尼進行書寫。該篇目名稱的命名方式大致相同，以僧尼之名稱爲目，如「柳州寺僧」、「明因寺尼」，然有兩處以情節爲目，如「女僧嫁人」、「張漆匠遇尼」。

二、相關研究文獻之探討

　　近十年國內外對於性及情色的研究頗豐，較具參考價值者，如：劉達臨《縱橫華夏性史——古代性文明搜奇》、〔註8〕劉達臨《世界古代性文化》、〔註9〕康正果《身體與情慾》、〔註10〕熊秉眞主編《欲掩彌彰：中國歷史文化中的「私」與「情」——私情篇》、〔註11〕矛盾及傅憎享等著《中國古代小說中的性描寫》、〔註12〕孫琴安《性文學十講》、〔註13〕高羅佩《秘戲圖考》、〔註14〕高羅佩《中國艷情：中國古代的性與社會》、〔註15〕王溢嘉《性、文明與荒謬》〔註16〕等。以上是跨時代的「性」研究，研究的層面有醫學、文化、心理、文學等。

　　專注明代情色文本的研究者，一般書籍或期刊論文方面，如：吳存存《明清社會性愛風氣》、〔註17〕熊秉眞與余安邦等著《情慾明清——逐慾篇》、〔註18〕陳東山〈《金瓶梅》裡的性文化〉、〔註19〕李國彤〈明清之際的婦女解放思想綜述〉、〔註20〕王汝梅〈明代艷情傳奇小說名篇的歷史價值〉；〔註21〕學位論文方面，如：莊文福〈《金瓶梅詞話》人物形象研究〉、〔註22〕全恩淑〈《金瓶梅》中婦女內心世界研究：欲望與現實之間的掙扎〉、〔註23〕馬琇芬〈從婚姻、嫉妒、性慾看《金瓶梅》中的女性〉、〔註24〕秦佳慧〈金瓶梅王婆形象之塑造及其影響〉、〔註25〕梁欣芸〈《金瓶梅》「男女偷情」主題研究〉、〔註26〕潘嘉雯〈《金瓶梅》人物論〉、〔註27〕劉燕芝〈《二

〔註8〕　台北：性林文化事業股份有限公司，1995年11月初版一刷。
〔註9〕　大陸：上海三聯書局，1998年6月第二次印刷。
〔註10〕　大陸：上海文藝出版社，2001年5月第一次印刷。
〔註11〕　台北：漢學研究中心，2003年9月初版。
〔註12〕　大陸：百花文藝出版社，1993年3月第一次印刷。
〔註13〕　大陸：重慶出版社，2001年。
〔註14〕　大陸：廣東人民出版社，1992年。
〔註15〕　台北：風雲時代，1994年。
〔註16〕　台北：野鶴出版社，2001年3月初版十二刷。
〔註17〕　大陸：人民文學出版社，2000年。
〔註18〕　台北：麥田出版，2004年3月初版一刷。
〔註19〕　《當代》，1987年8月1日。
〔註20〕　《近代中國婦女史研究》第三期，1995年8月。
〔註21〕　大陸：吉林大學社會科學學報，1998年第六期。
〔註22〕　私立文化大學中國文學研究所碩論，1996年。
〔註23〕　國立清華大學中國文學系碩論，2001年。
〔註24〕　國立中山大學中國文學系研究所碩論，1996年。
〔註25〕　國立中正大學中國文學系碩論，2003年。
〔註26〕　國立中興大學中國文學系碩論，2004年。
〔註27〕　私立玄奘大學中國語文學系碩論，2005年。

拍》婦女研究〉、〔註 28〕馮翠珍〈《三言二拍一型》之戒淫故事研究〉、〔註 29〕陳秀珍〈《三言》、《二拍》情色世界探究〉、〔註 30〕吳玉杏〈《三言》之越界研究〉、〔註 31〕陳嘉珮〈《三言》《二拍》愛與死故事探討〉。〔註 32〕以上發現，研究文本多集中在《金瓶梅》、《三言》與《二拍》，研究的角度爲文化、心理及小說人物的形象等，值得注意的是，小說中的婦女逐漸受到重視。

關於同性戀的研究，在一般書籍或期刊論文方面，如：矛鋒《人類情感的一面鏡子——同性戀文學》、〔註 33〕崔容華〈明清社會"男風"盛行的歷史透視〉；〔註 34〕在學位論文方面，如：郭明旭《打開男色大門～男／性的身體情慾圖像》、〔註 35〕何志宏《男色興盛與明清的社會文化》、〔註 36〕林慧芳〈《弁而釵》、《宜春香質》與《龍陽逸史》中的男色形象研究〉、〔註 37〕蕭涵珍〈晚明的男色小說：《宜春香質》與《弁而釵》、〔註 38〕林雨潔〈晚明男色小說研究——以《龍陽逸史》《弁而釵》《宜春香質》爲本〉。〔註 39〕因爲女同性戀的文本少見，因此目前的同性戀研究多集中在男同性戀，研究的角度仍在文化、情欲心理、故事情節及腳色形象上。

總上，對於情色的研究漸漸受到重視，其研究重心集中在故事情節、人物形象、腳色心理等，並以社會文化闡釋原因。從文本來看，明代對於情色的研究多集中在《金瓶梅》、《三言》、《二拍》、《弁而釵》、《宜春香質》與《龍陽逸史》等，對於其它文本則疏於研究，因此，筆者將研究觸角延伸到這些較少受到關注的文本上。

第三節 研究方法及運用觀點

一、研究方法
（一）分 析

〔註 28〕國立高雄師範大學國文學碩論，1996 年 12 月。
〔註 29〕私立文化大學中文系碩論，2000 年。
〔註 30〕私立東海大學中國文學系碩論，2001 年 6 月。
〔註 31〕國立政治大學中文系碩論，2003 年 6 月。
〔註 32〕國立中興大學中文系碩論，2004 年 1 月。
〔註 33〕台北：笙易出版，2000 年 4 月初版一刷。
〔註 34〕大陸：《河北學刊》第二十四第三期，2004 年 5 月。
〔註 35〕私立樹德科技大學人類性學系碩論，2001 年。
〔註 36〕國立清華大學歷史學系碩論，2001 年。
〔註 37〕國立中正大學中國文學系碩論，2003 年。
〔註 38〕國立政治大學中國文學系碩論，2003 年。
〔註 39〕私立佛光人文社會學院文學系碩論，2005 年。

　　筆者將文本分析出一些特質，再構成自己的諸多觀點。本論文第三章，即羅列出諸多現象，如：男女眾像、多樣之性選擇、兩性交往模式與作者創作心理等，以作為進行筆者論點之依據。

（二）歸　納

　　由一系列特殊或具體的事例中，推求出普遍性的原則。筆者藉由對艷情小說文本中的男性心理研究，推論其作者、讀者，甚至當代的男性，共同具有相同的性心理。

（三）比　較

　　筆者將艷情小說與同時代的《三言》《二拍》作比較，以明兩者異同。

（四）列　證

　　筆者以當代文人筆記，來印證自己觀點。

二、運用觀點

　　筆者運用四種方法來研究明代艷情小說，現述如下：

（一）「凝視」所形成的控制權

　　「凝視」所形成的控制權，乃受約翰‧柏格（John Berger）的《看的方法——繪畫與社會關係七講》的啟發。約翰‧柏格是從觀看者與觀看物（畫）的關係，來說明人觀畫時會受限於個人的社會文化背景，而採取不同的觀看角度與詮釋方式，因此，從其所觀看的方式與角度便可了解其觀看心理。

　　感覺器官如視覺是人對外認知的初步方式，人看事物的方法已受原先已知的、相信的概念影響，因此，個人在以視覺去感知外界時，便在不知不覺中僅看到此而忽略彼，也會受限於本身之生活經驗、思考模式、社會觀念、刻板印象或自身喜好等，作選擇性的觀看。當我們看某事物時，也劃定了自身的所在位置，所以要瞭解某人的思想，從其觀看事物的方式或角度來發掘，不失為一個方法。〔註40〕既然人觀看的方式、角度會透露出自身的喜好、標準、價值觀、思考方式等，那麼人的觀看也意味著有「控制」的可能性，意即若「被看者」想要吸引看者的目光，他就必須迎合「觀看者」的喜好，〔註41〕因此，在某個層面上，也達成「觀看者」控制、

〔註40〕此正如約翰‧柏格所言：「看是一種選擇性的行動。」（引自《看的方法——繪畫與社會關係七講》陳志梧，台北：明文書局，1992年1月15日，頁2）約翰是從繪畫與社會的關係而論，然筆者以為繪畫與文學同受創作者主觀意識影響，將約翰說法置於文學領域也是妥當而無牴牾。

〔註41〕「迎合看者之喜好」不一定是主動迎合，有時是教育使然，有時是免於社會輿論。如教育教導女性「以柔為美」（班昭《女誡》：「男以強為貴，女以柔為美。」），而社

監視「被看者」的目的。觀看者的視線若可構成一股控制力量，它便能控制眼前的人事物成爲一種符合己意的「標準」，如學者所言：美的標準乃是女性以「男性的凝視」（male gaze）成爲「自我的凝視」（self gaze）。〔註42〕女性長久以來，便依從男性的審美觀而成爲缺乏個性的複製商品。筆者將此說法運用在明代艷情小說的研究裏，即艷情小說中，男性以何種喜好、標準、價值觀、思考方式等來「凝視」女性？若女性迎合了男性的觀看方式，此「凝視」便對女性產生控制與監視。本論文便自男性的「凝視」來研究其對女性的控制，並觀察女性如何回應。

（二）「空間」與「身體」間的互動

從「空間」角度來探討艷情小說的構想，主要來自蔡瑜〈試從身體空間論陶詩的田園世界〉，〔註43〕其以爲「身體」（人）會對所處的「空間」做出對應的行爲，這些行爲的聚集便形成個人的「意向」。

「身體」不僅是指「物質身體」（肉體），更包含「心」；「心」會作思考、建構、抉擇等，「身體」則將「心」的思考、建構、抉擇等化作行動。「空間」不僅是指「物質空間」、「地理」、「自然空間」、「生活空間」，它更指「空間」與「身體」互動中形成具個別意義的空間。「身體」作爲一種存在，必須在空間中找尋一個定足點，因此「身體」與「空間」便形影不離，換句話說，沒有「空間」就無法達成「身體」的存在；沒有「身體」，「空間」僅是物質性的而不具意義。「身體」面對「空間」時會作出反應與動作，誠如上所說的思考、建構、抉擇等，這些反應通常來自人的意識、前意識，甚至潛意識所作出的反射動作。因此，這樣的「空間」已不再是原本的物質的、靜止的空間，它已渲染了「身體」的意義（即意向），成爲流動的「空間」。該「空間」當然包含「時間」之流動，「身體」對「空間」所作出的行動與反應，即是在「時間」的流逝中展演完成。筆者藉此來觀察明代情欲空間的特質，及男女如何對應此空間，其採取何種行動來達成情欲的滿足。

（三）西蒙・波娃（Simone de Beauvoir）的「第二性」

西蒙・波娃指出：「成爲女性」是指性別（gender），是在文化建構下產生的，並非來自兩性先天生理差異。〔註44〕在社會中，擁有較大權力者，便會以自己的標

會對女性的期待也是如此，因此女性被迫需迎合觀看者。
〔註42〕參見《尋找歷史中缺席的女人：女性自傳的主體性研究》，陳玉玲，台北：南華管理學院，1998 年出版，頁 111。
〔註43〕台北《清華學報》新三十四卷第一期，2004 年 6 月，頁 156〜157。
〔註44〕參見西蒙・波娃（Simone de Beauvoir）原著《第二性》（Le deuxie'me sexe），陶鐵柱譯，台北：貓頭鷹出版社，1999 年 10 月初版。

準對其他弱勢的族群進行規範與控制，如男性以己意規範女性，使其成為男性期待下的女性，有藉此達到控制女性的目的。在中國，「陰柔氣質」便是在男性的意識形態，對女性的支配。女性並非生而為「女性」，而是逐漸成為「女性」；女性除了先天生理差異外，其在後天男性社會的規範下，依據男性標準並符合其期待。筆者想藉小說中所呈現的女性，來觀察男性對於性的意識形態。

（四）容格（Carl Gustav Jung）的「阿妮瑪」

瑞士心理學家容格曾提出「阿妮瑪」是男性心中的女性原型。容格是奧地利學者佛洛伊德（Freud, Sigmund，1856～1939）的學生，容格繼承其潛意識（unconsciousness）的概念，但不認為潛意識完全受「性」驅動，而是在潛意識的更深處，有一種非源於個體的經驗，也非後天獲得的東西在操控人類，這就是集體潛意識（collective unconscioruness）。集體潛意識「包含了從祖先遺傳下來的生命和行為的全部模式」，〔註45〕這種模式是以「原型」（Archetype）的形式預先形成在大腦，然這只是形式的可能性，裡面是沒有內容的，也許某天在某種特殊狀態下，這原型才可能復活；復活後的原型，其中的內容則視各民族的文化內容而定。容格將原型分為「暗影」（shadow）、「內我」（「阿妮瑪」"anima"與「阿妮姆斯」"animus"）、「假面」（persona）。本論文將以「內我」中的「阿妮瑪」來探索中國男性的情欲與愛情觀。「阿妮瑪」是男性潛意識中一個集體的女性形象，男性潛意識中有四種女性形象，最低層的是情欲的妓女，較高層次的是道德的貞女。動如脫兔、肉體性的淫婦，是男性潛意識的畏懼；靜如處子、精神性的貞女，可視為男性的理想投射。在父權文化中，常將主動追求愛情的女人視為「淫婦」、「花癡」。在豔情小說中，女性是貞女的外表與情欲放蕩的雙結合，對此可視為男性心理的矛盾，即動物性欲望與道德觀念交雜所產生的矛盾。男性在現實生活中選擇對象時，一方面希望自己所選擇的女人是貞潔的，另一方面也期待她能放蕩地滿足自己的性欲。由此看似是男性對於對象的有意識選擇，其實在選擇的過程中，是由男性的潛意識來主導。

〔註45〕《人類心靈的神話——容格的分析心理學》，常若松，台北：貓頭鷹出版社，2000年11月初版，頁31。

第二章　情色書寫之歷史背景

　　本章主要以明代作分期，簡述明代以前與明代情欲書寫的情況，藉以凸顯明代艷情小說的特點。「情色書寫」一詞向來缺乏較嚴謹的定義，一般對於該詞是傾向色情與性欲。筆者以爲：情感常能引起正常的性欲反應，而性欲也有無干男女情愛，僅是生理反應。因此，本章對「情色書寫」的定義是擴大解釋，含涉男女情愛與性欲。

第一節　明以前之情色書寫

一、先秦、兩漢時期

　　《詩經》爲中國文學之祖，其中有關情欲的書寫，主要集中在心理層面，並非男女間的性行爲。有女方主動對男性邀約，如〈鄭風・蘀兮〉：〔註1〕「蘀兮蘀兮，風其吹女。叔兮伯兮，倡予和女。蘀兮蘀兮，風其漂女。叔兮伯兮，倡予要女。」有男子邂逅美女時之心中喜悅，如〈鄭風・野有蔓草〉：〔註2〕「野有蔓草，零露漙兮。有美一人，清揚婉兮。邂逅相遇，適我願兮。野有蔓草，零露瀼瀼。有美一人，婉如清揚。邂逅相遇，與子偕臧髒。」有男女相互嬉鬧的快樂場景，如〈鄭風・溱洧〉：〔註3〕「溱與洧，方渙渙兮。士與女，方秉蕳兮。女曰：觀乎，士曰：既且。且往觀乎，洧之外，洵訏且樂，維士與女，伊其相謔，贈之以勺藥。溱與洧，瀏其

〔註 1〕　引自《毛詩正義》（上），（漢）毛公傳，（唐）孔穎達正義，收入《十三經注疏》，台北：新文豐出版，頁 481。
〔註 2〕　引自同前註，頁 507。
〔註 3〕　引自同註 1，頁 509。

清矣。士與女，殷其盈矣。女曰：觀乎，士曰：既且。且往觀乎，洧之外，洵訏且樂。維士與女，伊其將謔，贈之以勺藥。」《詩經》雖經文人潤飾，然也保留了當時男女交往的原貌，尤其國風，體現了男女對於愛情的追求。這些詩篇皆被收入，可見當時對於兩性的交往，應是自然看待且不加約束的。

兩漢時期的文學形式爲辭賦、民間樂府與文人古詩。辭賦方面，宋玉承襲屈原以典麗文字敷寫與楚國巫術濃厚的特色，並受屈原「香草美人」女性形象的影響，另塑造「神女」。其間差異：屈原筆下的高潔美人，有時代表自己，有時代表君主，寄託著詩人神聖、難以親近、達成的理想；宋玉筆下的美女有俗化傾向，寄寓男性內在的情欲。宋玉在〈高唐賦〉、〈神女賦〉中展現一位主動薦枕，又行止飄忽、俗人難近的靈性美人，從此奠定「高唐神女」的形象而影響後來文人，如司馬相如〈美人賦〉、張衡〈定情賦〉、王粲〈神女賦〉、曹植〈洛神賦〉、阮籍〈清思賦〉、謝靈運〈江妃賦〉、江淹〈水上神女賦〉等。宋玉開展屈原的「求女」主題，鋪寫女色，其「褰余而請御兮，願盡心之」（〈神女賦〉）、「精交接以來往兮，心凱樂以樂歡」（〈神女賦〉），使得具神性的神女向下沉淪爲俗化的女子，而在宋玉〈登徒子好色賦〉中，神女更展現爲主動施展魅力並放縱情欲的形象。宋玉之後與神女相關的詩篇，神女已非主角，大多轉變爲男子面對情色，其如何自我約束的思考模式，如司馬相如〈美人賦〉：呈現一位在三番兩次面對美色誘惑後，仍以理性戰勝情欲的男子。〔註4〕神女到後來便演變爲對娼妓的雅稱。〔註5〕兩漢時期與神女相關的情欲書寫，大抵都藉由美女外貌與情態的描寫，展現男人無法抗拒的女性魅力，透過男性的想像完成兩性神交，因此，就情色書寫而言，仍然著重心理層面的描寫。

民歌方面，樂府收錄各地民歌，情詩佔有相當的比例，內容涉及愛情與婚姻，表述情感的方式較爲直接。如〈上邪〉：「上邪！我欲與君相知，長命無絕衰。山無陵，江水爲竭，冬雷震震，夏雨雪，天地合，乃敢與君絕！」女方向男方表達天荒地老永遠跟隨的心意。又如〈豔歌何嘗行四解〉：「念與君別離，氣結不能言。各各重自愛，道遠歸還難。妾當守空房，閉門下重關。若生當相見，亡者會重泉。今日樂相樂，延年萬歲期。」表現一位罹病又獨守空閨的婦女思念丈夫的心情。在文人古詩，即〈古詩十九首〉，在男女情愛方面，主要表現爲離別相思之情，抒情性較樂

〔註4〕 參見〈論漢魏六朝“神女──美女”系列辭賦的象徵性〉，郭建勳，大陸：湖南大學學報(社會科學版)，2002 年 5 月。

〔註5〕 參見〈娼妓眞的是「神女」嗎？〉，李南衡，《歷史月刊》第一九五期，2004 年 4 月，頁 144～145。

府爲高，如表現男女間相思之情的十九首之十〈迢迢牽牛星〉；〔註6〕十九首之一〈行行重行行〉，〔註7〕以妻子口吻，傾訴對離家丈夫的思念；十九首之十七〈孟冬寒氣至〉，〔註8〕寫深閨思婦的別恨離愁。無論民歌或是文人古詩，在男女關係上皆圍繞著愛情與家庭的主題，文字樸實，情感眞切自然。此外，值得一提，張衡在〈同聲歌〉中以女性的角度描寫新婚初夜的心情，其言：

> 邂承際會，得充君後房。情好新交接，恐慄若探湯。不才勉自竭，賤妾職所當。綢繆主中饋，奉禮助蒸嘗。思爲苑蒻席，在下蔽匡牀；願爲羅衾幬，在上衛風霜。灑掃清枕席，鞮芬以狄香。重戶納金扃，高下華燈光。衣解金粉禦，列圖陳枕張。素女爲我師，儀態盈萬方。眾夫所希見，天老教軒皇。樂莫斯夜樂，沒齒焉可忘。〔註9〕

不僅寫出女子洞房花燭夜的心情，也道出想扮演好爲人妻的腳色，其表述的情感是私密卻不淫的。

　　總上，先秦時期對於男女情愛心理的記錄由《詩經》揭開序幕，熱烈且健康的愛情，顯見當時清新與自由的戀愛風氣。兩漢時期，女性形象因戰國楚人屈原之寓君子理想與君王於神女，透過宋玉的再創造，使神女所具神性逐漸俗化，這番轉變，使得後來的神女有娼妓之隱義。在民間樂府與文人古詩方面，其所表達的主題皆不出男女情愛，然樂府多敘事，情感表達較直接；古詩則重抒情，含而不露，深情委婉。

二、魏晉南北朝

　　魏晉南北朝時期宮體詩盛行，詠物蔚爲風尚，梁簡文帝蕭綱引領風潮，文人更相仿作，徐陵更奉命輯纂《玉臺新詠》詩集，內容爲男女相思與閨情等艷詩。情欲常與女性相關，在情色書寫上，著重於女性身體的展現，對象多爲宮廷中的歌妓、舞妓，如：

〔註6〕 「迢迢牽牛星，皎皎河漢女。纖纖擢素手，札札弄機杼。終日不成章，泣涕零如雨。河漢清且淺，相去復幾許。盈盈一水間，脈脈不得語。」

〔註7〕 「行行重行行，與君生別離。相去萬餘里，各在天一涯。道路阻且長，會面安可知。胡馬依北風，越鳥巢南枝。相去日已遠，衣帶日已緩。浮雲蔽白日，遊子不顧返。思君令人老，歲月忽已晚。棄捐勿復道，努力加餐飯。」

〔註8〕 「孟冬寒氣至，北風何慘慄。愁多知夜長，仰觀眾星列。三五明月滿，四五蟾兔缺。客從遠方來，遺我一書札。上言長相思，下言久離別。置書懷袖中，三歲字不滅。一心抱區區，懼君不識察。」

〔註9〕 引自《玉臺新詠箋注》卷一，徐陵編，吳兆宜注，台北：明文書局，1988年7月10日初版，頁28。

> 入行看履進，轉面望鬟空。腕動苕華玉，袖隨如意風。（蕭綱〈詠舞〉）〔註10〕
>
> 情多舞態盡，意傾歌弄緩。（蕭綱〈聽妓〉）

此外，也透過女性服裝及配飾，如衣領、繡鞋、珠佩，甚至閨房內之物品，如枕、席、衾、帳等的描繪，塑造出靜態、引人遐想的香艷鏡頭，如蕭綱〈詠內人晝眠〉：〔註11〕

> 北窗聊就枕，南簷日未斜。攀鉤落綺幛，插捩舉琵琶。夢笑開嬌靨，眼鬟壓落花，簟文生玉腕，香汗浸紅紗。夫婿恆相伴，莫誤是倡家。

作者好像正在睡夢中的女子身旁，靜靜地凝視著她。熟睡的臉頰，香汗滲透薄紗，使紗下的肌膚依稀可見，這樣的女體多麼引人遐思。「莫誤是倡家」不一定真正出自女子之口，又因作者為男性，出於男性集體的性心理也未嘗不可。又如，沈約的詠物詩〈十詠二首〉：〔註12〕

> 纖手製新奇，刺作可憐儀。縈絲飛鳳子，結縷坐花兒。不聲如動吹，無風自移枝。麗色儻未歌，聊承雲鬟垂。（〈領邊繡〉）
>
> 丹墀上颯香，玉殿下趨鏘。逆轉珠佩響，先表繡袿香。裾開臨舞席，袖拂繞歌堂。所歡忘懷妾，見委入羅床。（〈腳下履〉）

沈約摹寫女性貼身之穿戴，雖未直寫女性，然其衣領、鞋履皆能引發男性對女性的遐想，進而牽動內在情欲。因此，康正果認為：沈約的詠物詩專寫女子身上的穿戴，明顯表現其戀物癖好。〔註13〕無論是衣領貼近的肌膚或是美人脫鞋上床的情態，其實都是透過瑣物側寫女性，其潛在意識的心理因素泰半與情欲相關。

南朝樂府方面，以《樂府詩集》所載「清商曲辭」中的「吳聲歌」和「西曲歌」為主，共計四六八首，內容大部分為情歌。這些歌曲多產自當時較繁榮的城市，〔註14〕在上「王侯將相，歌伎填室；鴻商富賈，舞女成群，競相誇大，互有爭奪。」（梁・裴子野《宋略》）在民間則「歌謠舞蹈，觸處成群。」（《南史・循吏列傳》）因此，吳歌、西曲便在有聲有色的環境裡產生，風格清艷。吳歌風格艷

〔註10〕 引自同前註，頁297。

〔註11〕 引自同註9，頁314。

〔註12〕 引自同註9，頁192。

〔註13〕 參見《風騷與艷情——中國古典詩詞的女性研究》，康正果，大陸：河南人民出版社，1988年9月第一次印刷，頁159。

〔註14〕 《宋書・樂志》：「吳歌雜曲，並出江東，晉宋以來，稍有增廣。」《樂府詩集》指「江東」即建業：「蓋自永嘉渡江之後，下及梁・陳，咸都建業，吳聲歌曲，起於此也。」《樂府詩集》：「按西曲歌，出於荊、郢、樊、鄧之間。」建業是當時的首都，荊、郢、樊、鄧也是當時的重鎮，商業都非常發達。

麗而柔弱，其中又以〈子夜歌〉較著名，如：

　　宿昔不梳頭，絲髮被兩肩。婉伸郎膝上，何處不可憐。（〈子夜歌〉）

顯現一位女子嬌媚並惹人憐愛的情態。再如〈子夜四時歌・夏歌〉其中二首：

　　反覆華簟上，屏帳了不施。郎君未可前，等我整容儀。

　　朝登涼臺上，夕宿蘭池裏。乘月採芙蓉，夜夜得蓮子。

前者是臥房帷帳中，女子整理儀容的情態，直而不露，描寫得宜，更添讀者的想像空間。後者的「蓮」即「憐」的諧音字，是表達期待獲得對方憐愛的女子，其婉轉、含蓄地表示。另「開窗秋月光，滅燭解羅裳。合笑帷幌裏，舉體蘭蕙香。」（〈子夜四時歌・秋歌〉）「天寒歲欲暮，朔風舞飛雪。懷人重衾寢，故有三夏熱。」（〈子夜四時歌・冬歌〉）則表達得較爲顯露、開放。西曲較嬌羞細膩的吳歌更爲浪漫而熱烈，充滿水上船家的情調與來往旅客商婦的離情。如〈孟珠〉：「歡望四五年，實情將懊惱。願得無人處，回身與郎抱。」離別多年的夫婦，嚐盡相思，女子毫不矯情的想將對方抱滿懷。又如〈碧玉歌〉：「碧玉破瓜時，郎爲情顛倒，感郎不羞郎，回身就郎抱。」再如〈烏棲曲〉三首之二及之三：

　　金鞍向暝欲相連，玉面俱要來帳前。含態眼語懸相解，翠帶羅裙入爲解。

　　合歡襦薰百和香，○中被織兩鴛鴦。烏啼漢沒天應曙，只持懷抱送郎去。

寬衣解帶的大膽表情在這類民歌中其實常見，我們可發現，羅帷祕事在兩性關係中相當重要，但性在生活中總是隱而避談。這些民間詩歌的留存，讓我們得以一窺民間百姓，尤其是女性內心的情欲世界，殊爲可貴。

　　北朝民歌以《樂府詩集》所載「梁鼓角橫吹曲」爲主，是當時北方民族一種在馬上演奏的軍樂，歌詞的作者主要爲鮮卑族和其他北方民族。北朝民歌的數量大約六十多首，內容大多爲表現北方民族尚武的戰爭與愛情。在情愛方面，因爲地域性與民族性不似中原民族受儒家道德規範之約束，在表達情感上更顯直截。如〈折楊柳歌〉：

　　腹中愁不樂，願作郎馬鞭。出入攔郎臂，蹀坐郎膝邊。

女性甘願作一條馬鞭，表現出想與對方時時刻刻在一起的心願。再如〈地驅樂歌〉：

　　側側力力，念君無極。枕郎左臂，隨郎轉側。

表現率直率眞的氣概，不同南方民歌的委婉細膩的情調。

　　綜觀魏晉南北朝的詩歌，無論如何表情，其實都在訴說著一種身爲人皆有的私密情感，當然包括生理欲望。文人的宮體詩詞語言雅麗，表面上是描摹女性外在體態情貌及周邊貼身物品，內在實受情欲驅遣。民間歌謠向來以直寫與淺露爲特色，

除男女情思外，對於性的渴望更是毫不扭捏地表達出來。若以電影鏡頭來說解，兩漢辭賦中的神女雖已俗化，然猶未失神秘感，似遠又近，好比電影拍攝時所用的長鏡頭；魏晉南北朝時期的宮體詩則將鏡頭拉近，聚焦在女性周邊的物品，特寫女性的肌膚、香汗淋漓的遐想薄紗及撩人的睡姿等，然作家作如此近距離的觀看，僅是以觀物的心態來觀看女性，並未著眼女性的心理，因此讀來雖香豔卻無綿長的情意。在民歌方面，依舊保有純粹的情致，毫不矯情；詩歌的風格與題材也受地理環境與商業活動的影響，增加了遊子與商婦等新題材。

三、隋、唐及五代

隋代國祚短，文學上仍沿襲南朝風格，未見開展。唐代，在詩歌、散文、傳奇、詞等都有長足進步與開展，此乃強盛國力、繁榮經濟、南北中外文化的融合與思想上的相容並包等所造就的。

社會繁榮，歌妓應青樓酒館林立而生，尤其北里一帶。文人往往從青樓女子身上獲得情愛的滿足，如「得成比目何辭死，願作鴛鴦不羨仙。」（盧照鄰〈長安古意〉）「願作輕羅著柳腰，願為明鏡分嬌面。」（劉希夷〈公子行〉）一般而言，唐代歌妓地位較以前為高，[註15] 也有不錯的文學素養，而成為文人杯酒歡唱、談情說愛的對象，由此時的狎妓詩、與妓相唱和的詩篇便可證明。李冶、薛濤、魚玄機等是當時知名的能歌能賦的歌妓，也留下許多詩篇。如：

> 最愛纖纖曲水濱，夕陽移影過青蘋。東風又染一年綠，楚客更傷千里春。
> 低葉已藏依岸棹，高枝應閉上樓人。舞腰漸重煙光老，散作飛綿惹翠裀。
> （李冶〈柳〉）
>
> 二月楊花輕複微，春風搖蕩惹人衣。他家本是無情物，一任南飛又北飛。
> （薛濤〈柳絮〉）
>
> 朝朝送別泣花鈿，折盡春風楊柳煙。願得西山無樹木，免教人作淚懸懸。
> （魚玄機〈折楊柳〉）

此雖詠物，然皆藉景抒情。大抵上，這些女詩人所作大多不離愛情、閨怨、離愁等內容。

元稹〈會真詩〉冶艷，開晚唐艷詩先聲：[註16]

[註15] 唐以前的歌伎多為男人玩弄、觀賞的，到了唐代，因社會環境之故，使歌伎有機會與文人接觸，在詩賦酬唱中作精神上的交流。

[註16] 參見《性文學十講》，孫琴安，大陸：重慶出版社，2001年。

　　戲調初微拒，柔情已暗通。低鬟蟬影動，回步玉塵蒙。轉面流花雪，登床
　　抱綺叢。鴛鴦交頸舞，翡翠合歡籠。眉黛羞頻聚，朱唇暖更融。氣清蘭蕊
　　馥，膚潤玉肌豐。無力慵移腕，多嬌愛斂躬。

元稹寫張生調戲鶯鶯，鶯鶯初始微拒，後便放下矜持與張生暗通款曲，其中性愛鏡
頭在當時已被譏爲淫言褻語。爾後韓偓的《香奩集》更是綺艷，如：

　　鬢垂香頸雲遮藕，粉著蘭胸雪壓梅。（〈席上有贈〉）

　　再整魚犀攏翠簪，解衣先覺冷森森。教移蘭燭頻羞影，自試香湯更怕深。
　　初似洗花難抑按，終憂沃雪不勝任。豈知侍女簾帷外，剩取君王幾餅金。
　　（〈詠浴〉）

　　撲粉更添香體滑，解衣唯見下裳紅。（〈畫寢〉）

　　往年曾約鬱金床，半夜潛身入洞房。懷裏不知金鈿落，暗中唯覺繡鞋香。
　　此時欲別魂俱斷，自後相逢眼更狂。（〈五更〉）

其詩詞采富麗，承襲南朝的宮體詩。女子沐浴嬌羞的情態，想必現場有男性在旁觀
看，這段文字頗能滿足男性視覺心理。畫寢，想必室內光線不致昏暗，對於女子玉
體當一覽無遺，且香粉氣味彷彿詩人是刻意湊近才聞得到。至於金鈿落更不必細說，
詩人的想像已讓人飄飄欲仙。

　　填詞之風在晚唐興起，以溫庭筠爲代表，其詞穠艷、流麗，爲「花間鼻祖」。溫
庭筠擅長描摹女性心理（要分析），如：

　　小山重疊金明滅，鬢雲欲度香腮雪。懶起畫蛾眉，弄妝梳洗遲。照花前後
　　鏡，花面交相映。（〈菩薩蠻〉）

描寫婦女早晨梳妝的情態，所謂女爲悅己者容。

　　花落月明殘，錦衾知曉寒。（〈菩薩蠻〉）

爲閨中女子的寂寞心情，花落月殘皆象徵著不圓滿，也暗示女子的心理狀態；蓋了
一夜的被衾，似乎也因枕邊人不在身旁而缺乏暖意。再如〈南歌子〉：

　　轉盼如波眼，娉婷似柳腰。花裏暗相招，憶君腸欲斷，恨春宵。

此是女方對於流連花叢的男方表達思念之情。唐亡國後，進入五代十國，戰亂頻繁；
西蜀、南唐偏安南方一帶，少受戰爭干擾，社會較安定，詞在此時獲得發展。趙崇
祚所編的《花間集》便是西蜀詞之代表，輯「綺筵公子，繡幌佳人，遞葉葉之花箋，
文抽麗錦；舉纖纖之玉指，拍按香檀」等香軟豔麗之詞，所集詩人包括溫庭筠、韋
莊等十八人，其中關於男女性愛之描寫更盛於前代。如歐陽炯〈浣溪沙〉中的「鳳
屏鴛枕宿金鋪」、「蘭麝細香聞喘息」。再如牛嶠的〈菩薩蠻〉：「玉樓冰簟鴛鴦錦，粉

融香汗流山枕。簾外轆轤聲，斂眉含笑驚。柳陰煙漠漠，低鬢蟬釵落。須作一生拼，盡君今日歡。」其寫男女幽會：「粉融香汗流山枕」較李煜〈菩薩蠻〉「敎君恣意憐」寫與小周后偷情的場景，更加穠麗香艷。

晚唐白行簡的〈天地陰陽交歡大樂賦〉，〔註 17〕原是朋友間們的遊戲筆墨，約作於西元 800 年左右，久已失傳，直至 20 世紀初才在伯希和收集的敦煌卷子中發現其抄本。原件略有殘缺，編爲伯卷 2539 號，現藏巴黎。現存的〈天地陰陽交歡大樂賦〉約三千字，首段爲作者自序，以華麗詞藻和排比鋪陳的方式，依次描述：性生活，如「乃出朱省，攬紅褌，抬素足，撫玉臀。女握男莖，而女心戜戜；男含女舌，而男意昏昏」；性器官，如「總角之始，蛹帶米囊，花含玉蕊，忽皮開而頭露，俄肉偏而突起，時遷歲改，生戢戢之烏毛。」性反應，如「縱嚶嚶之聲，每聞氣促；舉搖搖之足，時覺香風。」描寫得淋漓盡致、具體而微。也寫僧尼私會與龍陽之癖，私會如「候其深夜天長，閒庭月滿，潛來偷竊，焉知畏憚。實此夜之危危，重當時之怛怛。狗也不吠，乃深隱而無聲；女也不驚，或仰眠而露。於時入戶，兢兢臨床。」以上不僅反映當代的性活動較自由，性觀念較開放，將之行於文，也代表對性的坦蕩態度，也因此白行簡稱作此文爲「唯迎笑於一時」，〔註 18〕可見性在當時並非難以啓齒，甚至將之作爲文人間的戲謔語。〔註 19〕

小說方面，唐初張文成《遊仙窟》，通篇駢文，以第一人稱寫男子艷遇的故事。

於時夜久更深，情急意密。魚燈四面照，蠟燭兩邊明。十娘即喚桂心，並呼芍藥，與少府脫靴履，迭袍衣，閣襆頭，掛腰帶。然後自與十娘施綾被，解羅裙，脫紅衫，去綠襪。花容滿目，香風裂鼻。心去無人制，情來不自禁。插手紅褌，交腳翠被。兩唇對口，一臂枕頭。拍搦奶房間，摩挲髀子上。一吃一快意，一勒一傷心，鼻裡痠痺，心中結繚。少時眼花耳熱，脈脈筋舒。始知難逢難見，可貴可重。俄頃中間，數回相接。

〔註 17〕 白行簡（776 年～826 年），子知退，白居易之季弟，唐代文學家。〈天地陰陽交歡大樂賦〉原文藏於敦煌鳴沙山石窟，十九世紀末被法國考古學家伯希和發現，現藏巴黎法國國立圖書館。清代巡撫端方曾出重金將巴黎所藏敦煌寫卷拍攝成副本。1907年葉德輝校訂〈天地陰陽交歡大樂賦〉，1914 年刻印成書，收入《雙梅景闇叢書》。1951 年荷蘭大使館參贊高羅佩將之重新校訂，收入《秘戲圖考》卷二《秘書十種》。高羅佩對之評語爲：「這篇文章文風優美，提供許多關於唐代的生活習慣的材料。」

〔註 18〕 參見〈「天地陰陽交歡大樂賦」發微〉，江曉原，《漢學研究》第九卷第一期，1991年 5 月。

〔註 19〕 〈天地陰陽交歡大樂賦〉中引用了不少《素女經》、《洞玄子》的觀點。《洞玄子》爲隋唐時期之作，可知古代房中術在社會流傳頗廣，也可證明當時人的性觀念是開放的。然以文學形式來敍寫房中術內容者，在中國文學史上恐怕是首作。

張文成直寫男女交媾過程，其直露的方式在之前的詩或小說皆屬少有。其取材於唐初文人所熟悉的冶遊生活，同時受嘲謔、詠物、酒筵行令、詩歌競賽等社會風氣以及前代漢譯佛經文體的影響。然作者僅專注於個人在才學上的展現，忽略了小說應有的敘事技巧與人物描摹。〔註 20〕張文成在桃花窟一夜風流的故事與陶潛「桃花源」及劉阮在天臺遇持桃仙子傳說匯流後，桃花窟便成為男子豔遇的仙境，並在晚唐詩中成為隱喻。〔註 21〕爾後如《霍小玉傳》、《鶯鶯傳》等愛情小說中，雖語涉男女性行為，但都不如《遊仙窟》來得直截淺露，因此，《遊仙窟》可謂是明代艷情小說的先聲。唐代對性的觀念較為開放，又因房中術的盛行，因此部份男女的私密性事常在文學中出現，如李白〈對酒〉:「玳瑁筵中懷裏醉，芙蓉帳裏奈君何。」便是描繪男女羅幃之事。再如李商隱〈藥轉〉:「鬱金堂北畫樓東，換骨神方上藥通。」則述及女性墮胎。此外，歌妓較一般婦女，因工作因素得以與男性在公共領域中有往來，因而產生了許多與愛情相關的文學作品，豐富了文學中男女情愛之一隅。

四、宋、金、元

　　宋代的情欲書寫有許多留存在詞與話本中，金元時期則在戲曲中。所謂詩莊詞媚，詞因與音樂、歌妓傳唱和娛樂消費的關係，其風格香豔，內容多涉愛情或閨情，如秦觀〈滿庭芳〉:「消魂，當此際，香囊暗解，羅帶輕分。」晏殊〈漁家傲〉:「醉折嫩房和蕊嗅，天絲不斷清香透。」「嫩房」指乳房，「花蕊」隱喻為女性生殖器。歐陽脩在描寫女性身體方面，也帶有南朝宮體的風格，如「濃香搓粉細腰肢」(〈阮郎歸〉)、「清衫透玉肌」(〈阮郎歸〉)、「寶檀槽在雪胸前，倚香臍。」(〈薫香囊〉) 柳永〈臨江仙引‧南呂調〉:「鮫絲霧吐漸收，細腰無力轉嬌慵。」則寫嬌柔且細腰的女性。

　　在散曲戲劇中，其情色表現更為大膽，如，王和卿〈胖妓〉:

　　　夜深交頸效鴛鴦，錦被翻紅浪。雨歇雲收那情況，難當:一翻翻在人身上，
　　　偌長偌大，偌粗偌胖，壓扁沈東陽。(【越調】小桃紅)

再如，關漢卿的套曲【雙調】新水令:

　　　〔梅花酒〕兩情濃，興載佳。地權為床榻，月高燒銀蠟。夜深沉，人靜悄，
　　　　　低低的問如花，終是箇女兒家。

〔註 20〕《《遊仙窟》的創作背景及文體成因新探〉，李鵬飛，大陸:山西師大學報 (社會科學版) 第 28 卷第一期，2001 年 1 月，頁 43。
〔註 21〕參見本論文附錄〈「桃」意象在明代艷情小說中的轉變〉。

〔收江南〕好風吹綻牡丹花，半合兒揉損絳裙紗。冷丁丁舌尖上送香茶，
　　　都不到半霎，森森一向遍身麻。

其描寫一對男女，趁夜深人靜私會並於戶外交媾的場景。此外，唐代元稹《鶯鶯傳》
中張生與崔鶯鶯的故事，在各代流傳時多經改寫，北宋趙令時改爲《商調蝶戀花》
鼓子詞；金朝董解元改爲《西廂記諸宮調》（即《董西廂》）並以喜劇收場；後來王
實甫以《董西廂》爲底本，由諸宮調改編爲雜劇（即《王西廂》），在故事情節上更
強調男女逾越禮教，勇敢追求愛情，並凸顯張生、崔鶯鶯與紅娘的腳色性格。《王西
廂》中也有情色的描寫，如：

往常時見敷粉的委實羞，畫眉的敢是謊；今日多情人一見了有情娘，著小
生心兒裏早癢、癢。迤逗得腸荒，斷送得眼亂，引惹得心忙。

此外，白樸《裴少俊牆頭馬上》〔註22〕等作品中也有關於男女性愛的描寫，如：

休道是轉星眸上下窺，恨不的倚香腮左右偎。便錦被翻紅浪，羅裙作地
席。

我推粘翠靨遮宮額，怕綽起羅裙露繡鞋。我忙忙扯的鴛鴦被兒蓋，翠冠兒
懶摘，畫屏兒緊挨。是他撒滯殢，把香羅帶兒解。

散曲中也有男女情欲的書寫，寫男女歡愛後欣喜之情，如關漢卿：

雲鬢霧鬢勝堆鴉，淺露金蓮籤絳紗，不比等閒牆外花。罵你個俏冤家，一
半兒難當一半兒耍。」（【仙呂】一半兒題情四首之一）〔註23〕

寫男女偷情，如商挺：

煞是你個冤家勞合重，今夜裏效鸞鳳。多情可意種，緊把纖腰貼酥胸。正
是兩情濃，笑吟吟舌吐丁香送。只恐怕窗間人瞧見，短命休寒賤。直恁地
乞膝軟，禁不過敲才廝熬煎。你且覷門前，等的無人呵旋轉。（【雙調】潘
妃曲）

在雜劇創作中，許多大家的作品如關漢卿的《救風塵》、《調風月》等都深刻地描寫
了性愛生活。

唐代中晚期，民間興起的詞經文人創作與歌妓傳唱而蔚成風潮，這與民眾的消
費喜好有很大關聯。文人填詞必須考慮消費者的愛好與知識程度，因此，詞本艷科，
能描寫詩體所無法盡情展現的情愛。元代興起的散曲、戲劇也同樣依賴民眾的消費，

〔註22〕《裴少俊牆頭馬上》，（元）白樸，收入《全元雜劇》初編第十一冊，台北：世界書
　　　局，1962年。
〔註23〕引自《全元曲》第一卷，大陸：河北教育出版社，1998年8月第一次印刷，頁675。

文人創作遷就商業都市百姓的娛樂喜好，所以從詞到曲，其風格逐漸庸俗化，題材方面多涉性愛及戲謔化。由此可知，當中、下階層的民眾興起，成為帶動社會經濟活絡的關鍵時，也正代表娛樂市場的通俗化。

第二節　明代之情色書寫

一、明代之社會特徵

　　明代社會是個轉型期，無論社會階級、民眾思想、審美風尚等都處於一個變化階段，轉變的原因在於明代中後期商業興起，商人階級提升，民間的消費能力因而提高，接連帶動了手工業、青樓茶坊、區域性商業市集等興起。〔註24〕因商業興起所引起的變化不容小覷，因為它不僅重新分配土地資源與社會階級，也影響了當代思想及風尚，艷情小說的大量出現便是在這種環境下應運而生。

　　元末因戰亂，土地大多荒廢，明初朱元璋為穩定百姓生活，便獎勵農耕與延遲徵稅期限；同時也抑制商人，因為商人四處遷徙買賣，造成人口流動與農地荒廢。〔註25〕此外，朱元璋還編制里甲管理體系，加強人口的穩定性，以限制人口隨意流動；整頓官僚階層，以除弊興利；舉行鄉飲酒禮的中國古禮，以推行重德與互助的精神，因此有所謂「聖諭六條」〔註26〕的出現；制定服飾、屋舍、器用等使用標準，〔註27〕以限制百姓之消費水準。因此，明代初期，民風純樸、人情簡直。

　　大約在成化之後，商業逐漸興盛，起因一方面是土地賦稅高，農民必須另謀他計以增加收入；二方面是繇役負擔過重；三方面是士人階層作官不易，轉而從商。無法投入商賈之列的人便成為富商的奴僕，此是明代蓄奴之風盛行的原因。〔註28〕「隨著無產者的出現，雇傭也開始走向制度化，雇主與受雇者開始用契約來作

〔註24〕參見〈明代社會流動性初探〉，陳寶良，大陸：《安徽史學》第 2 期，2005 年。

〔註25〕朱元璋相關措施參見《明代中後期社會變遷研究》，牛建強，台北：文津出版社，1997年 8 月第一刷，頁 16～24。

〔註26〕「聖諭六條」即孝順父母、尊敬長上、和睦鄉里、教訓子孫、各安生理、毋作非為。

〔註27〕《大明律》中規定服舍標準：「凡官民房舍、軍服、器物之類各有等第。若違式僭用，有官者杖一百，罷職不敘；無官者笞五十，罪坐家長。工匠並笞五十。」引自《大明律》卷一二，（明）劉惟謙等撰，台南：莊嚴出版，1996 年。

〔註28〕這些社會階層低下的奴僕在小說中常有他們的身影，從僕從、奴婢、僕者、家奴、家童、小廝、丫環、婆娘、管家婆、門公、園工等都是他們的稱呼。參見〈明代商品經濟的繁榮與市民社會生活的嬗變〉，孟彭興，大陸：《上海社會學院學術季刊》，1994 年第 2 期，頁 168。

爲彼此的約束。〔註29〕」雇傭關係是應生產之需而產生，如農業或手工業之生產。當時就整個中國來說，以江南爲商品經濟最發達的地區，尤其在晚明，諸如糧食、棉花、棉布、蠶絲、藍靛與茶葉等都輸往外地，堪稱全國經濟中心，〔註30〕其次則爲閩廣。王世懋《閩部疏》曾指出：「凡福之綢絲、漳之紗絹、泉之藍、福延之鐵，福漳之橘，福興之荔枝、泉漳之糖、順昌之紙，無日不走分水嶺及浦城小關，下吳越如流水。」〔註31〕由此可知閩商活動的情形。隨著商人階級興起，相關的行業也出現，如算命仙、轎夫、理髮、按摩、倡家、歌唱藝人、雜劇演員、廚師、銀匠、銅匠、雕刻匠、鞋匠、磨鏡匠、漆匠、裱畫匠等，因此姚旅《露書》有言：「余以爲今有二十四民。」〔註32〕原來以士爲首的四民階級，便因商人興起而打破，行業種類大增，商人的地位逐漸高於士人。當時民風也因百姓消費能力的提高而漸趨奢靡，張翰《松窗夢語》說：「今也，散敦樸之風，成侈靡之俗，是以百姓就本寡而趨末眾，皆百工之爲也。夫末修則人侈，本修則人愨。愨則財用足，侈則饑寒生，二者相去徑庭矣。」〔註33〕又陸楫認爲「蓋俗奢而逐末者眾也」、「是有見於市易之利，而不知所以市易者，正起於奢。」〔註34〕自以上可發現：明代中晚期，因商業活動的活絡，引起社會階層、行業種類與百姓思想觀念上的變化，其社會特徵現述如下：

（一）社會人口流動性提高

明代中晚期因棄田或棄文從商者眾，人口不再像明初般穩固不動，而是隨著商品買賣，往商業繁榮處聚集。商業城鎮人口增加，商業活動興盛，相關行業種類增加，如娛樂業、工匠、綢緞舖、當舖、興訟師等。我們從明代官方對戶籍的控制也可看出人口的流動。明初官方規定每隔十年必須清查戶口，並且依個人職業劃分不同的戶籍，如民籍、軍籍、匠籍、工兵籍、舖兵籍、醫籍等；明中後期出現的客籍，便是因從商旅居在外或士人遊寓他鄉，落籍於外地的戶籍。

從農村分離出來的百姓，其流向有幾種說法：一如周忱所歸納：大戶苞蔭、

〔註29〕引自《晚明自我觀的研究》，傅小凡，大陸：巴蜀書社，2001年，頁19。

〔註30〕有關江南地區商品往來狀況可參見(1)〈明清湖南市鎮的社會與文化結構之變遷〉，巫仁恕，大陸：《九州學刊》，1991年10月(2)〈徽商與明清時期浙江經濟的發展〉，陳學文，大陸：《九州學刊》，1991年10月。

〔註31〕引自《閩部疏》，(明)王世懋，台北：新興出版，1974年。

〔註32〕引自《露書》，(明)姚旅，大陸：上海古籍出版社，1997年。

〔註33〕引自《松窗夢語》卷4《百工紀》，(明)張翰，中華書局，1985年，第77頁。

〔註34〕引自《蒹葭堂雜著摘抄》，(明)陸楫，收入《紀錄彙編》卷204，大陸：上海涵芬樓影印明萬曆刻本。

豪匠冒合、船居浮蕩、軍囚索引、屯營隱占、鄰境蔽匿和僧道招誘等七種。〔註35〕
二如何良俊所歸納：鄉官、官府皂隸、從事工商、游手等四種。〔註36〕從以上所
言的百姓流向中得知：一部分人得以遷業或覓得棲身之所，另一部分人則蔽匿鄰
境、船居浮蕩或遊手趁食，成為社會盲流，這些人為了謀生，只好專恃勇力過活。
〔註37〕

（二）社會階級的變動與僭越

　　明代中晚期自商業興起，造成社會階級變動最大者在士與商，除了農民加入商
業行列外，也有棄儒就賈的士人。〔註38〕士人階層主要由舉人、貢生、監生及生員
組成；舉人、貢生、監生皆有作官資格，然不一定皆有官作，生員除非中舉、出貢
或捐監，否則無法作官。大抵而言，明代士人大多與仕途無緣，因此，積極者會另
謀生路，消極者便心生不滿而違法亂紀。

　　朱元璋開國時相當重視民眾生活方式的差別，因為如果差異過大，便會相互比
較，不安於現狀。其曾諭廷臣曰：

> 昔帝王之治天下，必定禮制，以辨貴賤，明等威。是以漢高初興，即有錦
> 衣待款，操兵乘馬之禁，歷代皆然。近世風俗相承，流於奢侈，閭里之民
> 服食居住與公卿無異。而奴僕賤隸往往侈肆於鄉曲，貴賤無等，僭禮敗度，
> 此元之失政也。中書其以房舍、服色等第，明立禁條，頒佈中外，俾各有
> 所守。〔註39〕

因此，為使四民皆能安其業，守本分，便針對食衣住行作了詳細規範，使「貴賤
各有等第，上可以兼下，下不可以替上」。〔註40〕如百姓不得衣錦綺綾羅，僅可用
絹或紗，商人僅可用絹；百姓不能乘轎騎馬；不得使用金銀等器皿；官、軍、民、

〔註35〕參見《與行在戶部諸公書》，周忱，收入《明經世文編》卷二二，台北：台銀經研室，
　　　　1957 年。
〔註36〕何良俊說：「正德以前，百姓十一在官，十九在田。……自四五十年來，賦稅日增，
　　　　徭役日重，民命不堪，遂皆遷業。昔日鄉官家人亦不甚多，今去農而為鄉官家人者，
　　　　已十倍於前矣。昔日官府之人有限，今去農而蠶食於官府者，五倍於前矣。昔日逐
　　　　末之人尚少，今去農而改業為工商者，三倍於前矣。昔日原無遊手之人，今去農而
　　　　遊手趁食者，又十之二三矣。大抵以十分百姓言之，已六七分去農。」引自《四友
　　　　齋叢說》卷十三〈史〉，（明）何良俊，大陸：北京中華書局，1983 年出版，頁 111
　　　　～112。
〔註37〕參見〈晚明清初江南"打行"研究〉，郝秉鍵，大陸：《清史研究》，2001 年 1 月。
〔註38〕參見《士與中國文化》，余英時，大陸：上海人民出版社，1987 年，頁 527～532。
〔註39〕引自《明太祖寶訓》卷二「議禮」條，收入叢書《明實錄》，台北：中央研究院歷史
　　　　語言研究所，1967 年。
〔註40〕引自《明實錄》卷十，台北：中央研究院歷史語言研究所，1967 年。

僧、道不得使用玄黃紫三色等。〔註41〕正德年間，江南商業興起，商人竄起，消費能力提高，再加上當時皇帝多不朝，安於逸樂，疏於政事，明初防止階級僭越的法律如同虛設。有消費能力者便衣錦乘轎，住華宅，逛青樓，蔚成風尚。不僅商人如此，士人或一般百姓也跟隨流行。明代中晚期，其階級僭越的現象，表現在以下各方面：

服飾方面：服飾的材料、顏色、樣式等都是身分與地位的象徵，〔註42〕中晚期後，普通百姓常有綺靡之服與金珠之飾。婦女好艷妝，男子除士冠方巾外，便是當時流行的瓦棱帽。此風潮具普遍性，有百姓不顧經濟能力，也要趕上流行。

飲食方面：這是一段由儉入奢的過程。如江蘇一帶是「麗裾豐膳，日以過求。」〔註43〕湖南長沙一帶是「一席之費，甚至數十，諺曰：『富家一席，貧者三年。』」〔註44〕再如何良俊所見：

> 余小時見人家請客，只是果五色、餚五品而已。唯大賓或新親過門，則添蝦蟹蜆蛤三四物，亦歲中不過一二次也。今尋常宴會，動輒必用十餚，且水陸畢陳，或覓遠方珍品，求以相勝。〔註45〕

當時飲食之風主要表現在宴會上，同樣帶有全民性。

居住方面：「瓦樓舍宇類城市。」〔註46〕江蘇一帶「富者之居僭侔公室。」〔註47〕總之，房舍的變化乃從草房而瓦屋，無廳而有廳，矮小到高廣。〔註48〕

器用方面：明初使用陶瓦，成化以後「器用金銀，陶以翠白。」〔註49〕民間器用以翠白瓷器與金銀器代替。

輿馬方面：明初制度是三品官以上可乘轎，其他官員則騎馬，百姓不可騎馬。後至正德年間，士大夫皆乘轎，如何良俊所言：「監生無不乘轎矣。大率秀才以十分言之，有三分乘轎矣。」〔註50〕又嘉靖十五年，「邇者南京無論品秩崇卑，皆用肩

〔註41〕參見同註28。

〔註42〕參見〈政治制度與中國古代服飾文化〉，伍魏，《消費經濟》，2004年4月。

〔註43〕引自嘉靖《江陰縣志》卷四〈風俗記‧習尚〉，（明）趙錦修，張袞纂，大陸：上海古籍書店，1963年。

〔註44〕引自《茶陵州志》卷上〈風俗〉，（明）張治纂修，大陸：上海古籍書店，1990年。

〔註45〕引自註36。

〔註46〕引自嘉靖《太康縣志》卷四〈服舍〉，（明）安都纂，大陸：上海古籍書店，1990年。

〔註47〕引自同註43。

〔註48〕參見〈論明代社會生活性消費風俗的變遷〉，常建華，大陸：《南開學報》，1994年第一期。

〔註49〕引自同註44，卷上〈風俗第六〉。

〔註50〕引自同註27，卷三五〈正俗二〉。

興或乘女轎。」〔註51〕萬曆後期，京師「人人皆小輿，無一騎馬者。」〔註52〕

　　總上可知，「近來婚喪、宴飲、服舍、器用，僭擬違禮，法制罔遵，上下無辨。」〔註53〕皆因商業使然。

（三）思想觀念的變化

1. 追逐流行

　　表面上看，明代中晚期民間崇尚奢靡生活，此當商品經濟所帶來高消費能力之故，與明初相較確實奢華許多。如此奢侈的生活最初是因為百姓富有了，無法忍受官方制定的防止階級僭越的規定。對百姓而言，民間消費取向是以消費者需求為依歸，而富有的消費者便是首要服務的目標，既然消費能力提高，便想打破階級，過足一般人無法過的生活。

　　階級的逾越也使得婦女的活動空間擴大，可以外出參加廟會節慶、宗教性進香，或跟隨丈夫遠遊經商。從明末《杜騙新書》的出現，也證明了因為婦女的生活領域擴大，接觸的人群增多，便有受騙或誘使犯罪的情形發生。〔註54〕再者，民眾可以四處旅遊，從當時旅遊相關書籍的刊行、旅遊商品化、導遊行業興起等，皆可看出當時的旅遊消費文化。〔註55〕

2. 審美觀通俗化

　　明代中晚期，人民的目光常常聚焦在生活細節上，對此可從當時的圖書市場獲得些許資訊。如從當時與百姓日常生活、知識或文化等相關書籍的出現，可以勾勒出當代民眾生活的圖像，從中對生活常識的需求，如天文、地理、風水、醫書或武術等書籍的出現，可知百姓對生活常識的需求；從對書籍的分門別類，有「侑觴」或「笑謔」門，或教導嫖妓之道的「商旅」門等；再者，當時百姓的識字水準高，部分善書、女性詩詞、戲曲小說，甚至艷情小說等都是當時圖書市場經常刊印的書籍。以福建地區為例，當時出版的日用書中便有「書法」與「畫譜」一類，「書法」門多為書寫須知、字體範例、永字八法及楷書示例；「畫譜」門則為賞畫與繪畫要訣

〔註51〕引自《明世宗實錄》卷一九四，「嘉靖十五年十二月辛卯」條，（明）張居正等撰，台北：中央研究院歷史語言研究所，1966 年。

〔註52〕引自《客座贅語》卷七〈輿馬〉，（明）顧起元撰，台南：莊嚴出版，1995 年。

〔註53〕引自《明神宗實錄》卷七五，「萬曆四年六月辛卯」條，台北：中央研究院歷史語言研究所 1966 年。

〔註54〕參見〈從《杜騙新書》看晚明婦女生活的側面〉，林麗月，《近代中國婦女史研究》第三期 1995 年 8 月。

〔註55〕參見〈晚明的旅遊活動與消費文化——以江南為討論中心〉，巫仁恕，《中央研究院近代史研究所集刊》第四一期，2003 年 9 月。

和畫譜。「書法」與「畫譜」書的出版乃為因應平日人際交往送人字畫。〔註56〕

文化形成商品,諸如小說、日用類書、善書、寶卷、字畫等。〔註57〕民間的表演則為迎合民眾脾胃,推出具有地方色彩或較通俗的戲劇。此外,春宮畫冊與艷情小說的刊印,也是有別於其他朝代之處。民間廣販春宮畫與雕塑,唐寅與仇英等皆是當時有名的春宮畫家。〔註58〕就學者高羅佩私人收藏的明代春宮畫來看,其形制精美細膩且彩色套印。艷情小說大多由下層士人書寫,書坊刊行,讀者眾多,雖遭官方禁止,其流仍濫。

總而言之,明代中晚期呈現知識商品化的現象,〔註59〕巫仁恕說:

> 晚明已進入所謂的「風尚體系」(fashion system)亦即社會流動已非停滯,或是消費上也不再有許多限制以保障少數人的身分地位,而是下層社會愈來愈多人有能力模仿上層社會的消費行為,而且消費物品的創新與品味更新的速度也愈來愈快。〔註60〕

商品經濟帶來階級的逾越,一般民眾為附庸風雅與展現經濟實力,於是購買奢侈的藝術品。藝術本是上層文人專有的,雖然藝術風潮吹入民間,然呈現出的審美觀卻是日漸俗化,原因在於藝術品對於民眾的意義有別於上層文人,正如羅筠筠所言:「貴族藝術注重體現皇家意識和為皇帝歌功頌德、士大夫注重的是自我的表現與陶冶性情,市民階層所追求的則是自我娛樂和歡快喜慶。」〔註61〕民眾將藝術品的鑑賞帶入生活之中,但由於審美觀的差距,民眾僅觸及到精美的藝術表象,缺乏深層的美學體驗,因此所展現出來的便是俗化的審美觀。〔註62〕比方古董成為裝飾,以古銅器作香爐或花瓶,以玉器作水滴,以刀作紙鎮。〔註63〕再如市民產出的戲劇,其故事、人物皆是百姓生活的縮影,因此便帶有粗俗、低俗與戲謔,然缺少了文人的無病呻吟,反而更富人性,添增活潑生動。

〔註56〕 參見〈生活、知識與文化商品:晚明福建版「日用類書」與其書畫門〉,王正華,《中央研究院近代史研究所集刊》第四一期,2003 年 9 月。

〔註57〕 參見《明清時代庶民文化生活》,王爾敏,台北:中央研究院近代史研究所,1996 年 3 月出版,頁 65~69、157~208。

〔註58〕 參見《秘戲圖考》,高羅佩,大陸:廣東人民出版社,1992 年。

〔註59〕 王正華說:「晚明藝術知識的流通與藝術論述的形成有二種管道,其一是文人結社交際的盛行,藝術相關言論透過人際網絡形成共識或爭論;其二與出版文化息息相關,簡言之,就是知識的商業化。」引自同註 56,頁 36。

〔註60〕 引自同註 54,頁 114。

〔註61〕 引自《殘陽如血》,羅筠筠,大陸:河南人民出版社,2000 年,頁 153。

〔註62〕 參見《物、性別、觀看──明末清初文化書寫新探》,毛文芳,台北:台灣學生書局,2001 年,頁 6。

〔註63〕 參見同前註,頁 6。

3. 縱欲風氣的形成

　　明代縱欲之風，其原因除了來自經濟的發展，另則來自陽明心學。明代初期，程朱理學維持了近一百五十多年，在官方嚴格立法，規範人民的生活及活動時，程朱理學的思想確實在某方面扮演了幫助官方箝制人民的腳色。存天理、滅人欲的思想在當時保守純樸的時代，確實能行。然自明代中期起，陽明心學漸成氣候，與程朱理學相制衡。王陽明指出：「天下之物本無格者，其格物之功只在身心上做。」（《傳習錄》）「天下無心外之物」（《傳習錄》）「心即理……發之事父便是孝，發之事君便是忠，發之交友治民便是信與仁。」（《傳習錄》）指出人性中有良知，不必自書中外求，只要去私欲，便能致良知。陽明後學便發揚陽明不必讀書、盡在心上求的思想，使得文人頓時從書中解　放出來。明代士人的地位不如商人，終日苦讀四書五經，往往仍舊無法獲得官職，在長期的苦悶中，陽明思想確實是另開一扇窗。嘉靖以後，王學思想遍布全國，形成三個流派，浙中派繼承陽明思想，王畿、泰州兩派刻意求新，脫離了陽明的基本思想，將人欲更加凸顯出來，承認欲望的合理性。在明代中晚期，社會便因經濟發展再思想上開始轉變，又陽明末流對人欲的張揚，社會便向縱欲的方向發展。

　　文人李贄的思想受泰州學派影響，其主張「童心說」，「夫童心者，絕假純真，最初一念之本心也。」（《焚書》卷三〈童心說〉）童心即最純真、最自然的本心，以爲仁義理智與私欲皆出於本心，在某種程度上將人性中「欲」的部份正當化，所謂「穿衣吃飯即是人倫物理。」（《焚書》卷一〈答耿中丞〉）李贄將人欲提升到與天理同等地位，並將此思想帶入文學，認爲具有童心才能寫出好文章，並且好作品要有爲而發與自然樸素，將《西廂記》、《拜月亭》、《琵琶記》作比較，認爲「《拜月》《西廂》，化工也；《琵琶》，畫工也。」（《焚書》卷三〈雜說〉）李贄對於女性有些開明的見解，如主張男女「天賦平等」，其言「故謂人有男女則可，謂見有男女豈可乎？謂見有長短則可，謂男子之見盡長，女人之見盡短，又豈可乎？」（《焚書》〈答以女人學道爲見短書〉）此外，李贄也贊成寡婦再嫁與婦女從政。〔註64〕

　　李贄以情爲理的思想，影響了主情論的馮夢龍、至情說的湯顯祖與性靈說的袁宏道，自這些思想看來，不難想像明代社會是個企圖衝破禮教束縛的時代，然引領重視個人主體性的李贄卻也遭受譏諷與罵名，如《四庫全書總目提要·藏書》：

　　　贄書皆狂悖乖謬，非聖無法。惟此書排擊孔子，另立褒貶，凡千古相傳之
　　　善惡，無不顚倒易位，尤爲罪不容誅者，其書可毀，其名亦不足以污簡牘，

〔註64〕參見〈李贄的婦女觀及其實踐〉，陳桂炳，大陸：《南通師範學院學報》（哲學社會科
　　　學版）2001 年 9 月。

特以贅大言欺世，……至今鄉曲陋儒，震其虛名，猶有尊信不疑者。如置
之不論恐貽害人心，故特存其目，以深暴其罪焉。

晚明思想能夠突破傳統，首因陽明心學，再由李贄等人推波助瀾。社會繼起一片縱
欲風氣是始料未及，然卻不能將所有責任推卸至這些人身上。縱欲的風氣除了商品
經濟所引發一連串的社會變革外，還與道教盛行相關。明代帝王好道，大概長於太
祖洪武年間，至英、代二世，風氣更為熾熱。因帝王信道，因此道士紛紛進藥或獻
煉丹術、房中術，以博帝王歡心。從上至下皆沉溺在房中術、春藥、淫器等，也因
此對於「性」觀念漸漸開放。此外，佛教在明代也頗為盛行。宋太祖曾受僧人相助，
因此一向恩寵僧人，民眾因此落髮浴佛，甚至為躲避賦稅，也剃髮出家，導致僧尼
數量大增，轉嫁至百姓身上的稅賦相對提高。至明太祖始對僧尼有諸多限制，然效
果不彰，明代中期，僧尼數目更加氾濫，不守清規者眾，搶奪民婦、勾引男子等，
因此僧尼一徒成為社會亂源。明中期後，自上到下皆沉溺在情色風氣中，如《明史》
有記，江彬為得正德皇帝歡心，奪民女供帝王逞欲：

> 彬為建鎮府第，悉輦豹房珍玩，女御實其中。彬從帝，數夜入人家，索婦
> 女，帝大樂，忘歸，稱曰家裡。〔註65〕

上位者如此，民間更甚是，艷情小說便在如此環境中興起。

> 正（德）、嘉（靖）以後社會的變化就現象而論，與前即有四大不同之
> 處：一是逐利，二是縱慾，三是僭越，四是不守婦道。這實際上反映出
> 了當時的社會特徵，所謂逐利便是商品經濟的發展；縱欲則是對於傳統
> 禁欲主義的一種反叛；僭越說明傳統的等級標誌失去了舊有的價值，金
> 錢開始發揮作用；婦女活動的增加，一定程度上也反映出了傳統禮法的
> 破壞。〔註66〕

在中晚明，社會中的許多價值被重估，以往少見的想法、行為一一出現。新舊價值
的交替不一定代表墮落，有時卻是新價值的建立與突破。艷情小說的大量產出，正
代表情欲觀念的重新建構與重視。

二、明代之情色書寫

明代情欲書寫的特色在於裸露的身體與淫穢的語言，因為它直露，所以缺乏美
感與想像，無論小說抑或民歌皆如此。此現象的產生實與整個時代的政治與社會環

〔註65〕《明史》第二十二冊，（清）張廷玉，大陸：北京中華書局，頁7885。
〔註66〕引自《明代文化志》，商傳，收入李學勤主編《中華文化通志‧歷代文化沿革典》，
大陸：上海人民出版社，1998年，頁26。

境、思想及審美觀相關，此在本章前文有述，現不再論。本節就略舉數種情色書寫的狀況，供讀者瞭解。情色除以文字書寫如小說、散曲、戲劇、筆記外，在繪畫（春宮畫）、雕塑、陶瓷方面多有。

明初小說也穿插少數情色書寫，如《水滸傳》第四十四回〔註67〕描寫女性身體：

> 黑鬒鬒兒，細彎彎眉兒，光溜溜眼兒，香噴噴口兒，直隆隆鼻兒，紅乳乳腮兒，粉瑩瑩臉兒，輕嬝嬝身兒，玉纖纖手兒，一撚撚腰兒，軟膿膿肚兒，竅尖尖腳兒，花蔟蔟鞋兒，肉妳妳胸兒，白生生腿兒。更有一件窄湫湫、緊擋擋、紅鮮鮮、黑稠稠，正不知是什麼東西。

《西遊記》〔註68〕第六十回：

> 幾番常把腳兒蹺，數次每將衣袖抖。粉項自然低，蠻腰漸覺扭。合歡言語不曾丟，酥胸半露鬆金鈕。

又第七十二回：

> 褪放紐扣兒，解開羅帶結。酥胸白似銀，玉體渾如雪。肘膊賽凝脂，香肩欺粉貼。肚皮軟又綿，脊背光還潔。膝腕半圍圍，金蓮三寸窄。中間一段情，露出風流穴。

另瞿佑《剪燈餘話》與李禎《剪燈新話》也出現較多的男女交媾的描寫，後來凌濛初的《二拍》中部份故事情節便是依此擴充、發展。明代最早的豔情小說是署名吳門徐昌齡著的《如意君傳》，〔註69〕對後來的豔情小說影響甚大，如《繡榻野史》、《金瓶梅詞話》、《癡婆子》等在故事中皆提及此書。而《金瓶梅》出現後，明代豔情小說便開始大量登場，除了本論文討論的文本外，尚有《濃情快史》、《株林野史》等，明代因有禁書令，由此可以想像，應該有不少的豔情小說就此湮沒，不見於今。豔情小說的消遣成分居多，因此明、清兩代的豔情小說，大多以描寫兩性交媾行為、性器官等為主要，不重視劇情的鋪排，更遑論人物個性的塑造。

明代《如意君傳》是描寫唐代武則天淫亂宮闈的故事，較特殊的是：一般淫亂者大多為擁有權力的男性，然該書卻書寫一位由女性主導與男性的性關係，並且將男性視為物件般的玩弄，對此在豔情小說中較屬特殊。明、清兩代的情色書寫中，

〔註67〕引自《水滸傳》，（元）施耐庵撰，（明）羅貫中纂修，（清）金聖嘆批評，台北：三民書局，1973年。

〔註68〕《西遊記》，（明）吳承恩著，繆天華校訂，台北：三民書局，1972年。

〔註69〕參見《如意君傳》之「出版說明」，收入《思無邪匯寶》，頁15。該書情節材料乃依據與武則天相關的歷史筆記。關於《如意君傳》的流傳可參見《金瓶梅研究集》，杜維沫、劉輝編，大陸：濟南市齊魯書社，1988年，頁291～299。

評價較高者屬明代中後期的《金瓶梅》與明末清初的《肉蒲團》。《金瓶梅》故事乃自《水滸傳》中西門慶、潘金蓮和武松恩怨情仇之情節，創造出一百回的長篇巨著。其中雖有不少的性愛情節，然因其不以性行為為主要敷寫，故事結構較完整，西門慶、潘金蓮、李瓶兒等腳色性格塑造成功，因此評價較高。〔註70〕《肉蒲團》的情色書寫勝於《金瓶梅》，李漁以「誡淫」為寫作目的，其言「勸人窒欲不是勸人縱欲，為人秘淫不是為人宣淫。」該書描寫書生未央生以天下第一才子自許，並決心尋找天下第一佳人，因此他四處淫亂，最終竟在妓院發現受人拐騙的妻子，其妻羞愧自殺，未央生終於覺悟，「心上想道，有這件作祟之物帶在身邊，終久不妙，不如割去了他，杜絕將來之患。……取一把切菜的薄刀。一手扭住陽物，一手拿起薄刀，恨命割下。……從此以後，欲心頓絕，善念益堅。」

　　明代的民歌也有大量的情欲書寫，馮夢龍便收集此類小曲，編輯成《掛枝兒》、《山歌》。

　　　金扣含羞解，銀燈帶笑吹。我與你受盡了無限的風波也，今夜諧魚水。（〈佳會〉〔註71〕）

　　　小和尚就把女菩薩來叫。你孤單，我獨自，兩下難熬。難道是有了華蓋星便沒有紅鸞照。禪床做合歡帳，佛面前把花燭燒。做一對不結髮的夫妻也，和你光頭直到老。（〈小和尚〉〔註72〕）

　　　結識私情像氈條，伏伏帖帖枕席作相交。（〈氈條〉〔註73〕）

總上：明代民歌比南北朝時代的吳歌、西曲更為俚俗、淺白甚至低俗。馮夢龍也收集並潤飾元、宋、明三代話本，再加上自己擬作，纂成《喻世明言》（舊題《古今小說》）、《警世通言》、《醒世恆言》，通稱《三言》，〔註74〕其中為當代市井小民的各色生活，無論人情世態或悲歡離合，因此，情色書寫並非主要，描摹語言淺白並適可而止，不似晚明的豔情小說般的詳細描寫，如：

　　　成其雲雨，十分歡愛。〔註75〕

〔註70〕參見〈明代艷情傳奇小說名篇的歷史價值〉，王汝梅，大陸：《吉林大學社會科學學報》，1998年第六期。

〔註71〕引自《掛枝兒》，馮夢龍輯，收於《馮夢龍全集》第十八卷，大陸：江蘇古籍出版社，1993年6月出版，頁4。

〔註72〕引自參同前註，頁119。

〔註73〕引自《山歌》，馮夢龍輯，收入同註72，頁60。

〔註74〕將編纂為《三言》。

〔註75〕引自《醒世恆言》第二十八卷，收於同註71。

鬆開鈕扣，解卸衣裳，雙雙就枕，酥胸緊貼，玉體輕偎。〔註76〕

香汗流酥，相偎微喘，雖楚王夢神女，劉、阮入桃源，相得之歡，皆不能比。〔註77〕

清代華廣生也收集並改編為《白雪遺音》，其述及性事多以譬喻，如〈紅綾被〉：

紅綾被內成雙對，鴛鴦枕上一枝紅梅。玉簪花輕輕插在花瓶內，繡球花翻來覆去揉不碎。揉碎了雞冠，濕透了紅梅。露水珠點點滴在花心內，玉美人杏眼朦朧如酒醉。

清代文人也寫艷詞，彭孫遹的《香奩唱和集》和《金粟詞》也涉及性愛，如：

綠楊深鎖誰家院？見一女嬌娥，急走行方便，轉過粉牆東，就地金蓮。清泉一股流銀線，衝破綠苔痕，滿地珍珠濺。不想牆兒外，馬兒上人瞧見。

朱彝尊詠乳房，如〈沁園春〉：

隱約蘭胸，菽發初勻，玉脂暗香。似羅羅翠葉，新垂桐子；盈盈紫藥，乍擘蓮房。實小含泉，花翻露蒂，兩兩巫峰最斷腸。添惆悵，有纖褋一抹，即是紅牆。偷將碧玉形相，怪瓜字初分蓄意藏。把朱欄倚處，橫分半截，瓊簫吹徹，界住中央。量取刀圭，調成藥裹，宵斷嬌兒不斷郎。風流句，讓屯田柳七，曾賦酥娘。

明、清兩代的情欲書寫方式多樣，有以詩詞隱寫，表面上是花草或自然物，然卻隱含兩性性行為，如「玉簪點破鴛鴦竅，陶浪橫沾翡翠衾。」(《僧尼孽海》)有以淺白文字詳寫交媾過程或性器官。因此，明、清兩代在情色書寫方面已到了極盡淫穢，缺乏美感的地步。

　　總結本章：先秦時期對於男女情愛心理的記錄由《詩經》揭開序幕，熱烈且健康的愛情，顯見當時清新與自由的戀愛風氣。兩漢時期，女性形象因戰國楚人屈原之寓君子理想或君王於一體的神女，透過宋玉的再創造，使其具神性逐漸世俗化。大抵而言，民間樂府與文人古詩所欲表達的主題皆不出男女情愛，然民歌多敘事，表達情感較直接；文人古詩則重抒情，含而不露，委婉深情。

　　魏晉南北朝的詩歌，無論如何表情，其實都在訴說著一種身為人皆有的私密情感，當然包括生理欲望。自文人宮體詩觀之，表面上是描摹女性外在體態情貌及女性周邊貼身物品，內在實受情欲驅遣。民間歌謠向來以直寫與淺露為特色，除了男女情思外，對於性的渴望更是毫不扭捏地表達出來。

〔註76〕引自同前註。
〔註77〕引自《警世通言》第二十九卷，收於同註71。

　　唐代隨著酒館青樓的興起，擁有文學素養的歌妓，便自私領域跨越到公共領域，成為文人杯酒歡唱、談情說愛的對象，從唐代出現許多的狎妓詩、與妓相唱和的詩篇便可證明。元稹〈會眞詩〉冶艷，開晚唐艷詩先聲，韓偓的《香奩集》更是綺艷。晚唐興起填詞之風，溫庭筠以擅長描摹女性心理，下開穠艷、流麗詞風。爾後趙崇祚編《花間集》，輯「綺筵公子，繡幌佳人，遞葉葉之花箋，文抽麗錦；舉纖纖之玉指，拍按香檀」等香軟豔麗之詞，韋莊、歐陽炯、牛嶠等對男女性愛之描寫更加穠麗，香艷程度盛於前代，然仍唯美。中國古代情欲書寫的轉變關鍵是唐初張文成的《遊仙窟》與唐末白行簡的〈天地陰陽交歡大樂賦〉。《遊仙窟》以第一人稱寫男子艷遇的小說，直寫男女交媾過程，可謂是明代艷情小說之先聲。張文成在桃花窟一夜風流的故事與陶潛「桃花源」及劉阮在天臺遇持桃仙子傳說匯流後，成為男子豔遇的仙境，並在晚唐詩中成為隱喻。〔註78〕白行簡的〈天地陰陽交歡大樂賦〉寫兩性活動、性器官、性反應等，乃從男女生理與心理層面對情欲的探索，以文學形式來敘寫房中術內容者，在中國文學史上恐怕是首作。宋代部份詞作，風格香豔，內容多涉愛情或閨情。而金元時期的戲曲，其情色表現更為大膽，此與民眾消費有關。文人創作遷就商業都市百姓的娛樂喜好，所以從詞到曲，其風格逐漸庸俗化，題材方面多涉性愛及戲謔化。由此可知，當中、下階層的民眾興起，成為帶動社會經濟活絡的關鍵時，情欲書寫遂迎合民眾口味，便直截淺白的語言或市井粗語，〔註79〕也正代表娛樂市場的通俗化。

　　明代情欲書寫的特色在於裸露的身體與淫穢的語言，因為它直露，所以缺乏美感與想像，無論小說抑或民歌皆是如此。此現象的產生與整個時代的政治與社會環境、思想及審美觀相關。商業興起，市民的消費能力提高，商業市場以市民需求為依歸，因此原為士人階級的文化，便成為商品。因雅俗共賞的審美需求，如小說，便披著文學的形式，其實潛藏淫穢語言、低級趣味與兩性性事。性為生活的一部分，然一旦它必須進入藝術領域時，就必須以一種符合美感的形式表達，所謂符合美感就必須以理馭情，以藝術手法如譬喻或象徵表現。〔註80〕然明代的情欲書寫，語言極露、搧情，書寫兩性性行為已直露，缺乏美感，如魯迅所言：「專在性交，又越常情。」〔註81〕專寫兩性交媾，逾越倫理與常情，呈現的是動物性的發洩，缺乏感動人心的美感。

〔註78〕參見本論文附錄〈「桃」意象在明代豔情小說中的轉變〉。
〔註79〕參見〈中國愛慾小說初探〉，韓南著，水晶譯，《聯合文學》，1988年9月，頁17。
〔註80〕參見〈論目前文學中的性描寫〉，李玉悌，大陸：《寶鷄文理學院學報》，1994年第2期，頁3。
〔註81〕引自《中國小說史略》，魯迅，大陸：齊魯書社，1997年，頁147。

第三章 艷情小說之文本現象與作者創作心理

　　本章對於主要研究文本作些整理，分為男女眾像、多樣之性選擇及兩性交往模式三類。男女眾像：其在整理小說中男、女或小官的外貌形象，一觀當代男女或小官的外表情貌。多樣之性選擇：在整理小說人物在性的選擇上之異同，乃如選擇異性或同性；寡婦、僧尼這類特殊的族群，他們的性選擇是如何？除了兩情相悅外，尚有金錢交易的性選擇。兩性交往模式：在整理兩性相交的心理狀態及其出發點，如相知相惜之交往、強逞性欲之交往，也有一種夢境式的交往，即艷遇——遇妖。

　　此外，筆者根據文本，整理了小說作者的創作心理，諸如：作者自信艷情小說有一定的消費市場、視「情欲」為人之正常本能、及時行樂與節制的情欲觀念、誇大陽具尺寸及性能力、重視貞節婦女、規諷誡淫之寫作目的等。

第一節　文本現象

一、男女眾像

（一）男　性

　　關於男性之形容詞：

形容對象	形　容　詞　彙	出處／頁數
海　陵 （官宦）	聰俊灑落。 生得清標秀麗、倜儻脫灑、儒雅文墨。	《海陵佚史》／ 88、84
哈密都盧 （官宦）	頗美丰姿。	《海陵佚史》／64

閻乞兒 （小廝）	生得乾淨活脫，比烏帶濁物也好百倍。	《海陵佚史》／111
瓦剌哈迷 （官宦）	豐軀偉幹，長九尺，有奇力，能扛鼎，氣可吞牛，其陽極壯健夐闊。	《海陵佚史》／126
萬　金 （伶人）	聰明伶俐，身材俊雅，十分標致。	《昭陽趣史》／98
慶安世 （宮中侍郎）	生得眉清目秀，風流俊雅，善於鼓琴。	《昭陽趣史》／171
陸　姝 （小廝）	生得俊俏如美婦人，最是乖巧聰明。	《浪史》／51
浪　子 （官宦）	生得真好標緻，裝束又清艷。 風神雅逸，顧盼生情，真個是事上無對，絕代無雙。 穿了上色衣服，足踏一雙朱紅履，手把一柄香妃扇，掛了一個香毬。 換了一套新鮮衣服，風過處，異香馥馥。	《浪　史》／55、142、56
小白狼 （私營妓院）	生得橫眉豎目，身材魁梧。	《玉閨紅》／355
趙王孫 （書生）	眉秀而長，眼光而溜，髮甫垂肩，黑如漆潤，面如傅粉，唇若塗硃，齒白肌瑩，威儀棣棣，衣裳楚楚，丰神色澤，雖藐姑仙子不過是也，人及見之，莫不銷魂。 趙生白一紅襯，愈覺可人。 趙生穿大紅襖，白縐紗氅衣。	《弁而釵·情貞》／64、72、84
韓仲璉 （書生）	白皙秀目，姿貌姣麗。	《春夢瑣言》／359
薛敖曹 （宮中侍郎）	長七尺餘，白皙美容顏，眉目秀朗，有膂力，趫捷過人。	《如意君傳》／45
張昌宗 （宮中侍郎）	美而少，其肉具大者。昌宗有花容之身：「花中謾有千紅紫，不及蓮花似六郎。」	《如意君傳》／47
盈　郎	白而美。	《癡婆子傳》／120
香　蟾	窈窕而媚，最為豪家所顧，予細視之，衫袖輕盈，而眉目如畫，絕與美婦人無異。	《癡婆子傳》卷下／136
獻之和尚	后視之，嫣然美女子也。	《僧尼孽海》／199
振　儒 （官宦）	苦志鑽研，廣蒐博學……少解大義，經史略窺一斑。	《載花船》／30
粲　生 （官宦）	尹監又私羨粲生，果是才同子建，貌似潘安。	《載花船》／182

總上，明代艷情小說中，對男性的形容詞彙上有下列特點：

（一）面貌姣好清秀。

（二）少數具備雄壯的男性特質，一般男性有女性化之傾向，如「俊俏如美婦人」、「白而美」、「嫣然美女子」。

（三）男性大多相貌英俊且有女性化傾向，大多是受過教育的知識份子。

（二）女　性

關於女性之形容詞彙：

形容對象	形　容　詞　彙	出處／頁數
阿里虎	妖嬈嬌媚，嗜酒跌宕。	《海陵佚史》／54
重　節	見重節年將及笄，姿色顧盼。	《海陵佚史》／57
彌　勒	色益麗，人益奇。 頗美丰姿。 眼橫秋波，如月殿姮娥，眉插春山，似瑤玉女，說不盡的風流萬種，窈窕千般。 非守禮處女，信是姑射仙人。	《海陵佚史》／64、73、75
定　哥	眼橫秋水，如月殿姮娥，眉插春山，似瑤池玉女，說不盡的風流萬種、窈窕千般。 沉魚落雁之容，閉月羞花之貌。 生得嬌嬈美艷，如毛嬙飛燕一般。	《海陵佚史》／75、83、87
什　古	貌雖不揚，而肌膚潔白可愛。	《海陵佚史》／125
奈剌乎	修美潔白。	《海陵佚史》／129
宋貴妃	鬢髮膩理，資質纖穠，體欺皓雪之容光，臉奪英華之濯艷，顧影徘徊，光彩溢目，承迎盼睞，舉止覺倫，智算過人，歌舞出眾。	《海陵佚史》／166
烏林答氏	玉質凝膚，體輕氣馥，綽約窈窕，轉動照人。	《海陵佚史》／168
武　氏	肥肥胖胖，肌膚雪白，貪眠好吃。	《繡榻野史》／343
姑蘇主	丰韻不亞於西子，淫行並肩於則天。	《昭陽趣史》／99
狐精幻變的女子	頭挽烏雲巧髻，身穿縞素衣裳。金蓮三寸步輕揚，嬝娜腰枝難狀。玉指纖纖春筍，朱唇點點含香。未曾窗下試新粧，好似嫦娥模樣。	《昭陽趣史》／80

合宜、合德姊妹	姿容出世，窈窕無雙，纖腰嬝娜，小腳妖嬈。	《昭陽趣史》／118
合　宜	舉止翩然，就是花枝風顫的一般，都是天生就的這一段輕盈弱質。	《昭陽趣史》／118
合　德	肌膚潤澤，出浴不濡，性格幽閒，丰姿俊雅，熟於音律，工於詞賦，由善於諧語。 輕移蓮步，款促湘裙，容貌如海棠滋曉露，腰肢如楊柳裊東風，渾如浪苑瓊姬，絕勝桂宮仙子。	《昭陽趣史》／143
文　妃	眼橫秋波，眉插春山，說不盡的萬種風流，話不盡千般窈窕，如瑤臺織女，便似月殿嫦娥。	《浪史》／50
潘素秋	姿容絕世，賽過王嬙西子。	《浪史》／109
閨　貞	琴棋書畫，無一不通，詩詞歌賦，件件皆曉，賦性幽嫻貞靜。 唇不塗朱而紅，不施粉而白，髮若烏雲委地，面似蓮花出水，乃沉魚落雁之容，閉月羞花之貌，腰肢婀娜，舉止大方。	《玉閨紅》／295、352
張小腳	長得一臉橫肉，五短身材，肥臀大乳，並無動人之處，就屬那一雙小腳，真是天上少有，地下無雙，因此小腳之名大振。	《玉閨紅》／324
楊　氏	面皮黑慘慘，臉而滾圓圓，兩眼如桃賽水仙，身柔無骨楊柳前，雖然是徐娘半老，卻向有風緻。	《玉閨紅》／342
韓玉姝	儀容俊雅，體態溫柔，彈得琴，品得簫，弈得棋，唱得歌。 綠鬢蓬鬆，玉釵顛倒，芳唇猶帶殘脂，媚臉上凝宿粉。	《龍陽逸史》／253、258
韓蘭英	姿容雅麗，體態妖嬈，似西子再生，玉姬下降，千般香豔，百種嬌羞。	《僧尼孽海》／250
李　姐	目白如玉，不假粉粧。	《春夢瑣言》／361
棠　娘	顏如桃花，著乾紅衣，翠油裳，其光彩共動人。	《春夢瑣言》／362

　　總上，明代艷情小說中，對女性的形容詞彙方面，有下列幾項特點：

（一）除少數女性外，大部分是美麗的女子。

（二）形容詞彙相似度高，千篇一律，少新意。

（三）作者常以仙子、玉姬或嫦娥來形容女子。

（四）大多才貌兼具。

（三）小 官

關於小官之形容詞彙：

形容對象	形　容　詞　彙	出處／頁數
某小官	年約十七八光景，愛華麗，愛潔淨，打扮得像一枝出水的芙蓉。	《別有香》第六回／94
某小廝	生得唇紅齒白，面如冠玉。	《玉閨紅》／329、330
裴幼娘	琴棋書畫外，那些刺鳳挑鸞，拈紅納繡，一應女工針指，般般精諳。生得十分標致。	《龍陽逸史》／81
李小翠	標致。	《龍陽逸史》／105
唐半瑤	生得異樣標致，一張面孔就如傅粉一般。	《龍陽逸史》／124
史小喬	標致。	《龍陽逸史》／190
范六郎	香玉爲肌，芙蓉作面。披一帶青絲髮，梳一個時樣頭，宛轉多情。畫不出一眶秋水，徘徊如恨，○不來兩道春山，一種芳姿，不似等閒兒女輩，幾多情韻，敢誇絕代小官魁。	《龍陽逸史》／206
滿身騷	生得妖嬌體態，走到人前，一位溫柔覷觥，眼睛鼻孔都是勾引得人動情的。	《龍陽逸史》／271
小潘安	十四、五歲垂髫的時節，生得就如一朵花枝相似。	《龍陽逸史》／309
花 姿	絕俊雅，絕風流，一張面孔生得筍尖樣，眞個是一指捏得破的。	《龍陽逸史》／382
風 翔	面如冠玉，神若秋水。臉上如桃花含露，愈覺夭嬌。	《弁而釵・情貞》／67、87
張 機	眉分八字，秀若青山，目列雙眸，澄如秋水，淡淡玉容滿月，翩翩俠骨五陵，若非蓬萊仙闕會，定向瑤池閬苑逢。	《弁而釵・情俠》／128
張 機	人美如玉，才大如海，力勇如虎，吾地有此佳品，眞奇貨可居也。	《弁而釵・情俠》／145
文 韻	容兒雖非彌子，嬌姿儘可傾城。不必，偏饒出洛精神。臉琢無暇美玉，聲傳出谷新鶯。雖是男兒弱質，妖嬈絕勝雙成。 十三、四歲如花似玉一般的小官。	《弁而釵・情烈》／194、200
李又仙	星星含情美盼，纖纖把臂柔黃，檀口欲語又還遲，新月眉兒更異。面似芙蓉映月，神如秋水湛珠，威儀出洛自稀奇，藐姑仙子降世。	《弁而釵・情奇》／272
孫 義	修容雅淡，清芬逼人，體態嫵媚，玉琢情懷，旂旎洒落，風致飄然，垂髫半斂，風韻輕盈。	《宜春香質》／96
尹 監	如花似玉……人品秀麗，言談甚曉風致……粲生深訝尹監宛然仙子。	《載花船》／177、178

總上，明代艷情小說中，對小官的形容詞彙方面，有下列幾項特點：

（一）外貌清秀。

（二）不僅外貌，名字也具女性化。

（三）形容詞彙與前文形容女性者差距不大。

二、多樣之性選擇

（一）異　性

一男一女的性關係是人類社會化後合法的方式。在明代艷情小說中，少有一對一終其一生的性關係，大多是一對多；這可能是豔情小說原先就被定位為書寫情欲，為符合市場期待的關係。一對多的性關係，有一男對多女與一女對多男兩種。

一男對多女，如《別有香》第十一回：白姓富人購一園並置四妾，園中分春、夏、秋、冬四小區，正好四位妾各治一區，此花園便是供白姓富人縱欲的地方。又如《浪史》：

> （浪子）娶七個美人，共兩個夫人與十一個侍妾，共二十個房頭。每房俱
> 有假山花臺，房中琴棋詩畫，終日賦詩飲酒，快活過日。（頁258）

這儼然是男性刻意建置的樂園，女性在此同裝飾用的花草一般被視為物件，供男性欣賞與享樂。再如《海陵佚史》：海陵四處尋找美色，就算有夫，也想盡辦法得手。若遭背叛便將其縊死，阿里虎與察八便是其手下冤魂。

一女對多男，如《載花船》第五至八回：已婚的云娘背著遠行的丈夫碩臣，勾引光先、良輔、夥計小三等人，事後遭丈夫冷落，羞愧自殺。又第九至十二回：武則天認為男人鼻大陽具便大，在宮內找不著，便派遣女差使若蘭到民間尋男色供其享用。再如《如意君傳》：以武則天為主腳，描述其穢亂宮廷之事。此外，值得一提的是《癡婆子傳》，在明代艷情小說中，一女對多男式的性關係大多是散見在各文本，除了擁有政權的武則天為主腳的《如意君傳》和《載花船》（第九至十二回）外，專寫一位普通女子的情欲故事，大概僅有《癡婆子傳》。《癡婆子傳》中的阿娜自少女到已婚，放縱自己的情欲，曾與公公、舅子、大伯、僧侶等人發生關係，終被眾人唾棄，孤老一生。

（二）同　性

明代艷情小說中，同性關係除了散見外，大多集中在《龍陽逸史》、《弁而釵》、《宜香春質》中。在此之前，同性戀僅在正史或野史中零散的被記錄，專寫同性戀者據現有資料顯示，大概到明代崇禎年間方有。明代確實出現許多男同性戀，如（明）

沈德符《敝帚齋餘談》、（明）謝肇淛《五雜俎》多有記載。依據研究，同性戀形成原因大約有家庭與遺傳因素，或因「缺乏更好的方式」（fautedemieux）。〔註1〕「而今的人，眼孔裡那個著得些兒垃圾，見個小官，無論標致不標致，就似見血的蒼蠅，攢個不了。」〔註2〕當代好男風的情形恐怕僅是一時的流行，並非真正的同性戀。若自當代同性戀大增的現象觀之，或許是當時社會採較寬鬆的態度。

　　《龍陽逸史》共二十回，即二十篇短篇小說，記錄著杭州一帶賣淫謀生的小官生活，作者寫作的動機在怡情，並非教化，〔註3〕因此該書整體上是敘述重於議論。小官為了賺取財物，便迎合買主，因此談不上有情，買賣也不是為了性欲滿足。小官營業除了透過牽頭居中安排，也自願賣身到南院（即男性妓院）。〔註4〕文本作者所描寫的景象很可能是當時的寫照，時人對於小官的觀感與對一般妓女無異，甚至更輕視，如第八回，小官盛行，妓女上狀告小官：

> 那些作小官的，個個心懷不善，倒求老爺拘到案前，當前審定了。

南院影響妓院的生意，妓院老鴇告上官府，典史鍾福審判：

> 為禁止南風以維風化，……近有無恥棍徒，景入桑榆，濫稱小官名色，霸
> 居官銜，斷絕娼妓生涯，一旦脂粉窩巢，竟作唾津世界，深為可恨。

一般人歧視妓女，乃因其社會地位低落與罔顧貞節，而小官「都去擦脂抹粉，學出那娼妓家的粧粉來」（第八回）在一般人對性別的刻版印象中，脂粉氣過於濃厚的男性常被視為沒有英雄氣概。文本中所呈現的是愛慕名利的小官，如第十一回有言：「大凡作小官的，與妓家相似，那妓女中也有愛人品的，也有愛錢鈔的，也有希圖些酒食的，小官總是一樣。」〔註5〕又言：「個個貪得無厭」〔註6〕《弁而釵》、《宜香春質》二書便與《龍陽逸史》不同，其批判性較高，正是「《弁而釵》可謂是一部男性戀的讚歌。而《宜香春質》恰好相反，小官皆為反面人物，下場

〔註1〕「缺乏更好的方式」是某些與外界隔離的團體（住校學生、修道院、軍隊、水手或監獄）因缺乏異性而常出現同性戀的情況。此種關係乃是為了（1）抗拒孤獨；（2）求取保護；（3）企求生存；（4）藉之建立一種社會階層體制而減少侵犯之威脅。參見《同性戀》，Jacpues Corraze 著，陳浩譯，台北：遠流出版社，1992 年 8 月初版，頁 16、18。

〔註2〕引自《龍陽逸史》第二回。

〔註3〕參見該書頁 21。

〔註4〕小官營業方式有二：1、需仲介人牽頭（1）與牽頭訂立契約，約定服務期限；（2）僕役出身或年幼時就透過牽頭賣給主人。2、男院（1）個人掛牌營業者可稱男院；（2）到專人營業的妓院。（參見《明清社會性愛風氣》，吳存存，大陸：人民文學出版社，2000 年，頁 140～141

〔註5〕引自頁 253、269。

〔註6〕引自第十八回，頁 267。

淒慘……爲同性戀之警歌。」〔註7〕

《弁而釵》由〈情烈記〉、〈情奇記〉、〈情俠記〉、〈情貞記〉四篇組成，寫男同性戀正面性人物，四篇皆由「情」貫串，寫有情有意的同性戀人物。其中有露骨的交媾描寫，然與其他二本同性戀小說相異之處：作者是站在「情」的角度對人物作批判。如〈情貞記〉：一般的情色書寫，幾乎是初識便交媾，但翰林與趙生卻一直到第三回，翰林一病不起時，情節才急轉直下，製造上床順理成章的機會。翰林對趙生不僅有生理上的需求，在學問方面也會指導趙生如何作文章，以致教書先生發現兩人文氣相似而誤認。先生知道兩人情事時相當震怒，但還是認爲其爲可造之材，而給予機會。呵呵道人評此事曰：

> 得杜張兩人一番風波，二人（筆者案：指風翔與趙玉孫）正得意時，倏然
> 拆散，欲見不可，再會無繇，兩地相思，咫尺千里，遂成了一段佳話。（頁
> 110）

風翔與趙玉孫離別後未再見面，作者有意將其塑造成相隔兩地的有情人。〈情貞記〉：翰林與趙生在學問上的彼此切磋。〈情俠記〉：武官張機與文官鍾圖男在官場上相互扶持，並同時俱隱，然終究各自組成家庭，兩廂都有不錯的子嗣。〈情烈記〉：文韻因家道中落而到戲班謀生，進而認識書生雲漢，文韻提供金錢幫助雲漢上京考試。文韻因不願被儀賓玷污，於是自刎，又借屍還魂幫助雲漢，爲他解決冤獄等事。〈情烈記〉：李又仙賣身到南院以贖父，後爲報恩乃假扮女裝成爲趙匡時之妾。官宦趙匡時遭陷，致滿門抄斬，文韻便帶著匡時之子假扮女尼入觀，並將其扶養成人。《弁而釵》的主腳皆善終，自此可見作者以情義爲標準，給予他們較高的評價。

《宜香春質》分〈風〉、〈花〉、〈雪〉、〈月〉四集，每集五回，各演一則故事。〈風〉集：孫義好南風，曾與十八位男子交，後作小官與人廝混，聲名不佳，遭騙致死。〈花〉集：小官迎兒依靠富人包養，凡見對方家產已盡者便棄之，勢利又無情，因此風評極差。後因占人家產、忘恩負義，遭殺示眾。〈雪〉集：尹小官同樣也是好利貪財之徒，詐騙他人地契，並變賣家產，後因賭博散盡錢財，妻子爲娼，自縊而亡。〈月〉集：鈕秀才貌醜，爲同學所鄙。某日作夢，夢見自己改換面貌到「宜男國」參選美男子，貌美如雙，選爲狀元，備受國王寵愛。後遇精逃至全爲女人的「聖陰國」，穢亂宮廷。駝駝國王覬覦鈕秀才，派兵擄人，鈕在逃亡途中遭兵輪暴幾死，便後悔改變容貌，驚嚇之餘，大夢驚醒。醒後鈕生悔悟，入五臺山修行。整體而言，《宜香春質》中的小官皆是反派人物，下場極慘。僅有〈月〉集中的鈕

〔註7〕引自《弁而釵》之出版說明，頁19。

秀才改邪歸正，保全性命。《宜春香質》中的人物多是負面人物，作者給予極慘的結局。若將《宜春香質》、《弁而釵》並置來看，可謂相互補充，在作者創作意識中，不對同性戀作先入為主的刻板認定，只要情義俱存者皆有善報，反之則必須付出代價。

（三）寡　婦

在明代豔情小說中，描述不守婦道的寡婦有之，能較細膩的體會寡婦的情欲世界者卻較少，然這對於以男性為主的中國社會中已屬不易了。《繡榻野史》中的「春情」、「夏燠」、「秋寂」、「冬寒」便分別描述了四季裏寡婦的情欲。如：

> 婦人家守節，初起頭，還熬得，過了三四年，也就有些身子不快。一到春裏來，二三月間，百花齊開，天氣又和煖，弄得人昏昏倦倦的，只覺得身上冷一陣、熱一陣，腮上紅一陣，腿裏又震一陣，自家也曉不得這是思量丈夫的光景。二十多歲，年紀小，血氣旺，夜間容易睡著，也還熬得些；一到三四十歲，血氣枯了，火又容易動，春間夜裡昏間蓋夾被，翻來覆去，沒個思量，就過不得了。（〈春情〉，頁 246）

> 秋天風起，人家有一夫一婦的，都關上窗兒……偏自家冷冷清清、孤孤悽悽，月亮照來，又寒得緊，促織的聲，敲衣的聲，聽得人心酸起來，只恰得一個人兒摟著睡。（〈秋寂〉，頁 261）

> 一到冬天，一發難過，日裏坐了對火爐也沒趣。風一陣，雪一陣，只要去睡了，冷颼颼，蓋了綿被，裡邊又冷，外邊又薄，身上又單，腳後又像是冰一般，只管把兩腳縮了睡。思熱烘烘摟一個在身上，便是老頭也好。（〈冬寒〉，頁 262）

在《浪史》中也有段對話頗符合實際情況：

> 婆子道：「人生快活是便宜，守了一世的寡婦，落得個虛名，不曾實實受用，與丈夫沒有增益。」娘子說：「寡婦不守，便沒了丈夫的情，怎的恁般恩愛夫妻。婦人死了，便又娶著一個婆娘，即將前妻丟卻，老媳婦看起，可不是守寡的癡也。」（頁 136）

此語道出婦女的悲哀：丈夫在世時或許要忍受其娶妾，丈夫死後又得清心寡欲，實在難為，一旦踰越社會道德，便必須付出代價，如《別有香》：某婦守寡三年，情欲難忍，但又受限於家中尚有姑翁在，並且生活範圍有限，少有機會認識異性，最後竟與遠來探親的姪子亂倫。她終究無法承受輿論的壓力，快快病死。

> 思量前邊纔守得幾年，後頭還有四五十年，怎麼捱得到老。有改嫁的，體

面不好；叫人睡的，那個人又要說出來，人便要知道。〔註8〕

一般婦女雖無法像男人能夠少有顧忌的到妓院消費欲望，但只要有合法的婚姻，便能名正言順的解決生理需求；寡婦不如一般婦女，只能禁欲度過寂寞。

（四）僧　尼

有關僧尼的性生活大多集中在《僧尼孽海》中。該書分〈乾集〉與〈坤集〉；〈乾集〉記 25 位僧，〈坤集〉記 11 位尼。

〈乾集〉多記拐騙婦女的和尚，如在寺中設密室，「牆垣高巨如城塘，絕不聞人聲，雖大而明亮，而不見日色。」（頁 199）藉以藏匿誘拐而來的進香婦女；或婦女食髓知味，佯裝顛瘋，假借到寺中虔誠齋戒，實是與和尚姦淫（頁 216～222）；也有和尚假扮女尼投宿民家，是夜便姦淫婦女。（頁 241～246）此外，更有好色和尚欲勾引婦女，婦女便與其夫謀計，將之投入江中，以視警告。（頁 238～239）《別有香》有言：「勸婦女切莫入寺燒香」（頁 57）再對照《僧尼孽海》中的情節，或許故事情節較誇張，但僧尼淫亂行為恐怕在明代是時有所聞的。

〈坤集〉所記也是擾亂佛門清規的尼姑淫亂故事。明因寺有如妓院，女尼為進香男客提供性服務。（頁 304）某和尚終日拐騙婦女，一日進入尼姑庵便不復出，與眾尼早晚姦淫。（頁 319）也有一尼為陰陽人，她利用此特點拐騙婦女。（頁 323～324）尚有女尼蓄髮還俗嫁人。（頁 325～326）

（五）性交易

賣淫者大多集中在《龍陽逸史》、《宜春香質》與《玉閨紅》中。《龍陽逸史》、《宜春香質》是男性出於自願的以性交換取金錢；《玉閨紅》則是女性被強擄脅逼下被迫賣淫。《龍陽逸史》、《宜春香質》在前文有述，茲不再重複。

《玉閨紅》之書名分別由尚書公子玉文、國府小姐閨貞、丫環紅玉三人串起；該書第十回以後佚失，不過據現存故事猜測，閨貞與紅玉結局應當情歸玉文。該書前十回描述國府小姐閨貞因滿門抄斬與紅玉逃出，然途中閨貞被拐至由張小腳所營的窯子賣淫。張小腳一夥人策劃強擄青春少女或無依寡婦到窯子賣淫，對其毒打、鎖鏈並脫光衣物供客人觀賞與選擇，受著非人的待遇。

三、兩性交往模式

（一）相知相惜之交往

在明代艷情小說中，能夠以情感作基礎，相知相惜的交往故事極少，如《弁

〔註8〕引自《繡榻野史》〈一色隱語動人〉，頁263。

而釵》。其中〈情眞記〉有記：書生趙王孫多才、正派，其與一位好男風的新科探花翰林相遇。翰林幫助趙王孫上京應試，後登第，後翰林無端被黜，還是趙王孫搭救，之後兩人俱棄官歸隱。〈情俠記〉有記：文武雙全的張機與鍾圖南相知，後相與共破西安，其後兩人同樣棄官歸隱，但兩人各組家庭，其後代俱得進士，婚姻不絕。

　　不過仍要澄清的是：**艷情小說專寫男女交媾，縱使情節中有警世意味或描述有情義的男女，其實都稍顯矯情。**

（二）強逞性欲之交往

　　強逞性欲的交往方式是明代艷情小說常見的兩性交往方式，男女往往爲了滿足性欲或加強愉悅效果，便雜交、換妻，甚至亂倫。若缺乏性對象，便偷拐搶騙。現分述如下：

1. 雜　交

　　雜交是指在同一時間內與一人以上進行性行爲，此情形在明代艷情小說中頗多。如：

> 席公兩處輪番陪宿，春燕因要得主翁歡心，百事將順，常常三人同睡一床，
> 二女一男，互相淫戲。（《載花船》，頁 55）

> （海陵）始與阿里虎及諸嬪妃逐而淫。（《海陵佚史》，頁 57）

> （一男：射鳥兒，二女：飛燕、合德）三人脱了衣服，睡做一塊。（《昭陽
> 趣史》，頁 125）

> 浪子道：「閏哥，你今便稱嫂嫂，吾稱哥哥便了。閏哥應允，三個（二男：
> 浪子、閏哥，一女：文妃）同睡了。」（《浪史》，頁 197）

> 一邊與文如抽送，一邊與櫻桃摟抱戲謔。（《浪史》，頁 225）

以上所舉最多三人雜交，然更有爲數可觀的場面，如：

> 樊嬺到民間尋得十四、五個後生，進宮見了飛燕。飛燕見了這些後生都生
> 得標致，看了不覺動火。……也管不得那個先後，一齊都趕到床上，把那
> 個弄的推開了，撲在飛燕身上。（《昭陽趣史》，頁 172）

> 虎丘孫家學生，今年只得十四歲，在鍾秀才館中，昨天肏了十八個朋友。
> （《宜春香質》，頁 116）

十四、五至十八人的場面頗令人驚奇，不過尚有場面更大者，如《昭陽趣史》：

> 飛燕攜了射鳥兒的手，帶了少年十六人、宮娥三十餘人同到臺上。射鳥兒

道：「如今卻要怎生行樂？」飛燕道：「把少年十六人分爲四隊，列在東西南北，都要赤身，把一面小鼓繫在臍下，你居中隊，爲陽迷大王。我與你在臺上大戰，又使一個宮女爲監軍，也要赤身，手執日字令旗在各隊中。聽得肉具打得鼓聲連響的就是壯陽。待我戈倒，即封帳前先鋒入中軍受職。如此三番鼓，聲寂的爲陽弱兵，賜他宮娥，令他養銳待戰。」（頁 176 ～177）

至少 50 人的性愛派對，是極度瘋狂的、特技式的與遊戲式的，或許是出自於作者的想像，然實際上也不無可能。

2. 出借妻子

出借妻子的性愛場面在本論文主要探討文本中，大概僅有一例，即《繡榻野史》：東門生好男風趙大里，力促妻子金氏與趙大里通姦，然趙大里只顧自己淫樂，對金氏下春藥，使金氏生大病一場。金氏懷恨在心，便與東門生設計趙大里的寡母麻氏，後竟演變成東門生娶麻氏與金氏嫁給趙大里的荒唐情節。

3. 亂　倫

亂倫者有母女共事一夫，如《海陵佚史》：阿里虎及其女重節皆與海陵姦淫，母女甚至爲海陵爭風吃醋，後阿里虎遭海陵縊死，重節被趕出宮外。又如《浪史》：浪子被寡婦趙大娘留宿成姦，趙大娘又助浪子姦淫自己的女兒妙娘，之後三人攜手聯床。

有姨侄亂倫，如《別有香》：寡婦守寡三年，平日「從不曾見他站在門前，與個男子漢交句，又不曾見他在姑嫂夥中，大笑了一聲。」（頁 31）因此街坊都稱「這個才是做寡婦的規矩」（頁 31）由此顯示：該婦的生活範圍狹隘，也致使她一時糊塗與姪兒亂倫。

4. 偷拐強騙

小說中的性關係大多是兩情相悅，各取所需，除了《僧尼孽海》中和尚拐騙婦女，與《玉閨紅》強虜婦女賣淫外。《僧尼孽海》如前所述，茲不再提。《玉閨紅》中最令人不忍卒見的是男性對待處女的方式：

篠帚刺破桃花蕊，任你貞堅又如何。惜得黃花身已破，只堪隨波逐污流。（頁 344）

這些男子視女性爲物品，隨意傷害或供其逞欲。「處女」情結使得女性自甘墮落，隨波逐流，也使得男性認爲，失去處子之身的女性不再具有價值。此外，也有以報復心態去強暴他人，濫用權力者通常爲男子：

勞景郎被蔔生姦淫，便想也淫蔔生之妻，以作爲報復。（《別有香》第六回，

頁 106）

> 他今既與射鳥兒搭上了，便不是良人家，我與你今晚趕將進去，強姦他一
> 次。（《昭陽趣史》卷上，頁 133）

又權力者對女性常有佔爲私有的心態，霸佔不到便予死。如《海陵佚史》：阿里虎怒
重節搶了海陵，海陵便縊殺阿里虎；海陵發現定哥與閻乞兒的姦情，便殺縊定哥。
〔註 9〕另在《玉閨貞》出現搶奪女丐、寡婦等無謀生能力的弱女子爲娼妓，對於處
女便先淫之，再讓其賣淫：

> 楊氏被抓是夜，便被開窯子的那些男人姦淫了一夜。（《玉閨貞》第五回）

婦女第一次接客時便裸身，各被打五十下馬威鞭子，閨貞便被鞭至吐血。胡二自云
生平有二恨：「一恨只伴那些丐女娼婦，……沒有過千金小姐。……二恨只是玩些
破爛餃子，陳舊蚌肉，從沒吃過○○（缺字）嬌花、元宵美味。」胡二便是將女性
視爲物體，予以玩弄。此外，《繡榻野史》中的趙大里爲了自身享樂，在與金氏交媾
時，擅將春藥抹於金氏之生殖器上，致使金氏患弱症，大病一場。

（三）艷遇──遇妖

遇妖精的情節大致上都見於《別有香》中。男性遇妖精者，如第五回：

> 景生笑道：「如若不棄，四人共榻，使得均邀香澤，卑人死不敢忘。」遂
> 移衾枕，向花陰深處，碧草叢中，靠右屏鋪設。請生臥，生即拉三姬，各
> 解衣就寢。（頁 66）

景生訪友途中遇三女，三女薦枕。復五日景生再往，僅見三棵凋零桃樹；原來三女
乃爲桃樹精。景生遂犯相思，竟死。第五回又記六名男子，於清明時節遇一女陶奶，
是日遂與陶奶、眾婢共寢，隔日含淚告別。六生復至桃園，僅見一片桃花殘落，原
來眾女子是桃精幻變而成的。再如第十回：富商置一園以藏四妾。某日四女在園中
遊玩，一男子越牆而入，與四女交歡。此後四女黃瘦生病，原來此男原是芭蕉精。
此外，尚有第十三回之梅樹精、第十四之菊花精與第十五回之螺精。

女子遇妖者，如第十回：雄狐精變作男子勾引十女，法師降妖無效，十女便嫁
狐精。再如第十二回：龍王化成男子與婦女通姦，婦女絡繹不絕。又如第十四回，
菊花精化爲男子，誘引婦女。

在主要討論的文本中，男女遇妖的情形大部分出現在男性身上，這大概是艷情
小說的作者爲男性，小說情節常是作者的幻想寄託之故，無論男女，在與妖通後，
大部分會出現生病的情況，此乃陽氣與陰氣不相容之故。

〔註 9〕參見〈海陵逸史〉，頁 64、120。

第二節　作者之創作心理

一、作者自信艷情小說有一定的消費市場

艷情小說縱寫男女性事，然作者卻對自己的作品相當有自信，如《浪史・凡例》所云：

> 小說家多載冷淡無聊之事，湊集成冊，遂使觀者聽者懵然睡去，即有一二
> 艷事，亦安能驚醒陳摶之夢耶。此書篇篇艷異，且摹擬形容色相如生，遠
> 過諸書萬萬。是書再三誦讀，風騷極矣，兼有學問，是以文采俗士為相為
> 珍寶。噫！是書一出，當使洛門（陽）紙貴，懸之都門，非千金吾不售也。
> （頁 39）

其以為所涉題材必能引起讀者興趣，並且除了休閒外，尚能獲得知識學問。又其洛陽紙貴的盛況，可見當時艷情小說的市場相當活絡。另《繡榻野史》中的一段記錄，也可證明艷情小說在市場活躍的情況：

> 偶市《繡榻野史》進餘，始謂當出古之脫簪珥，待永巷，也裨聲教者類，
> 可以賞心娛目，不意其為謬戾，亦既屏置之矣。逾年間，適書肆中，見
> 冠晃人物，與夫學少年行，往往諏咨不絕。余慨然歸，取而品評批抹之。
> （頁 95）

此說明艷情小說的讀者不乏仕宦與少年，可見此類小說已深入中上層社會。作者初因小說情節賞心悅目而購之，後因大眾閱讀艷情的流行風潮而為之品評。

二、視「情欲」為人之正常本能

明代艷情小說作者，多視情欲為人之正常欲望，如《浪史》：

> 天下為閨房兒女之事，敘之簡策，人爭傳誦，千載不滅，何為乎？情也。
> 蓋世界以有情而合，以無情而離。故夫子刪詩，而存扶蘇子衿，不廢桑間
> 濮上之上章已。今可以興觀，可以群怨，寧非情乎？蓋忠臣孝子，未必盡
> 是真情，而兒女切切，實無一假，則浪史風月，正使無情者見之，還為有
> 情，情先篤於閨房，擴而充之。（頁 37）

其將男女閨房之情作為君臣關係之基礎，意即沒有兩性關係便沒有兄弟、朋友、君臣的倫常。既視情欲為正常，便出現追求愉悅的需求，因此在明代的艷情小說裏便出現使用淫具、春藥、春宮畫等助性工具。淫具，如：角先生、〔註10〕角帽兒、〔註

〔註10〕參見《海陵佚史》，頁 62。
〔註11〕參見《浪史》，頁 107。

11）緬鈴。〔註12〕春藥，如相思鎖兒、〔註13〕金鎗不倒丹、硫磺箍、如意帶等。《海陵佚史》解釋：

> 男人與婦人交合不能久戰者，則用金鎗不倒等藥。男陽不堅硬粗大者，則
> 用如意帶帶、硫磺箍等藥。（頁 54）

阿里虎便是服用春藥，導致其夫髓竭而死。（頁 55）再如《繡榻野史》中的男性東門生服用固精壯陽丸一百來顆，企圖增強性能力。（頁 267）春宮畫，如《風流絕暢》、〔註14〕《如意君傳》、《嬌紅記》與《三妙傳》。〔註15〕以上所言皆是為了助性，使人加強性愉悅，然豔情小說中使用助性工具者，往往呈現幾近瘋狂的狀態，甚至瀕臨死亡。如《浪史》：

> 這女子被他抽渾了，似死不死，活不活，也叫不定，也叫不死。（頁 162）

又：

> 當下兩人鬧了許多時，陸妹愈加猖狂，不顧身命，正是：愛賭不顧身貧，
> 貪花死也甘心。（頁 199）

正因為了滿足情欲的縱放，致使進入狂癲的狀態，「一條性命幾乎要喪了」，〔註16〕進而服藥致縱欲過度而身亡，如《海陵佚史》，因阿里虎服藥縱欲，夜夜求歡，導致丈夫死亡。又如《昭陽趣史》中的成帝便因服藥過度致死。

　　此外，尚有房中術，一般皆是滋陰補陽的普遍知識，《僧尼孽海》則有較詳細之說解，如性交姿勢有九，諸如龍飛式、虎行式、猿搏式、蟬附式、龜騰式、鳳翔式、兔吮式、魚游式、鶴交式。（頁 231～234）

　　作者除了視情欲為人之正常的生理需求外，並有及時行樂的觀念，如：

> 人生不能百歲，歡樂自當及時。……倘不窮歡極欲，暢此生平，則機事坐

〔註12〕　參見《繡榻野史》，頁 167、265。

〔註13〕　參見《浪史》，頁 155。

〔註14〕　參見《海陵佚史》，頁 65。「風流絕暢圖」是東海病鶴居士臨摹唐寅的「競春圖卷」而成的。「競春圖卷」已不存，據「風流絕暢圖」，唐寅當時可能畫了男女性交二十四式。（參《縱橫華夏性史——古代性文明搜奇》下冊，頁 263。）春宮圖是描繪男女性愛生活及各種性交姿態的圖畫，它最初產於帝王的宮室，描寫春宵宮幃之事，所以稱為春宮。在中國古代，春宮圖的用途是提供欣賞、激發性興趣、進行性教育，增添生活情趣，提供養生之道。同時，也用於性治療。明末春宮畫盛行京師與天津、江南一帶。《勝蓬萊》、《風流絕暢圖》、《鴛鴦秘譜》、《繁華麗錦圖》、《江南銷夏圖》等就是明末江南春宮畫冊。其中《風流絕暢圖》影響很大。

〔註15〕　參見《繡榻野史》，頁 157；《昭陽趣史》，頁 103、164；《浪史》，頁 96、113；《別有香》，頁 32。有關古代春宮圖之資料可參見《秘戲圖考》，高羅珮（R.H.van Gulik）著，大陸：廣東人民出版社，1992 年。

〔註16〕　引自《浪史》，頁 110。

失矣，時乎時乎，豈再來哉。(《載花船》，頁 153)

我與嫂嫂正在少年之時，若不及早尋些樂地，有日老來，死期將至，也不能夠了。(《載花船》，頁 116)

人生在世，唯求快樂，夫人何苦守此小節，誤了青春。(《別有香》，頁 45)

不如背地裡另尋一個清雅文物的，與他效于飛之樂，也得快活爽心，終不然人一生一世，草生一秋，就只管這般悶昏昏過日子不成。(《海陵佚史》，頁 84)

張小腳對閏真說：「人生在世無非為了情慾二字，少不得嫁上一個漢子，倘若高興，靠上他三個四個，落個快活。」(《玉閏貞》，頁 354)

及時行樂的情欲觀念不僅給作者安了一個名正言順的位置，也給讀者一個心安理得的理由。既然情欲屬正常需求，又人生苦短，何不及時享樂？以此理由可降低作者與讀者的罪惡感。縱使如此，情欲的過分張揚與社會普世價值出現扞格，因此不能不提醒讀者應在情欲方面加以節制，如：

男女之欲，誰則無之，惟守之以正，裁之以禮，則邪謀無能入，邪念無從起矣。(《繡榻野史》，頁 249)

錢婆道：「兩個都是少年，正有日子，不在一時快活盡了，樂極生悲，自古有之。如今這番，兩個都傷了神骨。」(《浪史》，頁 159)

人之情欲雖屬正常本能，然如果過分放縱，便會樂極生悲，產生壞事，因此，作者書寫縱欲而亡的故事情節，藉之提醒讀者，如：

他丈夫愛他模樣生得好，日夜耍子，不顧性命，十八歲便壞了性命。(《浪史》，頁 109)

陸妹精神漸損，得病死了。〔註17〕(《浪史》，頁 212)

(阿里虎)與南家晝夜宣淫……南家髓竭而死。(《海陵佚史》，頁 55)

東門生夜夜弄，竟冒風死了。金氏因騷得緊，弄得子宮不收，再沒有兒子，漸漸成了怯弱的病症……因骨髓流乾，成了一個色癆死了。(《繡榻野史》，頁 331)

陰戶精流，一男子臥於傍，既死矣。蓋所謂悅己少年者，先伏此室中，一

〔註17〕因縱欲過度而亡。

旦如願，喜極暴卒。(《僧尼孽海》，頁 335)

作者指出情欲是貪多無益的，因此縱欲者皆死於非命。這樣結局對於讀者的影響程度難以預估，讓作者自己安心恐怕是主要意圖。

三、規諷誡淫之寫作目的

　　艷情小說中的作者，總以規諷勸善爲寫作的主要目標，如《海陵佚史‧序》便表明：

> 道人不勝其忿也，爰作海陵佚史。佚者淫也，淫何可訓，而道人乃輯之爲
> 書，且繪之爲圖，毋亦明彰夷虜淫毒之慘，以爲通奴者警耳。(頁 49)

另《如意君傳‧序》也云：

> 則天武后中冓之言也，雖則言之醜也，亦足以鑒乎。

小說作者以寫淫來制淫，藉淫穢醜行警惕讀者。勸誡之內容是「因果報應」。

> 作善雖無人見，存心自有天知。報應分毫不爽○，世人枉用心機。(《載花
> 船》，頁 144)

> 話說人生在世，爭名奪利，縱欲貪色，欺寡婦，劫孤兒，在當時費盡了千
> 般心血，萬分心機，直到無常一到，報應循環，那平日費心費利謀來的，
> 一件也帶不了走，反落得到陰司去挨告受罪，倒不如聽天由命，安分守己，
> 吃上一碗老飯，作一個安分良民，廣行善事，處處與人方便，到頭來自然
> 惡有惡報，善有善終。(《玉閨紅》，頁 292)

善惡有報，作者以宗教式的生死輪迴來勸善，並將爭名奪利與縱欲貪色兩事並舉，原因是個人以非法方式搶擄婦女，以逞私欲，造成社會問題。然如此是不夠的，作者爲了強化效果，便利用故事結局的安排，對讀者當頭棒喝。

> 太清、伯璘，空死非命，可見男女情慾，貪之有損無益，但這件事，人人
> 能知而不能避，小子不敢望世人做柳下惠，作懷不亂，但不可如登徒子，
> 見色忘身。(《載花船》，頁 82)

> (阿娜)咬指出血，曰：「誓不作色想。」從母禮三寶，持珠服齋，頻首
> 懺過，曰：「慾海情山，積孤無極，願以清涼之水，洗我淫心。」苦持三
> 十年，今七十矣。(《癡婆子》，頁 143)

無論是死於非命或孤寂一生，皆是當世報應。另《載花船》卷一有記：有婦之夫元浩與有夫之婦靚娘、自己的丫環春燕有染，後招致殺機，此三人被靚娘的丫環刺死。三人首級示眾，然靚娘之夫不捨，竟盜靚娘頭顱不成，下獄而亡。又卷二中的芸娘

好勾搭男人，致使丈夫疏遠她，芸娘便上吊自縊。《龍陽逸史》中的石敬岩好男風，與石得寶姦淫，後串通拐騙親戚王佛兒的錢財並殺之；後石得寶逃往他地，被雷擊中而死。再如《昭陽趣史》：

> 你（筆者案：指飛燕）這業畜，本當點化，爭奈你在凡間，把成帝熱藥害死，宮人有孕者，悉皆殺戮，絕人子嗣，反增罪孽。……將他貶去做個巨龜。（頁220）

> 汝（筆者案：指合德）在宮中，未曾肆害，可惡你終日與外人淫亂，壞了家風，罰你做個猛虎，到佛牛山把那射鳥兒〔註18〕吃了。（頁221）

飛燕、合德兩姐妹淫穢宮廷，所以兩人死後分別被仙界玉帝化為巨龜與猛虎。然弔詭的是：與她們姦淫的成帝居然未受懲罰，死後反而歸入仙籍成了如意真人。兩姐妹請求饒恕罪行，如意真人便改判在真人院內修行三百年才可超脫，免墮輪迴。〔註19〕再如《浪史》中的男主角浪子，其交換夫妻、姦淫丫環等，卻登進士第，再娶七位美女，共計二十個妻妾，終日賦詩享樂，絲毫未受因果報應。〔註20〕

作者以道德勸說的寫淫制淫方式，作為寫作艷情小說的主要用意，藉以與視情欲為正常需求的觀念相抗衡。作者雖能正視情欲，然對於縱欲的女性不免又另眼相待。如《載花船》：

> 萬惡淫為首，閻君豈放寬。淫婦心惡毒，巧語欲瞞天。（頁110）

大致上古代男性在情欲的紓解上較不受社會限制，娶妻妾或上妓院是合法的，並且不大受輿論非議，淫夫不見得的少於淫婦。又萬惡既以淫為首，然淫婦卻又惡毒，豈不是最惡？對此，作者對女性另眼相待，存在偏見。此外，作者在結局安排上也是男女有別，對於縱欲的男性，除了並未交代結局〔註21〕與前文〔註22〕所引因縱欲而亡者，尚有出家或隱居，如：

> （東門生）還恨自家罪業重得緊，竟剃了頭髮，著了袈裟，出了家。（《繡榻野史》，頁338）

> 鍾圖男與張機兩人偕隱，各有家室與兒女，並結為親家。（《弁而釵·情俠》）

有享福，除前文提及的浪子（參見本章，頁50，《浪史》）外，尚有《別有香》：一老翁偕二孫在秦望山下種菊花，菊花化為二女與二孫交媾，又一婦筠姨與老翁通。

〔註18〕男子射鳥兒曾與飛燕姐妹通姦，後悔悟成了和尚。
〔註19〕參見《昭陽趣史》，頁223。
〔註20〕參見《浪史》，頁257～258。
〔註21〕並未交代結局者僅有《癡婆子傳》。
〔註22〕參見本章頁66，《浪史》、《海陵逸史》、《繡榻野史》、《僧尼孽海》等例。

後此六人各結連理，家業富足。（頁 249〜279）

　　此外，《弁而釵》中的主腳大多都有不錯的結局，這可能因作者本身創作思維就是取材自有情有義的同性戀，縱使主腳們對性是狂放不羈，只要他們仍有情義，作者皆抱持肯定的態度。如〈情貞〉中的翰林原爲江都知縣，爲主縣試，取趙生爲批首。翌年鄉試，翰林爲大座師，趙生中進士。後風翔以忤中貴坐斬，趙生不避權勢，爲風翔雪冤，兩人棄官，家隱於白門。〈情俠〉中的鍾圖男與張機兩人偕隱，各有家室與兒女，並結爲親家。〈情烈〉裏的文韻化爲仙，常助元漢辦案。〈情奇〉中的李又仙扶養匡時之子成人後，便羽化登仙。另《龍陽逸史》專門書寫從事性交易的男性（即小官），其主要描述小官平日的交易內容，藉之滿足讀者，並不以警惕爲目標，所以較無特殊的結局安排。〔註23〕

　　對於縱欲的女性，除前文所引《癡婆子傳》中的阿娜遭人唾棄並孤寂一生外（參見本章頁 38），其結局尚有遭殺害，如《繡榻野史》：東門生與趙大里兩家的行徑漸爲巷里所知，於是逃至山中。趙寡婦縱欲而冒風死亡；金氏縱欲過度，無法生育，色癆而亡；丫環阿秀、塞紅出嫁後被轉賣；趙大里病死；東門生夜夢趙寡婦等三人受報應而變爲畜生，醒後，隨即向禪師懺悔，並出家，以自己的故事勸戒他人。《繡榻野史·懺悔解免果證》有言：「報應的道理，果然是有的。」（頁 336）然觀其結局，似乎女性比男性更悽慘。再如《海陵佚史》：阿里虎怒重節搶了海陵，海陵便縊殺阿里虎。（頁 64）海陵發現定哥與閤乞兒的姦情，便殺縊殺定哥。（頁 120）海陵覬覦有夫之婦的察八並強納之，後察八受海陵冷落，便以書信與丈夫聯絡，其夫怕惹禍告密給海陵，海陵便手刃察八。（頁 123）

　　有自殺者，如《載花船》中的芸娘好勾搭男人，以致丈夫疏遠他，芸娘便懸樑自縊而死。曾與芸娘姦淫的良輔，只因曾搭救落入某將軍之手的芸娘，便被作者宣揚爲善人，其評：

　　　　人之爲聖賢爲禽獸，豈稟受有大殊哉，唯一念之差耳。觀良輔一念之義，

　　　　便較名教流芳；芸娘一念之淫，遂致香閨蒙穢，人可不自勵哉？

評者誇大了良輔之善與芸娘之惡。這些淫穢之事是自曾與芸娘姦淫的男性說出的，男性皆將責任推給芸娘，其芸娘之夫更是冷漠以對，不與近身。作者說：「你想風流淫奔的婦女，如何寂寞得過一日？」（頁 144）

　　有投胎爲動物者，如《昭陽趣史》中的飛燕與合德姐妹，便化爲龜與虎（參見本章頁 50）。再如《繡榻野史》中的趙寡婦投胎爲豬。

―――――――――――――――

〔註23〕請參本章附錄。

　　艷情小說的作者大多視情欲為人之正常欲望，然對女性卻持較高的道德標準，除了安排淫亂女性一個悽慘結局外，作者對於守節的女性總有份尊崇。如《海陵佚史》有言：

> 諸婦女中，雖蒲速碗（筆者案：為女子）正色力拒，亦必遭其毒手，為烏林達氏（筆者案：為女子）縊死道中，幸免其辱，其餘俱靦顏就淫，恬不羞澀。（頁49）

作者不論女性是在何種情況下失去貞操，女子若縱欲，作者便安排不好的結局來貶抑她；若僅為保全性命而犧牲身體清白者，便給予恬不羞澀的評價。這顯示出作者對情欲開明的見解僅適用男性。《繡榻野史》卷三目次題名為「婦人羞恥全無」，小說中看似婦女性生活放蕩，然作者卻給予比對同樣淫行的男性，更嚴厲的批評。

> 婦終怏怏，遂得一疾，臥不復起。嗚呼！豈非天報哉？不是守寡的人，強他守寡，應有是事。（《別有香》頁38）

守寡是夫死未再嫁者，先不論守寡者與他人通姦所涉及的道德問題，推測作者之意便是：守寡之人便不應該有情欲。明代社會並不鼓勵寡婦再嫁，再加上對守寡婦女之種種褒揚，更強化寡婦不嫁的決心，嫁與不嫁兩相比較下，社會輿論對於守寡者便有較高的評價，守寡卻又與他人通姦者，便比再嫁者更不如。既然作者能正視情欲，但對於寡婦卻未能此付予同情，或許這還涉及道德問題，然反觀之，作者對於男性，並未採取與對女性相同的標準，這令人弔詭。

四、誇大陽具尺寸及性能力

　　小說中經常出現誇耀大陽具與性能力的情節，如：

> 陽鉅如杵。（《海陵佚史》，頁58）

> 無奈那厥物大，把那些龍陽弄怕了。（《別有香》，頁93）

> 時縮時伸，縮則有若天閹，伸則長至六七吋。粗硬堅熱，手不能握。（《僧尼孽海》，頁198）

> 予以此物累，不知人道，時有所感，無地可施。……試以斗粟掛其莖首，昂豈有餘力。（《如意君傳》，頁46）

> 三千來合……又送有千餘。（《別有香》，頁49）

> 抽至三千多回。（《浪史》，頁69）

> 通夜不竭。（《昭陽趣史》，頁127）

淫水淋漓，凡五換巾帕，且三鼓矣。（《如意君傳》，頁63）

從午後弄起，直弄到將近天晚。（《龍陽逸史》，頁263）

狠命送迷，准准的過了時辰。（《浪史》，頁108）

不僅如此，還賦予男性精液神奇的功效，如《浪史》：

他這一點精液，憑你醜婦吃了，也都化為豔女。（頁211）

小說的作者不僅將陽具與性能力誇大化，更認為這是讓女性所期盼的，如《昭陽趣史》：

姑蘇主道：「好個風流婿，若使今日不遇你真辜負我一生的願欲了。」（頁106）

因此，男性常將大陽具與性能力作為報償或報復女性的工具。作為報償者，如：

這妮子是個黃花女兒，不曾經風浪的，他還不知道箇中滋味。（《海陵佚史》下卷，頁140）

吳道子對閨真說：「正因為你父待我不薄，所以才給你尋漢子受用。」（《玉閨貞》，頁356）

我娶之，自我淫之。……翁是至親，今以身奉之，不失為孝。（《癡婆子傳》頁127）

作為報復者，如《繡榻野史》：

金氏道：「他白白戲了你的老婆，你戲他家裡○，還繞扯直，只是他沒老婆。」東門生夫妻兩人，後來決議去戲弄趙大里的寡母。（頁227）

又如《海陵佚史》：海陵原先想獨占的女人彌勒先被迪輦阿不淫，海陵懷恨在心，便也淫迪輦阿不之妻以示復仇。（參頁75）再如《別有香》：勞景郎被卜生姦淫，便想也淫卜生之妾，以為報復。（參頁106）另《載花船》：姦夫碩臣得知芸娘又勾搭其他男人，芸娘恐遭碩臣埋怨，便安排碩臣也去淫人妻。（參頁115）

　　總結本章：本章在整理明代艷情小說中的各種現象，分為男女眾像、多樣之性選擇、兩性交往模式和作者之創作心理，意在作為往後各章析論的先前依據。

　　在男女眾像方面：男性大多相貌清秀，兼具才學，然外表有女性化的現象。女性則多數美麗並才華出眾。小官同樣具秀氣外貌，不僅外表，其名字同樣具女性特質。作者對其的形容詞是千篇一律，如仙子、玉姬、嫦娥等。

　　在多樣之性選擇方面：明代艷情小說中，性關係並非由婚姻而來，而是婚姻關係以外的性行為，諸如異性、同性、寡婦、僧尼與性交易。選擇異性方面則為一對

多的性關係，分一男對多女與一女對多男兩種。選擇同性方面的性關係多集中在《龍陽逸史》、《弁而釵》、《宜香春質》中，並且這些性關係除了《弁而釵》所記的男同性戀是有情有義外，《龍陽逸史》與《宜香春質》則記以性交易換取金錢的男同性戀。寡婦是喪夫者，通常其對性事採取不選擇，然艷情小說中的寡婦，多在情欲難忍的狀況下與他人通姦。僧尼的性選擇，大多集中在《僧尼孽海》，他們大多以偷搶拐騙方式滿足個人情欲。性交易的性選擇，乃透過金錢交易以滿足欲望，提供性服務者大多被視為商品，不受人道對待。

兩性交往模式方面，有相知相惜、強逞性欲與艷遇（遇妖）等。相知相惜之交往在明代艷情小說中較少見，即使有如《弁而釵》，也多寫男女交媾，情義情節稍顯矯情。強逞性欲式的交往，如雜交、換妻、亂倫、偷拐搶騙等則充斥各文本，除違背社會倫理外，也呈現遊戲式的交往態度與性交過程。遇妖精的艷遇情節大致上都見於《別有香》，並且大部分出現在男性身上，大概是艷情小說的作者為男性之故，視小說為人幻想寄託之故。此外，無論男女在與妖通後，會出現生病的情況，此乃陽氣與陰氣不相容之故。

作者之創作心理方面，作者大多認為艷情小說有一定的消費市場，並滲入中上階層，另方面視情欲為人之正常本能，便以追求愉悅為樂，因此在小說中經常出現淫具、春藥、春宮畫等助性工具。另主張及時行樂與節制的情欲觀念，及時行樂讓作者名正言順的生產情色文字；節制情欲，意在抑制過分張揚的欲望。艷情小說中的作者也常以規諷勸善為寫作的目標，意圖寫淫以制淫，藉之警惕讀者，其方式是利用故事結局的安排，達成善惡有報的教訓。寫淫以制淫的功能在艷情小說中恐怕成效不大，並使淫行書寫與勸誡說教產生矛盾。作者在勸誡說教時，心中已有貞潔婦女的形象與典範，因此對於縱慾的女性另眼相待，給予較男性更嚴峻的懲罰。此外，作者常在故事中誇大男性的陽具尺寸及性能力，並且誇張了精液的神效，以為女性皆為其傾倒。同時作者還以大陽具作為報復的工具，人淫我妻，我就淫他妻。

附表3-1　《龍陽逸史》中主要腳色之結局

出　　處	結　　　　局
第一回	韓濤給了楊若芝六七十兩分手費，以便與裴幼娘長期相處。
第二回	李小翠離開邵囊找上有錢的大官，待無利可圖時又吃回頭草。最後邵囊立下議書約定每年供給多少錢兩與衣物給李，理財跟定邵。
第三回	湯信之與唐半瑤得以長期相處。
第四回	寶樓之妻乃兩個小官，讓其淫用。

第五回	駱駝村的「下等」小官，有的轉業，有的頭帶網子，不再裝「上等」小官。
第六回	小官秋一色淪落在錢員外家中做粗活。
第七回	史小喬因酒醉誤將被程淵如姦淫一事告訴姚瑞，姚瑞身覺不體面，便將史小喬打發走。
第八回	南院因生意競爭，被妓院老鴇告上官府，官府判定南院破壞善良風俗並搶了妓院的生意，便下令關門、解散小官。
第九回	小官柳細兒與儲玉章到上海作生意，賺了大錢，兩家各自娶親納妾，生活如意。
第十回	無交待結局
第十一回	沈葵割捨不下韓玉姝、韓玉仙兩姐弟，便帶了家小到姑蘇，娶了玉姝作妾，與玉仙一道做繡緞生意，一家人相處十幾年後才分手。
第十二回	高綽買斷滿身騷，相處八年便散盡家財。後因滿身騷闖禍外逃，方結束兩人關係。
第十三回	蘇惠郎（十四、五歲。男。）與劉珠（二十一歲。以妻室。）是在學堂認識的。蘇惠郎先與教書的老童生劉少台姦淫，後與劉珠相處了不到三年便分開。
第十四回	汴若源經營南風小舖，專門販賣與仲介小官的生意。其死後頭胎作小官——潘小安。潘二十多歲作了和尚，但仍與和尚私通，後病死。
第十五回	崔舒以販賣小官維生，其子崔英也成小官。崔英被人幾多轉賣。
第十七回	陳員外就因小官馬天姿與夫人爭執不休，後不得已將馬綁入袋內棄之河中。小官馬天姿被唐窮賣給湯監生，在其所經營的梨園扮生旦。陳員外想讓馬回府中，馬擔心就是重演，便逕自前往崑山作戲子維生。
第十八回	小官葛妙兒與母親皆被好男色的汗弓孫姦淫。
第十九回	范公子得知花姿先前也賣與花尚書家，便不敢與之立約，便以十兩銀打發之。五、六年後，花姿仍為小官。
第二十回	石敬岩好男風，與石得寶（十三、四歲）姦淫，後串通拐騙親戚王佛兒的錢財並殺之。石得寶逃往他地，被雷擊中而死。

第四章　男性眼中的女性及其凝視心理

　　艷情小說的作者多是男性，其中女性是否為當代女性的真實呈現很難釐清，但是我們卻可從小說中所描繪的女性來研究男性心理。艷情小說的市場賣點是滿足性欲，因此作者必須極盡描寫性行為，讓讀者有購買欲；又其僅是消遣或紓解性質，所以作者在情欲書寫時會貪圖方便，套用固定模式，這就是為何大多艷情小說的情節多雷同的原因，如，小說對於女性形象的形容詞彙大多千篇一律，沒有鮮明的個性；又如，雙方初識便一拍即合，攜手入帳。對此，雖然少有文學的研究價值，然我們可另闢蹊徑，自作者對女性的凝視來研究男性的心理。

　　感覺器官如視覺是人對外認知的初步方式，人看事物的方法已受原先已知的、相信的概念影響，因此，個人在以視覺去感知外界時，便會在不知不覺中僅看到此而忽略彼，也會受限於本身之生活經驗、思考模式、社會觀念、刻板印象或自身喜好等，作選擇性的觀看。當我們看某事物時，便劃定了自身的所在位置，所以要瞭解某人的思想，從其觀看事物的方式或角度來發掘，不失為一個方法。〔註1〕既然人觀看的方式、角度會透露自身的喜好、標準、價值觀、思考方式等，那麼人的觀看也意味著有「控制」能力的可能性，意即若被看者想要吸引看者的目光，其必迎合看者之喜好，〔註2〕因此，在某些層面上，也達成看者控制、監視被看者的目的。觀看者的視線若可構成一股控制力量，它便能強制眼前的事物成為一種符合己意的

〔註1〕　此正如約翰・柏格所言：「看是一種選擇性的行動。」（引自氏作《看的方法——繪畫與社會關係七講》，陳志梧譯，台北：明文書局，1992 年 1 月 15 日，頁 2）約翰是從繪畫與社會的關係而論，然筆者以為繪畫與文學同受創作者主觀意識影響，約翰其說置於文學領域也是妥當而無牴牾。

〔註2〕　「迎合看者之喜好」不一定是主動迎合，有時是教育使然，有時是免於社會輿論。如教育教導女性「以柔為美」（班昭《女誡》：「男以強為貴，女以柔為美。」），而社會對女性的期待也是如此，因此女性被迫需迎合觀看者。

「標準」，如學者所言：美的標準乃是女性以「男性的凝視」（malegaze）成爲「自我的凝視」（selfgaze）。〔註3〕女性長久以來，便依從男性的審美觀而成爲缺乏個性的複製商品。〔註4〕從審美標準而言，觀看者的視線所形成的控制力量，還僅是對女性表面上的控制；若從女性行爲來看，男性規範出來的家規、閨訓，便是另一種形式的男性凝視，即另一種形式的監視。

明代艷情小說的觀點（pointofview）可以視「作者／敘述者／主角」爲三位一體，〔註5〕即作者在書寫時，常將自己的觀點帶入故事的敘述者或主腳。主腳也不限於男性，作者常以男性視角來想像女性，以爲這就是女性心裏所想的。艷情小說的敘事觀點大多是「全知全能」的說書人觀點與「第一人稱」敘事觀點併用；〔註6〕小說開始先有人爲故事開端，交代某些人物出場後便退出，故事人物上場；故事結束前，故事起首人又跳出來評論一番。因此，本章將不區別「作者／敘述者／主角」，皆視爲同一視角，即此三者皆從同一角度觀點看女性。

艷情小說中，在女性外表、情態方面：女性大多美麗，如「妖嬈嬌媚」、〔註7〕「色益麗，人益奇」、〔註8〕「唇不塗朱而紅，不施粉而白，髮若烏雲委地，面似蓮花出水」、〔註9〕「目白如玉，不假粉粧」〔註10〕等（參見本書第三章，頁35～36），並主動追求情欲的滿足，如「（女性）便把自己吃剩的半碗香茶，遞與他（男性）」、〔註11〕「（女性）以指甲掐之（男性）」〔註12〕等女性主動挑逗男性之態，此與一般

〔註3〕參見《尋找歷史中缺席的女人：女性自傳的主體性研究》，陳玉玲，台北：南華管理學院，1998年出版，頁111。

〔註4〕窺伺必定注視細節，此細節「預設了男性的慾望注視，導致女性身體物化、零碎化，與眾多物品連結出一個物質消費的世界。」（引自〈情欲、瑣屑與詼諧──《三六九小報》的書寫視界〉，毛文芳，《近代史研究所集刊》第46期，頁184）。

〔註5〕李志宏在討論才子佳人小說時，提出「作者／敘述者／才子」三位一體的說法，指出故事中才子對於佳人的追尋，同時也是作者或敘述者的追尋，其當然設定此三位皆爲男性，作者在書寫或書寫敘述者的敘述時，常會不自覺得帶入自己的觀點。（參見〈試論明末清初才子佳人小說敘事建構的原型模式〉，李志宏，《國立臺北師範學院學報》第十七卷第二期，2004年9月）筆者認爲李氏三位一體的說法也可以運用在艷情小說，藉之探討作者的心理。

〔註6〕參見《中國小說敘事模式的轉變》，陳平原，大陸：上海人民出版社，1988年3月第一次印刷。

〔註7〕引自《海陵佚史》上卷，頁54。

〔註8〕引自《海陵佚史》上卷，頁64。

〔註9〕引自《玉閨紅》第一回，頁295。

〔註10〕引自《春夢瑣言》，頁361。

〔註11〕引自《海陵佚史》上卷，頁113。

〔註12〕引自《如意君傳》，頁59。

古典詩詞不同。〔註13〕在行爲舉止方面，筆者發現：女性是溫婉且縱情；在面對情欲時，有嬌羞，也有感到罪惡、羞愧的一面。在情欲方面，男性不乏認爲女性是重欲不重情，在小說中，作者特別描述了在兩性交合中女性痛苦的一面。上述種種都是男性作者觀看女性時所選擇的角度，經過爬梳整理後，將可從中探究男性作者凝視下的心理因素，或許也可以小見大，以之一窺男性集體意識。總上，本章將分別從男性凝視下的女性、女性的情態、女性的歡愉與痛苦三方面論述，並以之作爲探究男性心理之基礎材料。

第一節　男性凝視下的女性外貌

一、女性的外貌

　　清代李仲麟云：「淫詞小說，多演男女之穢跡，敷爲才子佳人。」〔註14〕才子佳人小說的特點是：男女皆有姣好面貌與才學，兩方以眞情相知相惜，以愛情甚至婚姻爲期待。然艷情小說僅襲用才子佳人的相遇模式，卻以性欲滿足爲目的，敷衍男女交媾情節。〔註15〕從作者凝視女性的角度言之，筆者發現其對於女性的描繪大多停留在表面外相上，鮮少述及深層心理，即使有，也僅是原始動物性欲望之表露，其意在引誘男性讀者的性欲。如：《金瓶梅》敘述西門慶路過潘金蓮屋外簾下，見金蓮之外貌與身材是：

> 黑鬒鬒賽鴉鴿的鬢兒，翠彎彎的新月的眉兒，清冷冷杏子眼兒，香噴噴櫻桃口兒，直隆隆瓊瑤鼻兒，粉濃濃紅艷腮兒，嬌滴滴銀盆臉兒，輕裊裊花朵身兒，玉纖纖蔥枝手兒，一捻捻楊柳腰兒，軟濃濃粉白肚兒，窄星星尖趫腳兒，肉奶奶胸兒，白生生腿兒，更有一件緊揪揪、白鮮鮮、黑裀裀，正不知是甚麼東西。

此時，西門慶「自酥了半邊，那怒氣早已鑽入爪窪國去了，變做笑吟吟臉兒。〔註16〕這段描寫潘金蓮外貌的文字，可謂是從上到下，面面俱到，髮、眉、眼、口、鼻、腮、臉、身體、腰、肚、腿及胸，連一眼都不漏掉。西門慶能在短時間瞄望幾眼，

〔註13〕古典詩詞中，女性對於情欲大多含蓄並帶美感，不似艷情小說中的露骨描繪。
〔註14〕引自《元明清三代禁毀小說戲曲史料》第三編，王利器輯錄，大陸：上海古籍出版社，1981年2月第一次印刷，頁179。
〔註15〕關於艷情小說襲取才子佳人小說相遇模式，筆者將於本文第四章討論。
〔註16〕引自《新刻繡像批評金瓶梅》第二十一回，（明）蘭陵笑笑生，大陸：齊魯書社，1988年出版，頁52～53。

便能一覽無遺，想必他心中自有一套觀看女性的標準模式。西門慶僅是觀看尚未觸摸，便能半身酥軟，可見女性的美麗外貌可供男性意淫。〔註 17〕女性對男性而言是種迷戀物，身體各部位都能引發男性欲望，因此，自古皆教育男性應該遠離美色，甚而有視女性為禍水者，〔註 18〕正所謂「眼是情媒，心為慾種」。〔註 19〕故欲引起讀者的感官刺激，便將視線牽引到外貌情態上。如《海陵佚史》：

> 稔聞阿里虎之美，未之深信，一見此圖，不覺手舞足蹈，羨慕不止，嘆曰：「突葛速得此人受用，真當折服。」（頁 56）

又：

> 見重節年將及笄，姿色顧盼，迥異諸女，不覺情動。（頁 57）

> 豐韻嫣然，聲音嘹喨，恨不得將其抱在懷裡。（《昭陽趣史》頁 102）

當男性遇見美麗女子便動情，想「抱在懷裡」，甚至淫之。將女性與美貌合而為一，便是為了滿足男性讀者的觀看快感（fetishistic scopophilia），意即作者將女性視為物，「增加物的肉體美，將它轉變成某種能夠自我滿足的東西。」〔註 20〕讀者在閱讀中便藉由想像獲得滿足。

> 張小腳燈下仔細端詳小姐（筆者案：閏貞），真是個絕世美人，天下無雙，怎見得：唇不塗朱而紅，不施粉而白。髮若烏雲委地，面似蓮花出水，乃沉魚落雁之容，閉月羞花之貌，腰肢婀娜，舉止大方。（《玉閨紅》頁 352）

> 肌膚潔白可愛。（《海陵佚史》下卷，頁 125）

清代李漁《笠翁偶集》有云：「婦女嫵媚多端，畢竟以色為主。詩不云乎『素以為絢兮』。素者白也，婦人本質，惟白最難。」〔註 21〕或許正如李漁所說：膚白最難。因此膚白者更美。

> 肌膚潤澤，出浴不濡。（《昭陽趣史》卷上，頁 143）

〔註 17〕「意淫」著重於內心的想像。（參見《性心理學》，靄理士著，大陸：第一文化社，1971 年，頁 423）而清代陳其元於《庸閒齋筆記》卷八也云：「淫書以《紅樓夢》為最，蓋描摹男女情性，其字面絕不露一淫字，令人目想神遊，而意為之移，所謂大盜不操幹茅也。」《紅樓夢》第五回警幻仙子也指出：意淫「惟心會而不可口傳，可神通而不可語達。」因此，意淫著重心理想像而非身體實際與對象物觸碰。

〔註 18〕參見《原初的激情：視覺、性慾、民族誌與中國當代電影》，周蕾（Rey Chow）著，孫紹誼譯，台北：遠流出版，2001 年 4 月 16 日，頁 45。

〔註 19〕引自《古今小說》卷一〈蔣興哥重會珍珠衫〉，（明）馮夢龍，大陸：上海古籍出版社，1987 年，頁 1。

〔註 20〕引自《視線差異》，Griselda Pollock 著，陳香君譯，台北：遠流出版，2000 年 4 月初版一刷，頁 224。

〔註 21〕引自《笠翁偶集》，李漁著，大陸：浙江古籍出版社，1985 年。

　　（宋貴妃）鬢髮膩理，資質纖穠，體欺皓雪之容光，臉奪英華之濯艷，顧

　　影徘徊，光彩溢目，承迎盼睞，舉止覺倫，智算過人，歌舞出眾。(《海陵

　　佚史》下卷，頁 166)

　　（飛燕）肌膚潤澤，出浴不濡，性格幽閒，丰姿俊雅，熟於音律，工於詞

　　賦，由善於謔語。(《昭陽趣史》卷上，頁 143)

論女性美除了膚白，也重肌膚光澤，早在漢代即有此說，如描繪女性梁瑩之美時，
其說：「芳氣噴襲，肌理膩潔，捫不留手。」〔註22〕

　　據上述，艷情小說中的女性多是貌美，從之可見男性心中的女性正是美麗動
人，並能勾起男性欲望，因此有學者認為：能引起性愉悅或性衝動的意象都與女性
有關，色情產品便是因應男性的享樂而創造出來的。〔註23〕從男性作者對女性外貌
描寫的視角反觀男性，可見艷情小說皆為服務男性讀者而作的。

二、男同性戀的女性化

　　在明代，女同性戀似乎不多，在現有文本中以男同性戀居多，女同性戀僅為片
段情節，作為研究資料稍嫌不足。在男同性戀小說中，雖是男／男關係，然其交往
模式與一般男／女關係相同。男／男關係中會有一方以女性自居，外貌、言行舉止、
心理狀態等都有女性化之傾向。如：

　　（陸妹）生得俊俏如美婦人。(《浪史》第二回，頁 51)

　　（韓仲璉）白皙秀目，姿貌姣麗。(《春夢瑣言》，頁 359)

　　（薛敖曹）白皙美容顏，眉目秀朗。(《如意君傳》，頁 45)

　　（獻之）嫣然美女子也。(《僧尼孽海》乾集，頁 199)

　　（香蟾）窈窕而媚，最為豪家所顧，予細視之，衫袖輕盈，而眉目如畫，

　　絕與美婦人無異。(《癡婆子傳》下卷，頁 136)

在同性戀小說中，扮演女性腳色的男同性戀，除了外貌女性化外，舉手投足間也是
溫柔嬌媚，甚而熟習女紅，如：

　　（裴幼娘）琴棋書畫外，那些刺鳳挑鸞，拈紅納繡，一應女工針指，般般

　　精諳。(《龍陽逸史》第一回，頁 81)

〔註22〕引自《雜事秘辛》，(漢) 佚名，台北：藝文印書館，1965 年，頁 205。

〔註23〕游惠貞認為諸如女性的乳房、臀部，或女性相關物品，如鞋子、束腹等，皆能引起
　　　　男性欲望。(參見《女性，藝術與權力》，Linda Nochlin 著，游惠貞譯，台北：遠流
　　　　出版，1995 年 5 月初，版一刷，頁 178)

有部份以性交易維生的男同性戀（小官），以女性姿態倚門賣俏，提供性服務。在晚明小說《檮杌閑評》有記：

> 只見兩邊門內都坐著些小官，一個個打扮得粉妝玉琢，如女子一般，總在那裡或談笑、或唱歌，一街皆是。〔註24〕

《龍陽逸史》也說：

> 眾小官見生意漸漸冷淡了，也曉得自己生得不甚動人，都去擦脂抹粉，學那娼妓家的粧粉（編者案：「扮」）來。（頁205）

一般提供性服務者為女性，然在明代，小官盛行，性別雖為男性，但這類人皆視同女性，小官自身也作女性裝扮：

> 香作骨，玉為肌，芙蓉作面，柳為眉，俊眼何曾凝碧水，芳脣端不點胭脂。
> 〔註25〕

除外貌外，其名字也充滿女性化，如：陸姝、裴幼娘、李又仙、李小翠、柳細兒、鍾娘子等。在兩性關係中，擁有性的掌控權的通常為男性，因此賣淫謀生的小官自比為女性，除了裝扮女性化外，在情態表現或交合過程中，也出現如同女性的嬌羞與羞愧情態，〔註26〕如：

> 男行女事，抱愧欲淚，惟兄憐而諒之，勿以卯孫視我也。〔註27〕

除自比為女性的男同性戀或從事性交易的小官，其外貌具女性特質外，當代男性也有女性化的傾向，然程度沒有前者高，僅是較缺乏陽剛氣。如：

> （浪子）生得真好標緻，裝束又清艷……風神雅逸，顧盼生情。……穿了上色衣服，足踏一雙朱紅履，手把一柄香妃扇，掛了一個香毬。風過處，異香馥馥。（浪史》，頁55～56）

> （風翔）面如冠玉，神若秋水。（《弁而釵·情貞》，頁67）

> （海陵）清標秀麗。（《海陵佚史》，頁84）

這些男子較注重外表服飾之美，相貌較秀氣，但其在小說中仍扮演主導與操控女性的地位，因此，其女性化程度僅止於外貌。小說雖屬作者臆造，然其常以所處時代之人事物為基礎，所以明代艷情小說中男性女性化的情形，應與當代審美觀相關。如小說或雜記有錄：

〔註24〕引自《檮杌閑評》第七回，（明）佚名，大陸：成都古籍書店，1981年出版25。
〔註25〕引自《龍陽逸史》，頁81。
〔註26〕嬌羞與羞愧部分將在下節論述。
〔註27〕引自《弁而釵·情烈》第二回，頁221。

生得面如傅粉，唇若塗朱。（明・蘭陵笑笑生《金瓶梅》〔註28〕第七十回）

那縣裡有一門子，年方若冠，姿容嬌媚。（明・凌濛初《拍案驚奇》〔註29〕第二十六卷，頁 361）

優童媚趣者，不吝高價，豪奢家攘而有之，蟬鬢傅粉，日以為常。（明・陳懋仁《泉南雜志》，〔註30〕頁 201）

清代《紅樓夢》中的賈寶玉也是典型的女性化外貌。如：

面若中秋之月，色如春曉之花，鬢若刀裁，眉如墨畫，面如桃瓣，目如秋波，雖怒時而似笑，即瞋視而有情；項上金螭纓絡，又有一根五色絲絛，繫著一塊美玉。〔註31〕

男性女性化之現象早在魏晉時期就出現，只是明清兩代較多。〔註32〕

三、男性凝視女性之視線游移

觀明代以前的詩文，不乏對女性形象的描繪，如容貌、姿態、神情等。如身體局部的描寫：

手如柔荑，膚如凝脂，領如蝤蠐，齒如瓠犀，螓首蛾眉。（《詩經・衛風・

〔註28〕引自同註 16，頁 1078。

〔註29〕《拍案驚奇》第二十六卷，（明）凌濛初，大陸：上海古籍出版社，2002 年初版，頁 361。

〔註30〕《泉南雜志》，（明）陳懋仁，大陸：中華書局，1985 年 4 月出版，頁 201。

〔註31〕引自《紅樓夢》，（清）曹雪芹，台北：三民書局，1976 年。

〔註32〕男性女性化其性別雖是男性，然可自其所具的女性特質，反向觀察一般人認為女性應具備的特質。魏晉六朝的男性不乏女性化，現錄數條如下：（1）《玉臺新詠・詠少年》：「董生為巧笑，子都信美目。」馮子都為漢代將軍霍光寵愛的家奴。（2）晉・張翰〈周小史詩〉：「香膚朱澤，素質參紅。團轉圓頤，菡萏美蓉。爾形既淑，爾服亦鮮。輕車隨風，飛霧流煙。轉側綺靡，顧盼便娟。和顏善笑，美口善言。」（3）南史《陳書》卷二十，列傳第十四〈韓子高列傳〉：「容貌美麗，狀似婦人。」（4）《顏氏家訓・勉學篇》：「梁朝全盛時，貴遊子弟，多無學術，無不薰衣剃面，傅粉施朱。」（5）唐・朱揆《釵小志》：「梁陳士人，春遊，畫衣粉面，弦歌相逐」（6）「纖妍白皙，如美婦人。」（《北史・崔浩傳》）（7）明代馮夢龍《警世通言・莊子休鼓盆》：「（秀才）生得面如傅粉，唇若塗朱」（8）明代王驥德《男王后》：「身屬男子，貌似婦人，天生秀色可餐。」（9）清代曹雪芹《紅樓夢》：「（秦鍾）眉清目秀，粉面朱唇……怯怯羞羞，有女兒之態。」明代馮夢龍選錄歷代筆記小說和其他著作中的有關男女之情的故事，編纂成的短篇小說集《情史》，其中《情外類》選錄了歷代的同性愛情故事，其中男性也呈現女性化現象。從以上形容女性化之男性的形容詞中觀察：男性認為一般女性特質是臉色朱潤、顧盼流轉，即容貌要美，情態要能引人遐思並難以忘懷。

碩人》）

如體態的描寫，展現出一種高不可攀的情態：

> 貌豐盈以莊姝兮，苞溫潤之玉顏；眸子炯其精朗兮，嚓多美而可觀；眉聯
> 娟以蛾揚兮，硃脣的其若丹；素質幹之釀實兮，志解泰而體閑。（宋玉〈神
> 女賦〉）

如寫美女的「顧盼」，便讓人回味無窮，難以抗拒：

> 北方有佳人，絕世而獨立。一顧傾人城，再顧傾人國。寧不知傾城國，佳
> 人難再得。（漢・李延年〈佳人歌〉）

如描繪女性裸體：

> 芳氣噴襲，肌理膩潔，捫不留手。規前方後，築脂刻玉。胸乳菽發，……
> 血足榮膚，膚足飾肉，肉足冒骨。長短合度。（漢・無名氏《雜事秘辛》
> 〔註33〕）

作者在書寫女體時，其實在引導讀者的觀看方式，作者在女體身上的遊移，彷彿讓
讀者去觀看、觸摸，因此作者對女體之書寫，已呈現自身視線在女體身上移動的方
向。〔註34〕在艷情小說中，作者的視線為何？如，寫眉目：

> 眼橫秋波，眉插春山，說不盡的萬種風流，話不盡千般窈窕，如瑤臺織女，
> 便似月殿嫦娥。（《浪史》第二回，頁50）
>
> （李姐）目白如玉，不假粉粧。（《春夢瑣言》，頁361）

寫臉部色澤或肌膚：

> 顏如桃花，著乾紅衣，翠油裳，其光彩共動人。（《春夢瑣言》，頁362）
>
> 肌膚潔白可愛。（《海陵佚史》下卷，頁125）
>
> （奈剌乎）修美潔白。見者無不嘖嘖。（《海陵佚史》，頁129）

寫髮鬢：

> 鬢髮膩理，資質纖穠，體欺皓雪之容光，臉奪英華之濯艷，顧影徘徊，光
> 彩溢目。（《海陵佚史》下卷，頁166）

寫金足：

> 頭挽烏雲巧髻，身穿縞素衣裳。金蓮三寸步輕揚，嫋娜腰枝難狀。（《昭陽
> 趣史》卷上，頁80）

〔註33〕《雜事秘辛》，（漢）佚名，台北：藝文印書館，1965年，頁205。
〔註34〕參見同註1，頁53。

（張小腳）長得一臉橫肉，五短身材，肥臀大乳，並無動人之處，就屬那
一雙小腳，眞是天上少有，地下無雙，因此小腳之名大振。（《玉閨紅》，
頁 324）

寫體態：

姿容雅麗，體態妖嬈，似西子再生，玉姬下降，千般香豔，百種嬌羞。（《僧
尼孽海》乾集，頁 250。）

（烏林答氏）玉質凝膚，體輕氣馥，綽約窈窕，轉動照人。（《海陵佚史》，
頁 168）

作者的視線大多停留在臉部的眼、唇或眉、髮、肌膚、腰、小腳等。總體而言，
幾乎是美女，皮膚白皙或小腳。然到底有多美呢？「沉魚落雁之容，閉月羞花之
貌」、〔註35〕「姿容絕世」、〔註36〕「容貌如海棠滋曉露」〔註37〕等。對於女性的
體態外貌大多以「千般香豔，百種嬌羞」、〔註38〕「尙有風緻」、〔註39〕「舉止翩
然」〔註40〕等形容，對於讀者而言，如此的描繪，很難想像美女的眞實模樣。所
用詞彙，大多承襲前代，陳腐套語，了無新意。由此可見，其實作者僅在意女子
是否美麗，至於美麗程度並非書寫重點。艷情小說須維持圖書市場的佔有率，並
顧及讀者教育程度，因此無法專注在情節鋪排、腳色的性格等，以爲直接進入性
行爲的描寫，便可滿足讀者的欲望。

　　總上，艷情小說對於女性外貌情態的書寫角度在臉、眼、眉等，有時會特別
指出小腳；〔註41〕呈現美麗、溫柔的形象；描繪用語多承俗套。女性外在形象千
篇一律，缺乏個性，如同被複製的商品。對於男／男關係中扮演女性腳色的男方，
因其以女性自居，作者便也以女性化的文字形容之，此外，一般男性也有女性化
傾向，只是後者僅較缺乏陽剛氣，而前者不僅在外貌上女性化，其溫柔情態也與
女性無異。若撇開明代的審美觀，暫不論一般男性女性化的情形，單就男／男關

〔註35〕《玉閨紅》第六回，頁 352。
〔註36〕《浪史》第十三回，頁 109。
〔註37〕《昭陽趣史》卷上，頁 143。
〔註38〕《僧尼孽海》乾集，頁 250。
〔註39〕《玉閨紅》第五回，頁 342。
〔註40〕《昭陽趣史》卷上，頁 118。
〔註41〕此可作「戀物癖」來理解將女性小腳視同物品，一種可供把玩的物品。事實上不止
　　　　小腳，在艷情小說中，女性僅是空洞一物，是被消費的女體。不僅在艷情小說中，
　　　　如版畫也是。（參見〈青樓：遊戲、品鑑、權力論述〉，收入《物、性別、觀看：明
　　　　末清初文化書寫新探》，台北：台灣學生書局，2001 年）

係中扮演女性腳色的男方與賣淫維生的小官而言，其十足女性化的情形當與其在男／男關係中，處於如同女性般的低下地位相關，他們自比為女性，期望獲得憐愛或是金錢。

雖然審美觀受文化影響，不純然是感官的，但還是得先著眼於對象之外觀，即借助視覺、聽覺對對象做初步認識。〔註42〕外表是觀看者獲得的第一印象與訊息，並且美麗常與美好相關聯，形成刻板印象。〔註43〕男性對女性的審美標準中，性特徵也是相當重要的，〔註44〕有學者曾指出：兩性的感情是由三種印象或情感結合而成的，一是由美貌引起的愉悅感覺，二是肉體產生之生殖願望，三是濃厚好感並示善意。〔註45〕因此，符合男性的審美標準之女性，有時會成為男性「意淫」之對象。男性的審美觀也體現在家規、閨訓、文學作品中，成為主流價值，主導與控制著女性。

第二節　女性的情態

一、男性凝視下所形成的控制權

男性的凝視形成了對女性的控制權，在中國，男性便透過資訊權（information power）、合法權、強制權（coercive power）、獎賞權（reward power）〔註46〕等來控制與塑造女性。

在資訊權方面，所謂知識就是力量，男性因為擁有知識，便能享有佔領公領域的權力，利用權力制訂法律，建立社會規範。在私領域中，便建立男性觀點的家訓來規範子女；教育女性上，教以溫柔順從，如司馬光《家範》：「為人妻者，其德有六。一曰柔順，二曰清潔，三曰不妒，四曰儉約，五曰恭謹，六曰勤勞。」再如，張載《橫渠・女戒》：「婦道之常，順為厥正。」在藝術創造上，整個中國文學史幾

〔註42〕參見《世界古代性文化》，劉達臨，大陸：上海三聯書局，1998 年 6 月第二次印刷，頁 274。

〔註43〕參見《社會心理學》，安・韋伯（Ann L.Weber）著，趙居蓮譯，台北：桂冠圖書，1995 年，頁 254。

〔註44〕參同註 17，頁 60。

〔註45〕此語出自英國哲學家休謨《人性論》，轉引自〈借男女之真情，發名教之偏藥──從“三言”愛情、婚姻題材看明代世俗之真情〉，楊子怡，大陸：●●師專學報，1994 年第一期。

〔註46〕雷文（Bertram Raven）與其夥伴提出六種權力的原型，即獎賞權、強制權、合法權、參考權、專家權、資訊權。筆者依據中國男性對女性實行控制權力的實際情況，僅取其中四種作為論述上的輔助。（參同註 43，頁 171～172。）

乎是男性的天地，對女性的刻板形象便透過詩文或小說形式流傳，無形中達到傳播男權意識的功能。三國時代曹植說：「穠纖得衷，修短合度」（〈洛神賦〉）或唐代杜甫的「肌理細膩骨肉勻」（〈麗人行〉）便無形中傳達了男性對女性的審美標準。此外，也教育擁有知識權力的男性勿近女色，因為「西周覆滅緣於褒姒」（《左傳‧昭公二十八年》），將亡國責任推給缺乏知識的女性。

在合法權方面，男性為保障血統及其財產，便建立合法婚姻，藉之掌控女性。男性透過閨閣教育，建立女子道德感，教以「目不視邪色，耳不聽淫聲」（《何氏家規》〔註47〕）、「婦女無事，不得外出」（《孝行庸言》〔註48〕），表面上在保護女子，實際上便是在保有其貞潔，「恐她淫汙」（《女論語‧訓男女》）。因此，在父權社會中，女性的身體與性並無自主權，相對的也難有感受自信與愉悅的機會。〔註49〕

在強制權方面，則是透過政府法律來左右女性的行為，也常與獎賞權同時實施。如：《大明律》、《大清律》對於婦女夫亡居喪期間改嫁，應杖八十；七品以上官員之妻夫亡再嫁者，杖一百，並追奪誥封。此外，寡婦若改嫁，不能帶走前夫的財產。明代《大明會典》中載洪武元年一道詔令：「民間寡婦，三十以前亡夫守制，五十以後不改嫁者，旌表門閭，除免本家差役。」又正德六年令：「近年山西等處，不受賊汙貞烈婦女，已經撫按查奏者，不必再勘。仍行有司各先量與銀三兩，以為殯葬之資。仍以旌善亭傍，立貞節碑，通將姓字年籍鑴石，以垂永遠。」明、清兩代寡婦礙於以上法律、守寡獲得的獎勵並考量自身謀生能力，在理性選擇下放棄改嫁。此外，若婦女違背社會期待時，雖無法對以國家法律處置，卻能以社會輿論達成控制，以喚起羞恥感與罪惡感，而羞恥感與罪惡感便是透過家庭教育建立並內化。

二、女性的嬌羞與羞愧

中國婦女在男性凝視下呈現單一化，就艷情小說而言，女性幾乎屬於陰柔氣質，少有陽剛氣息濃厚的女性出現。漢代班昭《女誡》在界定男女本質差異時就說：「陽以剛為德，陰以柔為美；男以強為貴，女以弱為美。」使得陰柔成為女性專有的特質，然此並非代表女性都應該是溫柔婉約，而是男性對於女性的期待，甚至規範。〔註50〕

〔註47〕收入《課子隨筆抄》卷二，台北：文史哲出版社，1987年，頁75。

〔註48〕引自參同註49，頁204～205。

〔註49〕參見《凝視女像——56種閱讀女性影展的方法》，陳儒修、黃慧敏、鄭玉菁編，台北：遠流出版社，1999年12月初版一刷，頁132。

〔註50〕古代中國的父權社會形成後，家庭中的主權就掌握在男性手中，從父到子代代相傳，因此人類學家許烺光就認為中國傳統中的父子關係具有「延續性」。（參見《文化的圖像》，李亦園，台北：允晨出版，1992年1月出版，頁167）這「延續性」與「夫

因此，「陰柔氣質」不該是對女性的單一標準，它僅是在男性規劃下，對於女性的支配與意識型態。﹝註51﹞女性並非生而爲「女性」，而是逐漸成爲「女性」。﹝註52﹞男女除了生理差異外，在後天的社會規範下，使得男女得符合社會的期待。男性方面，儒家教之內外兼修，並努力拓展在政治中的權力，方能在其位，進而謀其政；精神重於肉體，所謂殺身成仁。﹝註53﹞女性方面，則需守身如玉，從父從夫從子，並在夫喪後理性選擇守節不改嫁。﹝註54﹞就女性而言，男性意識影響了女性，而女性有時並未察

妻關係」的維持最多一世來相較，更顯現出其「父傳子」的特點。在古代，女性要遵守「三從四德」，「三從」即未嫁時從父，嫁時從夫，夫死從子；這也證明古代就有女性應該要依附男性而生存的觀念。在早期，男女是各司其職、分工合作，尚未有「男尊女卑」的觀念；直到漢代，特別是董仲舒的「始推陰陽，獨尊儒術」開始有「陽尊陰卑」的討論。（參見〈陽尊陰卑、乾坤地位～陰陽學說與婦女地位〉，鮑家麟，收入於《風起雲湧的女性主義批評》，台北：古風出版，1988 年 11 月台第一版）董仲舒以陰陽尊卑看男女，確實是壓低女性的社會地位的助手，之後劉向《烈女傳》與班昭《女誡》更是推波助瀾。一禮教的形成；二農業社會需要勞力，因此准許男性納妾；三結婚年齡的降低等三因素，都造成婦女地位日漸低落。（參見（一）《魏晉南北朝夫妻關係的研究》，詹惠蓮，台灣師範大學國研所集刊第四十六號，2002 年 6 月（二）〈中國歷史上的男女關係〉，張玉法，收入《風起雲湧的女性主義批評》，台北：古風出版，1988 年 11 月台第一版）《烈女傳》與班昭《女誡》乃以女性爲主角，教育女性應有的「美德」；顏之推《顏氏家訓》是教化弟子的教材，不專爲女性，但是從《顏氏家訓》中也可以看出對女性在的期待。

﹝註51﹞《視線差異》，Griselda Pollock 著，陳香君譯，台北：遠流出版，2000 年 4 月初版一刷。

﹝註52﹞「成爲女性」意指性別（gender）是在文化建構下產生的，並非來自兩性先天生理差異。（參見《第二性》（Le deuxie'me sexe），西蒙・波娃（Simone de Beauvoir）原著，陶鐵柱譯，台北：貓頭鷹出版社，1999 年 10 月初版）。

﹝註53﹞黃俊傑曾就思維方式、政治權力展現與精神修養層面來討論男性的「身體」。（參見氏著〈中國思想史中「身體觀」研究的新視野〉，《中國文哲研究集刊》第二十期，頁 541～563）另伍振勳則從禮義制度探討其如何作用於男性身體。（參見氏著〈荀子的「身、體一體」——從「自然身體」到「禮義的身體」〉，《中國文哲研究集刊》第十九期，2001 年 9 月，頁 317～344）。

﹝註54﹞中國傳統婦女的地位並非絕對的低落，而是相對的，是依時期變動的。獨生女未出嫁前，是惹父母疼愛的。出嫁後未生兒子前，其地位最卑下；生有子女後地位漸漸升高。翁姑漸老，翁之權力轉移至兒子，兒媳的地位又更高。待翁姑都去世，大家庭分裂，小家庭各自獨立，此時婦女的地位達到最高。（參見《中外文化與親屬的關係》，楊懋春，中華文化推行委員會主編，1981 年 12 月初版，頁 30）此在《顏氏家訓》中便可以看出。（參見拙文〈從《顏氏家訓》觀婦女對家庭的影響〉，《孔孟月刊》第四二卷第十一期，2004 年 7 月 28 日，頁 42～44）對於女性貞節方面，也是各代規範寬鬆不一，如唐代較寬鬆，對於女子改嫁方面多尊重個人意願；在明、清兩代則較嚴，法令規定女子改嫁財產不得帶出，因此女性基於理性考量後，決定守節不嫁以保全財產，否則以當時女性獨立謀生困難，若要扶養遺子則更加困難（關於守節的理性選擇參見〈明清時期寡婦守節的風氣——理性選擇（ratioml choice）的問

覺，〔註55〕因此，女性的陰柔是被男性塑造出來的，是男性文化印記〔註56〕下的產物。

豔情小說中，「嬌羞」已成爲陰柔、溫順的女性應該有的外在情態。如，女性定哥：

> 莫說眼生面不熟的人要見他，就是我老爺與他做了幾年夫妻，他若不喜歡，沒一句言語許他近身的時節，也不能夠和他同席坐一坐。（《海陵佚史》頁81）

平日，定哥是「正色治家，嚴肅待眾」（頁89），就算是面對夫婿也是相當矜持。

> 不如背地裡另尋一個清雅文物的，與他放于飛之樂，也得快活爽心，終不然人一生一世，草生一秋，就只管這般悶昏昏過日子不成。……初始，定哥以之爲羞恥之事，定哥半晌不語，曰：「妮子禁口，勿得胡言，屬垣之耳，亦可畏也。」（《海陵佚史》頁84）

定哥初與海陵見面時是面色嚴正，他人不敢放肆。當貴哥與媒婆對她說些與海陵相關的嘲弄玩笑時，定哥雖立即顯出不悅，然卻有幾分心動，爾後卻因貴哥與媒婆居中牽線，使得定哥婦道不保。定哥原是一位賢慧、不苟言笑、守貞的女性，然在百般誘惑下，變成不畏人言、私生活淫亂的女性。

男同性戀中，以女性自居的男性因有女性化傾向，所以也有嬌羞的情態，如沈

題〉，張彬村，《新史學》第十卷第二期，1999年6月，頁29～75）。

〔註55〕關於男性意識對女性的影響，我們不妨從文學一隅觀察：整個中國文學史一向是男性的天地，僅有少數女性能寫作，然因書寫一向不是社會對女性的期待，因此能寫作的女性在其死前便將作品銷毀。知識的掌握便決定其能否擁有權力，女性便在男性意識下，犧牲受教的權力，無法寫作，更遑論能在政治領域中獨占鰲頭。對此，是女性本身無法自覺到的，因爲知識影響眼界。

〔註56〕依麗莎白・格羅茲（Elizabeth Grosz）提出"boby-writing"，中譯爲「肉體上的繕寫」，象徵著文化對於人的影響（或稱銘刻），意謂社會規範、文化、知識等形成一張可以制約人的網，這張網具備權力。肉體的銘刻是以各種方式進行著，比方某人因不符合法律規範，便將之關入監獄，甚至嚴刑拷打，這是暴力性的肉體銘刻。又如社會普遍認爲女性應該順從丈夫，如此才是賢妻，此種價值標準也是肉體的銘刻。對於女性，筆者認爲自古男性便從不同的層面來約束、規範女性，一方面使得女性難以在公領域中展現長才，二方面女性在私領域中也缺乏自我，從對女性各方面的研究，便可理出男性對於女性的文化印記，此「文化印記」就是「銘刻」、「肉體上的繕寫」。有關依麗莎白・格羅茲的「肉體上的繕寫」說法，參見考依麗莎白・格羅茲（Elizabeth Grosz）原著，陳幼石譯：〈銘文和肉體示意圖——呈示法和人的肉身〉（Inscriptioms and Body-Maps-Representatiom and the Corporeal）（收入《女性人》第二期，1989年，頁65～82）在女性主義中，「性別」除了是生物學上的兩性差異外，主要在討論不同的社會文化，造就不同的男女特徵，而「性別」作用長期處於「支配」「服從」之不平等狀態，而給予女性「陰柔」特徵，便是方便支配女性。（參見《女性主義》，王逢振，台北：揚智文化事業，1997年7月初版三刷）。

葵拜訪玉仙（小官），兩人卻是害羞以對；〔註 57〕小官以性交易爲業，閱人無數，害羞以對，顯得矯情。

> 沈葵原是有心在玉仙身上的，到了房裡，就把玉仙（筆者案：其爲小官）
>
> 一把摟住，玉仙假意左掙右掙。（《龍陽逸史》第十一回，頁 265）
>
> 匡時見李又仙說：「香風一陣，摘凡來矣，但見兩眉蹙蹙春山，似病心西
>
> 子，一臉盈盈秋色，似醉酒楊妃，滿面嬌羞。」（《弁而釵・情烈》第二回，
>
> 頁 293）
>
> 感兄情癡，致弟失身，……讀書守禮，方將建白於世，而甘爲婦人女子之
>
> 事，恥孰甚焉，惟兄憐而祕之。（《弁而釵・情貞》第一回，頁 67）
>
> 男行女事，抱愧欲淚，惟兄憐而諒之，勿以藐視我也。（《弁而釵・情烈》
>
> 第二回，頁 221）

同前文所論（參見本章第一節〈二、男同性戀的女性化〉，頁 61），豔情小說之作者，將女性化的男同性戀者或小官視同女性，無論在描繪外表情貌或舉手投足間都與女人無別，所以也同樣會以嬌羞的情態形容之。這凸顯男性凝視中有先入爲主的刻板印象，即單一性別化（one-sexmodel）。〔註 58〕在男性意識裡，認爲兩性關係是「主動／被動」、「權力／被權力」的關係，對於性別則是「男性／他者」的單一性別；「他者」包含女性或以女性自居的男同性戀，爲提供男性欲望滿足的對象。子女性自居的男同性戀或小官，會爲了得到對方憐愛，或獲取金錢之目的，表面上雖是男／男關係，而實際上其中一方卻自擬爲女性。男性剛強與女性柔弱之特質，已成刻板印象，所以男性女性化便十分明顯，較引人注意；女／女關係因雙方皆爲女性，女性化視爲理所當然，所以女同性戀便不易被察覺，這或許可以解釋明代的男同性戀較多的原因。

〔註 57〕引自《龍陽逸史》第十一回，頁 258。

〔註 58〕單一性別化便是在男性的「視覺印記」下形成的，以男性的觀點凝視，舉凡不是男人的其他便歸類爲「他者」。（參見《視覺文化導論》，Nicholas Mirzoeff 著，陳芸芸譯，台北：韋伯文化國際出版，2004 年 1 月出版，頁 209）由男性主體去建立對「他者」的規範—哪些該作，哪些不該做—在中國，男性文本中知其姓名者，不是能與文人共賞詩詞的青樓女子，便是守節的寡婦或守貞的烈婦。青樓女子因環境使然，必須走出閨閣，也因此使之得以與男性接觸，走入士人世界，只是代價甚大，獲得「人盡可夫」的妓女印象。未改嫁的寡婦，忍受孤獨；烈婦未貞潔犧牲生命，才讓得以名流千古。其他女性大多只是作爲寄託男性情思而被書寫下來的美麗片段，她們的名字多隱而不談。在男性的目光中，女性竟是如此的乏善可陳。

在整個男性凝視的觀照下，道德的內塑是最成功的社會控制，當人自覺違反道德時，便會產生羞恥感，這也是維持社會秩序的最後一道防線，若崩解，即便是法律的強懲也已枉然。在《別有香》中，寡婦與姪兒的姦行被發現，寡婦便羞愧至極，鬱鬱寡歡，嗚呼而死。作者便評論：「豈非天報哉。」〔註59〕另《癡婆子傳》中的阿娜，因私生活不檢點，導致所有曾與她發生過關係的男人，都稱她淫亂，作者也為她安排一個千夫所指、遺臭鄉里的結局。

> 予（案：指阿娜）內愧一處慧敏，再創於俊，疑夫知我有私，夫禦予，予誠痛，然禦之頗便。予偽作楚破聲，嬌啼轉側，夫且信予為處子左也。讚予曰：「今得窈窕淑女，定能宜室宜家。」予聞此言，亦善作羞怯之狀。（《癡婆子傳》頁119）

阿娜早非處女，因此對於丈夫的讚美便作羞怯狀，其實心中充滿愧疚與惶恐，否則不必裝模作樣，假裝處子。

> 大徒捧予（案：指阿娜）頰而笑曰：「非我逢姦，豈肯眷我」，予愧曰。（《癡婆子傳》頁122）

男子對阿娜說：若不是我撞見你與人交歡，現在你會與我交歡嗎？阿娜以愧對之。

> 伯見予（案指阿娜），驚問曰：「二娘何急遽如是也？」予愧乃無地。（《癡婆子傳》頁122）

剛與男子交媾，後見大伯，便一臉驚慌樣，因為阿娜羞愧。

> 予（筆者案：指阿娜）曰：「何污我衣？」伯曰：「爾身且被人污，何惜一褌耶？」予愧目。（《癡婆子傳》頁123）

大伯認為阿娜不自愛便嘲諷她，讓她萬分羞愧。

> 我兩少艾，薄有姿色，更番待翁，而醜不出戶。（《癡婆子傳》頁129）

阿娜、大嫂阿氏與翁淫，深知此為醜事。小叔克饕也想淫阿娜，其言：

> 「翁而可同幸也，叔而何獨烝之乎？」予（筆者案：指阿娜）愧面赤。阿娜不從，克饕曰：「今兄不在也，亟了我，不然，豈惟已翁事白兄。」（《癡婆子傳》頁133）

> 眾人「恨」之，連其子也「恨」之。婦人不端，里巷歌之，友人知之，舉家竊相笑，而獨我（筆者案：指阿娜）不知，我其蠢然者耶。呼予曰：「畜，我相將斷爾首，暨穀奴首。」……克饕：「罪在嫂，彼不足深罪。」予夫凶悖，手握予髮，而亂擊予，予愧不能言。夫曰：「淫而賤，其速縊

〔註59〕引自第四回，頁38。

死。」……翁曰：「仲子妻不端，子不幸也，遣之歸可矣。」（《癡婆子傳》
頁 142～143）

最後，因為阿娜將心思都放在男子谷德身上，因此引來盈郎、大徒等曾與她交媾的
人之不滿，於是他們四處散播阿娜淫亂之事。其後丈夫休之，娘家鄰里眾云：「此孿
家敗節婦也。」阿娜被眾人唾棄，便要自瞶。

> 咬指出血，曰：「誓不作色想。」從母禮三寶，持珠服齋，頻首懺過，曰：
> 「慾海情山，積孤無極，願以清涼之水，洗我淫心。」苦持三十年，今七
> 十矣。

此故事有項特點：阿娜的私生活確實不檢，然作者卻將所有責任都讓她扛下，將
她七出、遭鄉里唾罵並孤獨地度過晚年。曾經施暴於阿娜，甚至曾她通姦的男性，
並未獲得任何指責或懲罰。《海陵逸史》中定哥的情形與阿娜其實異中有同，定哥
原先被定位為一個恪守禮義，不敢稍有僭越的女子，爾後卻一觸即發，成為縱欲
的淫婦；阿娜則是一向沒有禮教的束縛，男女關係全由個人情欲主導。最後，定
哥被縊死，阿娜則遭眾人不齒，深居陋巷，曾與她們交媾的男性呢？海陵最後被
亂軍殺死，但起因不是他淫亂，而是他魚肉國家百姓，眾所不滿；阿娜的姦夫則
安然無事。在儒家的觀念中，仁義道德遠比個人身體重要，若要仁義顧，生命皆
可拋，所謂「成仁取義」。因此，一個男人的成就，在私領域，是修身；在公領域，
是外王。對於三妻四妾，只要安撫服貼，不出大亂子，不太會遭人非議。在晚明，
雖然對於男性娶妾、嫖妓等有所規定，但那種束縛遠比不上長期以來遭男權意識
形態桎梏的女性。在男女道德觀念上，尤其對女性常以不平等的標準。在筆者所
討論的文本中，作者雖對性行為放蕩者予以譴責或利用結局安排予之懲罰，以體
現作者寫作艷情的目的——因果報應。然作者明顯對於大部分的男性採取軟性懲
罰（如出家〔註60〕）或不懲罰，有的雖以「縱欲而亡」以示報應，然其乃因「過
度」而為之的懲罰，此對於雖未過度，然性行為仍不檢的男性，其示警作用不夠
強烈。對於女性，或遭幽禁：

> （阿里虎）南京元帥督監（南家之父）知阿里虎淫蕩醜態，莫能禁止。因
> 南家死，遂攜阿里虎往南京，幽閉一室中，不令與人接見。（《海陵佚史》
> 上卷，頁56）

或自行了斷，如芸娘好勾搭男人，以致丈夫疏遠他，芸娘便上吊自縊（參見《海陵
佚史》）；或遭殺害，如《海陵佚史》中的阿里虎與定哥。更特別的是女性自我的不

〔註60〕 如《繡榻野史》中的東門生，其夜夢趙寡婦等三人受報應而變為畜生，醒後即向禪
師懺悔，幫小嬌找個婆家，自己則出家，並以自己的故事勸戒他人。

斷羞愧，提供女性「自我反省」的機會，這看似是種女性自覺的行為，卻也顯現出作者心中仍以放蕩的女性為恥，應該自我檢討。這種自省也出現在男同性戀中扮演女性的一方上，基本上較少出現在真正的男性身上。

　　「羞恥」（Shame）是在自我／他者互動和互為界定中運作，作為社會文化掌控與操縱的無形典律。〔註61〕因此，羞恥不僅是個人心理的內在特質，也可作為當權者施展權力的具體手段。〔註62〕《癡婆子傳》中的阿娜不斷出現「愧」，甚至讓娘家在鄉里中蒙羞，這樣的羞愧不僅是阿娜對本身行為的愧，同時也呈現出阿娜因他者的凝視而起的心理煎熬。羞恥感是維繫社會秩序的內化道德，它也能成為一種控制的工具，透過社會輿論引起人的羞恥心，使其修正自身行為，因此羞恥感成為父權制度下對於逾矩女性的一種懲罰工具。同樣的，明末對於寡婦守節的貞節牌坊，不僅對寡婦有「獎勵」意義，對於改嫁的女性則有另種形式的懲罰。貞節有法律的制約（改嫁者便失去財產權）與社會輿論，已經不是單純因為愛情，而是一種純粹的道德行為，肩負家族名譽、名分而有的行為。〔註63〕小說中雖發出羞愧的道德警訊，但是它是針對女性，如：

> 善理家事的人，其所要緊的，莫如防淫。防淫猶如防川，小而塞之，不過一掬而已；至於大而氾濫，則決江奔海，何所不至。譬著一女子，始不過一時之錯，受染一人，習而不怪，就是三五人，就是十數人。又到了十數人田地，就是朝迎新，暮送舊，又何害於是。做私窠子未已，漸漸將半關門，又漸漸就大開門，又漸漸就去站街倚門，終身為娼婦而不知悔。總是這點淫心做下來的。（《別有香》第十回，頁 124）

守節之根本意義在於維繫夫家的宗脈，〔註64〕因此必須對婚姻與性作規範。〔註65〕

〔註61〕當人自覺違反社會習慣時，會產生羞恥感與生理特徵（臉紅），這是人類合群本能的反應。（參同註42，劉氏著，頁 275）因此，「羞恥感」已經隨著教育內化到個人，以之維持社會良好狀態。（參見《害羞・寂寞・愛》，吳靜吉，台北：遠流出版社，1987 年 3 月 25 日第八版）

〔註62〕參見〈羞恥、身體和（女性）他者的凝視〉，陳香頤，《中外文學》第三十卷第 9 期，2002 年 2 月，頁 203、204。

〔註63〕參見《明清社會性愛風氣》，吳存存，大陸：人民文學出版社，2000 年，頁 12。

〔註64〕參見《由典範到規範：從明代貞節烈女的辨識與流傳看貞節觀念的嚴格化》，費絲言，台北：國立台灣大學出版委員會，1998 年 6 月初版，頁 6。

〔註65〕婚姻作為傳遞姓氏、培養繼承人組成姻親系統、合併財產等，因此女性的貞節格外重要。（參見《性經驗史》，（法）米歇爾・福柯（Michel Foucault）著，佘碧平譯，大陸：上海人民出版社，2002 年 10 月第一版，頁 410）對性作規範就是社會控制，違反者以法律或社會輿論進行賞罰。（參見《性之性別》，施瓦茲（Schwartz, Pepper）著，陳素秋譯，台北：韋伯文化國際，2004 年，頁 22）。

就男人而言，考驗其忠誠度的機會較少，除非改朝易代，便有事君與否之抉擇；對女性而言，考驗其貞烈卻是平常切身的，〔註66〕如女性現身在公領域中，其與羞恥概念是相關的，因為經常拋頭露面會被視為欲勾引男性。男人在公領域中，意味其迷失在人群中，若離開公領域，反而會獲得尊敬。〔註67〕上引文（《別有香》）看似合理，其中卻隱藏不合理。防淫如防川，可見視此事為慎重，但卻以女性作例，視女性賣淫為女子本身主動，而未考慮男性消費與女性謀生能力的不得已等因素，僅以女性為例，已對女性隱含貶低意味。

總上，男性的凝視形成了對女性的控制權，中國男性便透過資訊權、合法權、強制權、獎賞權等來控制及塑造女性。男性的凝視使女性在性別上成為「他者」；在個人特質上成為缺乏個性的單一化——嬌柔。因為性為「他者」，所以在性關係上，「他者」變成為男性逞欲的對象，性的主導權在男性；因為女性被塑造成缺乏個人特質的他者，女性便難以放任情欲，一旦逾越，便被男性視作淫蕩。艷情小說中女性出現嬌羞與羞愧的特色，一方面「嬌羞」是女性在男性的凝視下形成的，二方面「羞愧」便是男性對於女性的懲罰。作者利用結局的設計，懲罰縱欲的女性，然對於男性則採較寬容的態度。

第三節　女性的歡愉與痛苦

一、女性的歡愉與痛苦

艷情小說中，性愛的歡愉總在「逾越」中發生：性別的逾越（男／男、女／女）、階級的逾越（皇后／小廝、主人／奴婢）、身分的逾越（非婚姻狀態下的第三者）；歡愉更在「痛苦」中發生。

> 姑蘇主（女）看了萬金（男）這般人物，豐韻嫣然，聲音嘹喨，恨不得將萬金抱在懷裏。……姑蘇主此時芳心盪漾，不能自持，急摟過萬金，連親了幾個嘴，叫道：「俏心肝，教人越看越動情，恨不得把一碗水，吞在你肚裡。」（《昭陽趣史》上卷，頁99、106）

> 有這樣可愛的小官家，嬌滴滴的，與他被窩裡摟一會、抱一會、弄一會，便愛殺了我。（《浪史》第三回，頁55）

〔註66〕參見〈天地正義僅見於婦女——明清的情色意識與貞淫問題〉，鄭培凱，《當代》第十六期 1987 年 8 月，頁 52。

〔註67〕參見同註20，頁 107。

以上女性呈現出幾種情態，諸如：性飢渴、主動尋求性欲滿足、認爲直接的性行爲方能使其滿足。如此的女性情態是發自男性觀點，表面上看似女性主動尋求性愛的歡愉，然卻潛藏著男性意識下以「陽具」〔註68〕爲中心的觀點。男性將性關係建立在女性必定要透過男性陽具方能獲得滿足，男性並以「陽具」作爲對女性的酬答獻禮，如吳道子所云：「正因爲你父待我不薄，所以才給你尋漢子受用。」〔註69〕另《繡榻野史》中的東門生同時意愛妻子金氏與趙大里（男性），因此也希望金氏與趙大里能夠相互愛惜，意即交媾。東門生偷窺妻子與趙大里發生關係，心中有幾分妒意，然念頭一轉，心想：既然愛她，就是要讓她快活。〔註70〕在男性眼中，女性也像張小腳般會爲了「陽具」，甘願到窯子「一天來上他個三十回四十回的，那才受用」。

> 你哥哥不在家，我獨自一個不過，沒奈何了……（男：海陵）便深手去奈剌忽（女）肩膀上捏一把……奈剌忽低頭笑曰：「便是這肩胛，夜間冷的苦。」（《海陵佚史》上卷，頁130）

> （女：姑蘇主）去接萬金的酒盃，連他雙手捏住，低聲道：「我吃半盃你吃半盃何如？」（《海陵佚史》上卷，頁100）

> 大里、金氏偷眼調情，兩人慾火不能禁，大里假意將筋失落地上，拾起時，手將金氏腳間一捏，金氏微微一笑。金氏取楊梅一個咬了半邊，剩半邊在桌上，大里見東門不來看，即偷去吃了。（《繡榻野史》，頁107、108）

此外，在性愛過程中總會出現固定的情節，即女性性交中的痛楚。

> 處女：重節痛忍難當，不顧羞恥，忙用手捏其陽，再三求止。……驚駭顫

〔註68〕「陽具」（phallus）是指男性生殖器官，在心理分析理論中，它成爲男性權力的象徵，決定男女尊卑的相處模式，形成了「陽具中心主義」（phllocentrism），而「陽具中心主義」與「言語中心主義」（logocentrism）融合後，便形成「陽具言語中心主義」（phallogocentrism）。「陽具言語中心主義」便是探討在男性書寫語言背面，即言語所指向男性深層心理的男權意識。（參見〈父權制的家園〉，陳玉玲，收入《尋找歷史中缺席的女人──女性自傳的自體性研究》，台北：紅螞蟻圖書，1998年5月出版，頁71～142。或參見〈正文、性別、意識型態〉，于治中，《中外文學》第一期第十八卷）「陽具言語中心主義」是以男性爲正面價值，就是父權體制（Patriarchy），「憑仗父親形象（家長）而由男人統治的社會」。（關於父權體制參見《文化理論詞彙》，彼得‧布魯克（Peter Brooker）原著，王志弘、李根芳譯，台北：巨流出版社，2003年10月初版一刷，頁285～287）「女性」特質與腳色便是在以「陽具」爲中心的男權下被定義的，其可在文學藝術、醫學、精神分析，甚至家庭生活中找到證據。「陽具中心」體制中，女性被二分化，非天使即淫婦。

〔註69〕引自《玉閨貞》第六回，頁356。

〔註70〕參見《繡榻野史》，頁113～130。

　　　簌，涕泣告饒。(《海陵佚史》上卷，頁 58、59)

處女：哈密都盧乃迭進迭出，慢搖不止，彌勒益覺疼痛。(《海陵佚史》上
　　　卷，頁 109)

處女：嚇得他面孔都白了……畏如見敵。(《海陵佚史》上卷，頁 67)

處女：阿秀就叫天叫地起來。……淚汪汪的亂滾，面像土色，漸漸的死去。
　　　(《繡榻野史》，頁 199～202)

非處女：痛得緊，叫我怎的熬得過。(《海陵佚史》上卷，頁 150)

非處女：口齒相嚙，痛苦無措。(《僧尼孽海》，頁 227)

非處女：觸之大痛。……痛甚，且泣。(《癡婆子傳》卷上，頁 115、119)

非處女：陰中極疼痛不可忍。(《如意君傳》，頁 52)

從上可知，無論處女與否，皆出現性交疼痛情況，並在小說中出現頻繁，可見其應
代表某些意涵。此外，一向縱欲的武則天 (參見《如意君傳》) 同樣出現相同情況，
可見此情形並不分階級。這種書寫仍來自男性的陽具心理。偌大陽具 [註71] 代表男
性的侵略與權力象徵，皇后是女性，縱使具有權力，然在性生活中，主權仍在男性，
即使對象是位卑的小廝。男性自恐懼被閹割的心理，轉變為男女性愛過程中的強勢
主導，更以造成女性疼痛來宣示主權。 [註72] 在《繡榻野史》 [註73] 中，趙大里瞞
著金氏，於兩人交媾時，將春藥抹於金氏性器上。表面上春藥是助性，最後反讓金
氏「手腳冰冷，口開眼閉暈去」， [註74] 趙大里並未停止性行為，這代表其內心深
層是極端的以他人痛苦來使自己快樂，這種快樂或許是來自權力的掌控。

　　　時日又長，孤衾難伴，縱不去招男引少，而怨言咒語，未能釋然，少有拂
　　　怒，即拳胸敲桌，哭道：「我的人，你倒安耽去了，害我在此，苦不了。」
　　　(《別有香》第四回，頁 31)

男性以擁有權力為榮，並以為女性的不快樂是來自陽具的缺乏 (陽具崇拜)，如上引
文便是以男性觀點來描述寡婦的心情，認為寡婦就是缺乏性愛，才度日如年。又如
寶樓好小官，因此散盡家產，其妻范麗娘常督促他重整家業，寶樓認為是妻子起醋
意，於是假裝拿刀去勢，希望妻子停止此舉。 [註75] 「陽具」就是女性的寶物便是

〔註71〕 男性大陽具的意識出現在小說多處，如《如意君傳》：「肉具特壯大異常」(頁 45)、
　　　　「肉具頗尖而粗」(頁 46)、「肉巨大者」(頁 47)、「肉具雄健 (頁 49) 等。
〔註72〕 此謂「陽具中心」。
〔註73〕 見卷二〈開關迎敵〉，頁 158；〈金人三戰敗績〉，頁 168。
〔註74〕 見前註，頁 177。
〔註75〕 引自《龍陽逸史》，頁 142～145。

寶樓的心態。

二、男性「陽具中心」的心態

男性的「陽具中心」也表現在書寫中用字遣辭上，豔情小說中常以「軍隊」譬喻性行為，如見《繡榻野史》目次：

　　丫鬟雲雨綢繆　金人緩兵求解

　　遼金拱首伏降　將軍欲搗陰山後

　　宋直抵黃龍府　趙兵深入不毛

　　遼金勉強迎敵　騷金猶疑後期

又如《弁而釵》：

　　鐵甲渡關

　　火輪烈焰

　　連兵

內文中如：

　　若入子母將軍砲，嬰城而發之。（《繡榻野史》，頁 135）

　　破壘穿營。（《海陵佚史》，頁 59；《弁而釵》頁 156～157）

將男性陽具以武器稱之，如：

　　勢之下，復有如秉幹城之將者，而處於中，命之曰囊。（《癡婆子傳》，頁 109）

　　揮戈倒桿。（《癡婆子傳》，頁 134）且列戟在門，欲濤狂湧。（《癡婆子傳》，頁 130）

交媾動作有攻擊意味，如：

　　凸之投凹。（《癡婆子傳》，頁 110）〔註76〕

此外，作者也常強調男性的性能力，如：

　　予以此物累，不知人道，時有所感，無地可施。……試以鬥粟掛其莖首，昂豈有餘力。（《如意君傳》，頁 46）

　　淫水淋漓，凡五換巾帕，且三鼓矣。（《如意君傳》，頁 63）

　　時縮時伸，縮則有若天閹，伸則長至六七吋。粗硬堅熱，手不能握。（《僧尼孽海》乾集，頁 198）

〔註76〕引自同前註。

以上可視爲男性「陽具中心」心理。總上，女性的歡愉和痛苦與男性自身的快樂呈現弔詭的關係，女性的歡愉來自男性觀點下的「陽具崇拜」，其痛苦是建立在男性的「陽具中心」的權力掌控欲望之下。男性的快樂等同於女性的痛苦，是單方面的，男性一廂情願的。在小說一連串的書寫下，除了性高潮外，缺乏情感作調和，因此性愛歡愉的本身便呈現空洞化。〔註77〕

第四節　男性心目中的貞女與淫女

在艷情小說中，男性所書寫的女性往往具有兩種形象，即貞女與妓女，並且此二形象都在同一位女性身上出現。表面上女性呈現出嬌羞的情態，這是固有的刻板印象，而內在卻是極度縱欲；然在獲得欲望滿足後，卻又後悔萬分極度羞愧，這代表男性心中精神與肉欲分裂的矛盾。劉紀蕙也說：

> 在男性作家的作品中，自我的理想形象與自我的矛盾時常藉著女性角色來
> 呈現……男性作家會創造出兩種對立的性角色來代表那個社會與文化中
> 對立或互補的價值指標。〔註78〕

因此，男性筆下的女性便是男性自我的替身。神女或貞女的形象，代表男性受社會規範下的理性表現；淫蕩妓女的形象，代表男性潛意識中情欲的蠢動。〔註79〕瑞士心理學家容格（Carl Gustav Jung，1875～1961）曾提出「阿妮瑪」是男性心中的女性原型，〔註80〕認爲其爲男性集體潛意識之所在。如果我們接受這樣的觀點，那麼

〔註77〕林芳玫：缺乏「其他生理、心理情境作爲參考指標，快樂本身的意義有隨之崩解消融。」（引自《色情研究：從言論自由到符號擬象》，台北：女書文化事業，1999年7月31日初版一刷）。

〔註78〕引自〈女性的複製：男性作家筆下二元化的象徵符〉，劉紀蕙，《中外文學》第十八卷第一期，1989年6月，頁118。

〔註79〕男性要求女性應該遵守婦道，要溫柔婉約，一方面代表男性對女性的單一價值標準；二方面則是「閹割」情結。男性害怕失去主導權，所以必須將女性教育成溫婉（不和男人對抗）、守持貞節（維持血緣完整性）。

〔註80〕容格是奧地利學者佛洛伊德（Freud,Sigmund，1856～1939）的學生，容格繼承其潛意識（unconsciousness）的概念，但不認爲潛意識完全受「性」驅動，而是在潛意識的更深處，有一種並非源於個體經驗，也非後天獲得的東西在操控人類，這就是集體潛意識（ collective unscioruness）。集體潛意識「包含了從祖先遺傳下來的生命和行爲的全部模式」（引自《人類心靈的神話——容格的分析心理學》，常若松，台北：貓頭鷹出版社，2000年11月初版，頁131），這種模式是以「原型」（Archetype）的形式預先形成在大腦，然這只是形式的可能性，裡面是沒有內容的，也許某天在某種特殊狀態下，這原型才可能復活；復活後的原型，其中的內容則視各民族的文化內容而定。比方各民族的「英雄原型」，其內容就不一樣，如美國的英雄原型是熱

中國男性心中的女性原型是如何？

一、中國男性心中的「阿妮瑪」

文學中，一體兩面的女性形象在《詩經》、《楚辭》兩大文學源流中；一面爲關雎淑女，顯示作家的詩禮之求；另一面爲神女幻夢，顯示作家的情欲之思。〔註81〕

在《詩經》，孔子嘗云：「詩可以興，可以觀，可觀群，可觀怨。」（《論語‧陽貨》）因此，《詩經》常是中國古代教育弟子的材料，其首章〈關雎〉便常以教化角度視之，《毛詩‧關雎序》就說：「關雎，后妃之德也。風之始也，所以風天下而正夫婦也，故用之鄉人焉，用之邦國焉。……先王以是經夫婦、成孝敬、厚人倫、美教化、移風俗。」「窈窕淑女，君子好逑……寤寐以求，求之不得。寤寐思服，悠哉

情、爽直；英國是謙恭、自製。（參見《人類心靈的神話──容格的分析心理學》，常若松，貓頭鷹出版社，2000 年 11 月初版，頁 134）容格將原型分爲「暗影」（shadow）、「內我」（「阿妮瑪」"anima"與「阿妮姆斯」"animus"）、「假面」（persona）。（參見〈楊格的理論及應用〉，王溢嘉，收入《精神分析》，台北：野鵝出版社，1981 年 5 月 20 日再版，頁 58、59）本文將以「內我」中的「阿妮瑪」來探中國男性的情欲與愛情觀。「阿妮瑪」是男性的原始祖先在與女性共同生活、相處之下，共同累積的記憶與經驗，隨著遺傳而遺留在大部分的男性腦中。因此「阿妮瑪」是男性潛意識中一個集體的女性形象，男性透過「阿妮瑪」瞭解女性、與女性相處，並且它也是男性心中的理想女性形象，所以，受男性吸引的女性往往與男性內在的「阿妮瑪」相似。依前文所言，「原型」是種「可能」的預先存在的形式，其內容當依照實際生活環境來決定。因此「阿妮瑪」的特徵主要是由男性的母親來決定，若母親是消極的，則男性的「阿妮瑪」也具有消極的特徵。男性潛意識中有四種女性形象，最低層是情欲的妓女，較高層次的是道德的貞女。靜如處子、精神的貞女可視爲男性的理想投射；動如脫兔、肉體的淫婦則是男性潛意識的畏懼。在父權文化中，將主動追求愛情的女人，視爲「淫婦」、「花癡」（參見《尋找歷史中缺席的女人──女性自傳的自體性研究》，陳玉玲，台北：紅螞蟻圖書，1998 年 5 月出版，頁 82）。在許多媒體中出現大量的熱情、誘人的女性（參見〈試析台灣的色情海報〉，游美惠，《聯合文學》第八卷第 3，1992 年 1 月，頁 119），在豔情小說中女性是貞女的外表與情欲放蕩的二合一，以上種種這可視爲男性心理的矛盾，即動物性欲望與道德觀念。男性最先接觸的女性是撫育他的母親，因此母親便是貞潔的、道德的化身。當男性接受性教育後，明瞭人類必須經由父母親的性行爲方能繁衍下一代時，男性便對母親產生一種矛盾，認爲她是骯髒的、不道德的。這種矛盾心理潛存在男性潛意識中成爲集體心理，男性心中的女性形象（即阿妮瑪）是受母親影響，因此在現實生活選擇對象時便是一方面希望自己的女人是貞潔的，另一方面期待她能淫蕩的滿足自己的性慾，此看似是男性對於對象的選擇，其實在選擇的過程中是由男性潛意識來主導。（參見《性愛與文明》佛洛伊德（Freud, Sigmund）著，滕守堯、姚錦清譯，夏光明、王立信主編，大陸：安徽文藝，1996 年出版）。

〔註81〕參見〈論明末清初才子佳人小說中「佳人」形象範式的原型及其書寫──以作者論立場爲討論基礎〉，李志宏，《國立台北教育大學學報》第 18 卷第 2 期，2005 年 9 月，頁 31。

悠哉，輾轉反側。」（〈關雎〉）「窈窕淑女」便是君子夢寐以求的道德、美麗兼具的佳人。後來漢樂府中的秦氏好女羅敷（〈陌上桑〉），便也承繼了關雎淑女的形象。羅敷「羅敷善蠶桑，採桑城南隅。青絲為籠係，桂枝為籠鉤。頭上倭墮髻，耳中明月珠。緗綺為下裙，紫綺為上襦。」其勤奮與美麗，讓路人仰慕傾倒，而使她成為成熟女性的典範還在於其不畏權勢，勇敢拒絕見色勾搭的紈褲子弟，理直氣壯，充滿自信，堅定的眼神中散發出對丈夫忠貞不二的決心。

在《楚辭》，屈原筆下的神女形象又與《詩經》的窈窕淑女不同，他遠遊追求的神女，高潔、美麗又充滿神性，其實她是屈原理想的寄託，作為君王或賢者的隱射，因此，屈原筆下的神女僅具政治上的意義，無關愛情。〔註82〕屈原求女也影響了宋玉神女名篇〈神女賦〉與〈高唐賦〉。宋玉所賦的神女，諷諫作用採淡化處理，並且神女情色化。屈原上下求索的女子，似乎遙不可及，遠在天邊，卻不知何處；而宋玉之高唐神女夜夢降臨，主動薦枕，具神性的女子開始俗化，為情色書寫之開端。〔註83〕若屈原神女的女德代表士人對於人生理想的現實求索，那麼宋玉神女的情色便是情欲的夢幻追求。楚國山川靈秀，加上濃厚的巫習俗，神女從屈原到宋玉辭賦裡，便帶著神秘、神聖、情色的色彩。據聞一多研究巫山神女古代神話，其以為：高唐神女為楚之先妣，高唐故事是種以生殖機能為宗教的原始重禮俗，〔註84〕因此，高唐神女又增添了生殖象徵意義。〔註85〕

總括來說，男性集體潛意識中的女性原型（阿妮瑪）是現實、貞德與夢幻、情欲集於一體的，這樣的女性在文人創作中時時出現。在明代艷情小說中也出現這一體兩面的女性形象。

二、中國「阿妮瑪」代表的男性意識

一體兩面的女性形象在艷情小說中相當普遍；初起，是溫柔嬌羞、循規蹈矩的

〔註82〕 〈求女、神女、神仙——論宋玉情賦承先啟後的另一面向〉，許東海，《中華學苑》第五十四期，2000 年 2 月。

〔註83〕 宋玉高唐神女到了魏晉六朝變分化為兩條路線：一為美女俗化，二為求仙主題的創變。（參見《女性・帝王・神仙：先秦兩漢辭賦及其文化身影》，許東海，台北：里仁書局，2003 年）。

〔註84〕 參見〈高唐神女傳說之分析〉，聞一多，收入孫黨伯、袁騫正編《聞一多全集》，大陸：湖北人民出版，1993 年。

〔註85〕 郭建勛說：「任何民族的神話，都呈現出多神雜糅的兼綜性，屬於先楚民族的高唐女神同樣兼有生殖女神、愛欲女神和自然女神多種神格，從而在文學形象的意義上，也就具備了相應的性格特徵。」（引自〈辭賦作品中神女喻象的分化演進〉，郭建勛，大陸：湖南大學學報，未註發表日）。

美麗女性，待情欲被激發後，便是欲求不滿的縱欲女子，《海陵佚史》中的定哥正是典型。

《海陵佚史》作者花費許多篇幅，描寫男主角海陵追求女性定哥，這在此部小說中是罕見的，因為海陵在追求其他女性時相當容易，唯獨定哥。定哥是位已婚婦女，平日嚴以待己、不苟言笑，奴僕都敬她三分。海陵想辦法要定哥身邊的女性牽線促和，起初定哥不悅，後來漸漸突破心房，並接納海陵。原本貞潔、單純的女性頓時轉為性飢渴的模樣，與海陵祕密往來數月後，海陵突然不再與之聯絡，定哥便暗然神傷，「偷垂淚眼，懶試新妝，冷落悽涼，埋怨懊悔。」〔註86〕索性將目標移向家奴——閤乞兒：

> （定哥）便把自己吃剩的半碗香茶，遞與他（閤乞兒）……（閤乞兒）就
> 在定哥的紅繡鞋上捏了一把。〔註87〕

定哥在歷經海陵後，便學會主動勾引男性。海陵發現定哥與閤乞兒的姦情後，便縊殺定哥。海陵殺費心機追求定哥，是因為她是海陵心中理想的女性，然海陵心理深層更有一股道德力量無法駕馭的欲望，需要以定哥作為性宣洩的目標，並在玩弄之後棄如敝屣。「女性在男性的凝視下，永遠是被閹割的第二性」〔註88〕此語可以說明：女性不是個具體生命體，僅是男性意識下的替代品，具有象徵意義。劉紀蕙也說：在男性文本中，女性僅是種意義。〔註89〕

在描摹女性容貌的語彙方面，筆者發現作者常以「神女」視之，如：

> 眼橫秋波，如月殿姮娥，眉插春山，似瑤臺玉女。（《海陵佚史》上卷，頁
> 73）

> 未曾窗下試新粧，似嫦娥模樣。（《昭陽趣史》卷上，頁80）

> 渾如浪苑瓊姬，絕勝桂宮仙子。（《昭陽趣史》卷上，頁143）

> 說不盡的萬種風流，話不盡千般窈窕，如瑤臺織女，便似月殿嫦娥。（《浪
> 史》第二回，頁50）

> 瞳子，秋波欲滴，誠仙子駕月塵中。（《別有香》第四回，頁43）

〔註86〕引自《海陵佚史》上卷，頁113。
〔註87〕引自同前註，頁113。
〔註88〕引自《性/別研究的視野——第一屆四研討會性論文集》（下），何春蕤編，台北：遠流出版社1997年11月20日初版一刷，頁23、24。
〔註89〕劉紀蕙認為男性筆下的女性皆是象徵（〈女性的複製：男性作家筆下二元化的象徵符號〉，劉紀蕙，《中外文學》第十八卷第一期，1989年6月）筆者認為劉紀蕙說的太過堅定，不夠恰當，若盪成一種可能性將是妥當。

男同性戀中扮演女性腳色的男性，其形容詞也有神女化情況。如：

> （趙王孫）豐神色澤，雖藐姑仙子不過是也。（《弁而釵‧情貞》第一回，
> 頁 64）

> （張機）眉分八字，秀若青山，目列雙眸，澄如秋水，淡淡玉容滿月，翩
> 翩俠骨五陵，若非蓬萊仙闕會，定向瑤池閬苑逢。（《弁而釵‧情俠》第一
> 回，頁 128）

> （李又仙）威儀出洛自稀奇，藐姑仙子降世。（《弁而釵‧情奇》第一回，
> 頁 272）

以上諸如以月殿姮娥、瑤臺玉女、桂宮仙子等用語來形容女子之情形，於小說或詩
詞曲中也常見，如：

> 水剪雙眸，花生丹臉，雲鬢輕梳蟬翼，蛾眉淡拂春山；朱唇綴一顆天桃，
> 皓齒排兩行碎玉。意態自然，迥出倫輩，有如織女下瑤台，渾似嫦娥離月
> 殿。〔註90〕

再如：

> 眉舒柳葉，眼湛秋波。身穿著淡淡春衫，宛似嫦娥明月下裙拖；裙拖著輕
> 輕環珮，猶如仙子洛川行。〔註91〕

在艷情小說中，作者除了視女性為神女、仙子外，也將其視同妓女。此外，除了與
魏晉六朝以來淑女俗化、情色化的影響有關外，與唐代以仙擬妓也息息相關。學者
如陳寅恪、〔註92〕宋德熹與李豐楙也一致認為：初唐張文成《遊仙窟》實乃張君假
託桃源仙境，已掩妓館狎遊之實，當然源中的崔十娘即是妓女。稱妓為仙當溯源張
文成，然初唐狎妓之風未開，文人與妓女間交相酬唱的機會少有，因此在詩文中以
仙擬妓的情況不多。直待中晚唐起，因商業繁榮，倡樓興起，文人與娼妓往來頻繁，
以妓稱仙才漸普遍，如錢起、白居易、劉禹錫等人詩中，均見「仙倡」「仙妓」等詞，

〔註90〕《警世通言‧卷十四〈一窟鬼癩道人除怪〉》，（明）馮夢龍，收入《馮夢龍全集》，
　　　　大陸：上海古籍出版社，1987 年出版，頁 189。
〔註91〕《飛花艷想》，（明）樵雲山人編次，收入古本小說集成編委會編，《古本小說集成》，
　　　　大陸：上海古籍出版社，1990 年，頁 46。
〔註92〕陳寅恪認為：「眞字即與仙字同義，而「會眞」（案：元稹《會眞記》）即遇仙或遊仙
　　　　之謂也。又六朝人已侈談仙女杜蘭香萼率劃之世緣，流傳至於唐代，仙（女性）之
　　　　一名，遂多用作妖艷婦人，或風流放誕之女道士之代稱，以竟有以之目倡伎者。」
　　　　（〈艷詩及悼亡詩，附讀鶯鶯傳〉，陳寅恪，收入《陳寅恪先生文集》冊（三），台北：
　　　　里仁書局，1982 年 9 月 15 日，頁 107）。

〔註93〕而以「訪仙」稱狎妓者，如顧夐「曾如劉阮訪仙蹤，深洞客。此時逢，綺筵散後繡衾同」（〈甘州子〉）、施肩吾「自喜尋幽夜，新當及第年。還將天上桂，來訪月中仙」（〈及第後夜訪月仙子〉）。以仙擬妓當然也是仙女世俗化的結果。

此外，有學者認為，唐代仙妓合流的情形與當代女冠（為對女性修道者的通稱）盛行有關。〔註94〕唐代自高祖起建立崇道政策，〔註95〕當代婦女甚至皇室，奉道入觀者眾，一般民婦難以計算，就皇家言之，後妃者僅楊貴妃一人，公主有十七人，宮人則數以萬計。〔註96〕唐代女冠是種特殊現象，這與君主崇道思想並以政治介入，形成規範相關。在當時社會受儒家束縛少、民風開放的形況下，女冠與文人間形成一種特殊的情誼，不僅詩詞往來，造就不少文壇新聲，如魚玄機、李冶等，〔註97〕甚至涉及男女感情或關係者，如李白、張籍、劉長卿、施肩吾等有與女道士交遊的詩。如韓愈〈華山女〉便敘述一位女道士，藉講經吸引聽眾之由，以行勾引男眾之實。另唐代裴庭裕《東觀奏記》有記：「上微行至德觀，女道士有盛服濃妝者。赫怒，亟歸宮，立宣左衛功德使宋叔康令盡數逐去，別選男道士七人住持。」〔註98〕李商隱描寫女道士之嬌艷動人：「罷執霓旌上醮壇，慢妝嬌樹水晶盤。更深欲訴蛾眉斂，衣薄臨醒玉豔寒；白足禪僧思敗道，青袍禦史擬休官，雖然同是將軍客，不敢公然仔細看。」由上可知，唐代部分女冠雖然奉道，然心未靜，仍與世間男女情感、欲望多所牽累，其行為雖不能全盤皆以娼妓概括，但在常人眼中，女冠好比仙人的俗身，應恪守清規，專心奉道，然卻與男女關係牽扯不清，猶如娼妓。〔註99〕

貞潔與淫蕩一體兩面的女性原型，顯示男性心理：在現實生活裏，因閹割恐懼心理，所以希望女性是守貞潔，以保有純正血統與財產；在幻想中，便希望女性淫蕩與縱欲，以滿足男性欲望。

〔註93〕《細說唐妓》，鄭志敏，台北：文津出版社，1997年6月初版一刷，頁14、17，該頁有「唐妓稱謂一覽表」。

〔註94〕〈仙妓合流現象探因──唐代愛情傳奇片論之二〉，詹丹，大陸：上海教育學院學報，1995年第三期。

〔註95〕唐高祖崇道，因此頒佈相關政令：如「太宗下〈道士女冠在僧尼之上詔〉、高宗命以天下道士女冠為宗族、科舉加試《道德經》等。」（參見〈唐詩中的皇家女冠綜述〉，林雪鈴，收入《東方人文學誌》第一卷第二期，2002年6月，頁39）。

〔註96〕參同前註，林氏著，頁40。

〔註97〕關於女冠詩人的生活背景與作品可參見（1）〈女性意識與愛情悲劇〉，吳存存，《歷史月刊》1998年11月，頁96～101（2）《青樓文化與中國文學研究》，龔斌，大陸：上海漢語大詞典出版社，2001年12月，頁40～48。

〔註98〕《東觀奏記》（上卷），（唐）裴庭裕，大陸：北京中華書局，1985年，頁5。

〔註99〕參見〈仙妓合流現象探因──唐代愛情傳奇片論之二〉，詹丹，大陸：上海教育學院學報1995年第三期，頁11。

善理家事的人，其所要緊的，莫如防淫。防淫猶如防川，小而塞之，不過一掬而已；至於大而氾濫，則決江奔海，何所不至。譬著一女子，始不過一時之錯，受染一人，習而不怪，就是三五人，就是十數人。又到了十數人田地，就是朝迎新，暮送舊，又何害於是。做私窠子未已，漸漸將半關門，又漸漸就大開門，又漸漸就去站街倚門，終身爲娼婦而不知悔。總是這點淫心做下來的。（《別有香》第十回，頁 124）

同時，男性也因陽具而自豪，以爲女性表面上純潔單純，內心其實淫蕩，只要有機會便想辦法勾引男人。由此得知，女性在男性世界中是地位次一等的他者，由男性控管。在男性的凝視下，女性缺乏情欲說出的可能。

總結本章：「凝視」不僅暴露自身的的角度與觀點，也對被看者形成控制作用，因此 Luce Irigaray 說的好：「相較於其他感官，眼睛更能物化（objectifies）和控制（mas-ters）事物。因此它設定一種距離也維持一種距離。在我們的文化裡，觀看重於嗅、味、觸覺的優越地位，帶來了身體關係上的貧瘠現象。觀看主導的那一刻，便是身體失去其物質特性（materiality）的一刻。」〔註 100〕豔情小說中的女性呈現便指引出男性凝視的視角。

在女性外貌上，小說作者的視線大多停留在眼、唇、眉、髮、肌膚、腰、小腳等，總體而言，大多是美麗女子。其所使用的形容詞彙，大多承襲前代，陳腐套語，了無新意，因作者爲顧及讀者購買慾，將書寫重點放在情色描寫上。

中國男性以資訊、合法、強制、獎賞等四種權力達到監控女性的目的，並且婦女在男性凝視下多具嬌羞特質，呈現陰柔氣質。豔情小說中的女性多兼具嬌柔與羞愧，便是男性因陽具自大認爲女性多淫心態的反映。同時作者也透過不好的結局安排，以懲罰淫蕩女性，如殺害或幽禁女性、女性自我了結等，然此僅針對女性，對於男性多採不懲罰或寬鬆的處罰方式，如出家。嬌羞的女性，使得易於被男性控制；羞愧的女性則反映出男性藉著文化與社會輿論之機制，達到懲罰女性的目的。

豔情小說中，女性在情欲滿足裏呈現歡愉與痛苦的兩極表現，此女性情態是發自男性觀點，表面上看似女性主動尋求性愛的歡愉，然卻潛藏著男性意識下以「陽具」爲中心的觀點。男性將性關係建立在女性必定要透過男性陽具方能獲得滿足，男性並以「陽具」作爲對女性的酬答獻禮。男性的「陽具中心」也表現在書寫中用字遣辭上，豔情小說中常以「軍隊」譬喻性行爲。

男性對女性嬌羞的期待與是女性內在實爲淫蕩，便是男性本質的反映；嬌羞的

〔註100〕轉引自參同註20，頁81。

貞女代表男性在理性狀態下的表現，淫蕩的妓女便是男性潛意識中欲望蠢動的部份。兩種極端女性形象的相互拉扯，使得男性非自覺的透露於書寫中，一方面男性得承受道德的束縛，另方面男性的情欲卻不斷的想衝出理性藩籬，豔情小說的出現便是另種形式的舒壓方式。豔情小說中，兼具貞女與妓女的形象者是男性集體潛意識中的女性原型，此原型反射出男性在理性／非理性的矛盾心理。

第五章　男女的情欲空間與身體

　　本章是以明代艷情小說，探討男女的情欲空間與身體。「身體」不僅是指「物質身體」（肉體），更包含「心」；「心」會作思考、建構、抉擇等，「身體」則將「心」的思考、建構、抉擇等化作行動。「空間」不僅是指「物質空間」、[註1]「地理」、「自然空間」、「生活空間」，它更指「空間」與「身體」互動中形成具個別意義的空間。「身體」作為一種存在，必須在空間中找尋一個定足點，因此「身體」與「空間」便形影不離，換句話說，沒有「空間」就無法達成「身體」的存在；沒有「身體」，「空間」僅是物質性的，而不具意義。「身體」面對「空間」時會作出反應與動作，誠如上所說的思考、建構、抉擇等，這些反應通常來自人的意識、前意識，甚至潛意識所作出的反射動作。因此，這樣的「空間」已不再是原來物質的、靜止的空間，它已渲染了「身體」的意義（即意向），[註2]成為流動的「空間」。[註3]該「空間」

〔註 1〕　此空間是指「自然的地理形式（geographic，form）」。（參見《空間、力與社會》，黃
　　　　應貴主編，台北：中央研究院民族學研究所，1998 年 6 月頁 3「導論」）「通常以長、
　　　　寬、高三個指標或向度，來定位物理空間，也即通稱之三度空間。物理空間通常被
　　　　人認爲是一眞實空間。」（引自〈傳統繪畫中的空間表現〉，劉思量，《藝術評論》第
　　　　十二期，頁 204）。
〔註 2〕　身體透過心中意念而作出對空間的反應，所以蔡瑜稱之爲具有「意向性」（參見〈試
　　　　從身體空間論陶詩的田園世界〉，蔡瑜，台北《清華學報》新三十四卷第一期，2004
　　　　年 6 月，頁 156～157）「意向性」即是個體對空間產生的主體表現，有時來自意識、
　　　　前意識或潛意識。
〔註 3〕　關於「身體」與「空間」的論述，可參見（1）同前註，頁 151～178。該篇將西方
　　　　對於「身體」與「空間」的論述，轉譯並融會後呈現給台灣的讀者，對於未諳西文
　　　　者，此乃敲門磚。（2）〈空間、地域與文化——中國文化空間的書寫與闡釋〉，劉宛
　　　　如、李豐楙，《中國文哲研究通訊》第十二卷第四期，2002 年 12 月，頁 203～218。
　　　　該文羅列國內重要的「身體」與「空間」的文章，幫助讀者瞭解此論述應用的多種
　　　　面向。

當然包含「時間」之流動,「身體」對「空間」所作出的行動與反應即是在「時間」的流逝中展演完成。〔註4〕明代標示出一個時間與空間點,在情欲方面,當代的男女是如何在這樣的空間中作對應,其中種種的應對不僅受當代社會環境與思想的影響,也受中國長期以來在任何方面對於人身體的束縛。市民階層的興起、情與欲的激辯、艷情小說的市場佔有率提高,表面上顯示出情欲的活躍與開放。但是這是否意味著明代男女可以盡情享受性愛,而無顧忌?

第一節　私約後花園——情欲身體之空間逾越

人類自有社會意識始,男女婚姻便存在著目的性;男性需要女性來傳宗接代,得以繼承男方家族的財產,婚姻不僅提供男性下一代血統純良的保證,也是兩個族群透過婚姻表示友好的方法,因此《禮記‧昏禮》有云:「昏禮者,將合兩姓之好,上以事宗廟,而下繼後世也」。婚姻的成與不成常以兩家的社會財經地位為考量標準,而不以男女雙方的意愛程度,是可以理解的。

> 不待父母之命,媒妁之言,鑽穴隙相窺,踰牆相從,則父母國人皆賤之。
>
> (《孟子‧滕文公下》〔註5〕)

古代中國對於女人有份期待,甚至化為規範,以之為評價標準,如「三從」、〔註6〕「四德」;〔註7〕或作為懲罰之依據,如「七出」。〔註8〕然性認同〔註9〕可以權力去建構,性欲望卻無法以之去約束,〔註10〕總有特別的女性甘為愛情冒險,挑戰社會上的

〔註4〕 中國人以「宇宙」稱空間與時間,「宇」即上下四方,為整個空間的總稱;「宙」即古往今來無限的時間。

〔註5〕 引自《孟子‧滕文公下》,收入(宋)朱熹《四書章句集注》,高雄:復文圖書出版社,1985年9月初版,頁265。

〔註6〕 《儀禮‧喪服》:「婦人有三從之義,無專用之道,故未嫁從父,既嫁從夫,夫死從子。」(收入《十三經讀本》,太倉唐文治先生編纂,台北:新文豐出版社出版,頁1351)。

〔註7〕 《周禮‧天官》:「九嬪掌婦學之法,以九教御:婦德、婦言、婦容、婦功。」(收入《十三經讀本》,太倉唐文治先生編纂,台北:新文豐出版社出版,頁856)。

〔註8〕 舊時七種休妻的條件。一為無子,二為淫佚,三為不事舅姑,四為口舌,五為盜竊,六為妒忌,七為惡疾。

〔註9〕 性認同就是對於性別建立一種標準或者是期待,如男性就該勇敢、堅強,女性就該溫柔、體貼等。

〔註10〕 兩性除卻生理上的差異外,男女之別常在社會中權力運作下產生,比方男性為了血統的純正,便立了許多規定來約束女性,因此,女性在男性的規範下形成了單一的面貌與形象,不符合如此形象者便會受到社會輿論的制裁。但是,女性對於情、欲的需求卻無法完全被權力操縱的,等待適當時機,總會有女性甘願違逆社會價值認同而企圖

主流價值而「踰牆相從」，如《晉書・賈充傳》中賈充之女主動向韓壽表達愛意，並私下約會，終因父親不願張揚，兩人得以如願廝守。再如卓文君與司馬相如，「文君竊從戶窺之，心悅而好之」，〔註11〕文君之父最後也被迫接受兩人私情。〔註12〕然並非所有勇敢追求愛情的男女都能終成眷屬，如《鶯鶯傳》〔註13〕與《霍小玉傳》，〔註14〕鶯鶯與霍小玉都因男方變心，而以悲劇結束。女性之日常活動空間較狹隘，接觸異性的機會不多，偶遇心儀男子，更因自身家門管教之故，難有自主選擇愛情的機會。在此情況下，若又有貼身丫頭〔註15〕在旁推波助瀾，安排兩人後花園的私會，很容易讓女子奮不顧身的逾越男女之禮。小說或雜劇中的未婚男女，其幽會處所常花園中，如《西廂記》、《牡丹亭》、《玉簪記》。〔註16〕明代因承繼唐代以愛情為主的傳奇，更朝男女為追求愛情的自由方向進行，而大量出現才子佳人小說，〔註17〕如馮夢龍《三

逾越。這些女性便是在社會對其性慾望不認同的情況下，所做的反制動作。「性欲望」（disposition）是多樣的，當其無法以社會權力建構時，它便以性變態、性偏差、性癖好等形式展現。（對於社會建構下的性欲望參見〈獨特性癖與社會建構——邁向一個性解放的新理論〉，賴守正，收入何春蕤編《性／別研究新視野——第一屆四研討會性論文集》（下），台北：遠流出版社，1997 年 11 月 20 日初版一刷，頁 111）。

〔註11〕引自《史記會注考證》〈司馬相如列傳〉，（漢）司馬遷著，瀧川龜太郎考注，台北：宏業書局出版，1994 年 15 日再版，頁 1208。

〔註12〕社會環境一直在改變，對於道德尺度的拿捏也漸漸的採不同的角度來判斷，如卓文君與司馬相如，明代李贄就別也一番見解，其云：「斗筲之人，何足計事，徒失佳偶，空負良緣，不如早自抉擇，忍小恥而就大計。」（引自〈司馬相如列傳論〉，（明）李贄，收入《藏書》卷，37 台北：台灣學生書局，1974 年）。

〔註13〕《鶯鶯傳》，（唐）元稹，大陸：山東文藝出版社，1987 年。

〔註14〕《霍小玉傳》，（唐）蔣防，收入《筆記小說大觀》，台北：新興書局，1985 年。

〔註15〕小姐身邊的婢女，大多是貌美並聰明伶俐，常能察言觀色，又因年齡相仿與時常相處，很容易成為小姐吐露心事的對象。（參見（1）〈略談唐傳奇中的婢女〉，高林清，大陸：《龍岩師專學報》第二十二卷第二期，2004 年 4 月（2）〈略論唐人小說中的婢女〉，湯明，大陸：《寧夏大學學報》（人文社會科學版），第二十三卷第二期，2001 年）。

〔註16〕古典文學裡的花園常常是佳人思春與愛情萌芽之處，尤其是戲曲中的花園，是男女主角發展愛情的場所。（參見〈《紅樓夢》花園意象解讀〉，俞曉紅，《紅樓夢學刊》，1997 年增刊，頁 320～321）。

〔註17〕才子佳人小說在小說內容歸類上，一般歸類為「世情小說」（《中國古代小說演變史》，齊裕焜，台北：敦煌文藝出版社第二次印刷，1991 年 9 月，頁 16）或「人情小說」（《中國小說史略》，魯迅，台北：風雲時代出版，1990 年出版，頁 330），以戀愛、婚姻、家庭生活為題材，反映現實的小說。《金瓶梅》的出現，標誌著世情小說的鼎盛。（關於世情小說的萌芽到鼎盛參見《中國言情小說史》，吳禮權，台北：台灣商務書局，1995 年 3 月初版第一刷）。魯迅：「又緣描摹世態，見其炎涼，故或亦謂之"世情書"也。」才子佳人小說是以戀愛、婚姻為題材的小說，產生於明初，盛於清初，其餘緒則延至清末民初。據考訂最早的才子佳人小說為《鼓掌絕塵》，刊於崇禎 4 年（1631 年）。（參見《才子佳人小說史話》，苗壯，大陸：遼寧教育出版社 1992 年頁 11）。

言》《二拍》。〔註18〕魯迅有言：

「至所敘述，則大率才子佳人之事，而以文雅風流綴其間，功名遇合爲之主，始或乖違，終多如意，故當時或亦稱爲佳話。」〔註19〕這類才子佳人在遇合過程中會遇到許多磨難，但是大多都有圓滿的結局。年輕男女的相識，有時需要一位穿針引線之人方能達成，如《西廂記》中的紅娘。〔註20〕

明代艷情小說中，兩方交往不以愛情、婚姻爲目的，而以情欲之滿足爲首要。〔註21〕其遇合不純以男／女形式，更有男／男或女／女；在追求同性方面，以男／男形式居多。〔註22〕兩性相遇的機會也受性別空間的限制，傳統女性即便在家其身也受限制，遑論有公然外出之機會。如《晉江李文節公家訓》有記：「居家之要，第一內外界限嚴謹，女子十歲以上，不可使出中門。男子十歲以上，不可使入中門。外面婦人雖至親，不可使其常來行走，一以防其談是非，致一家不和；一以防其姦盜之媒也。」〔註23〕再如，石成金《傳家寶》：「女子十歲時，就不許出閨門，教以針黹紡織之法、飲食廚臼之事。」〔註24〕由此可知，婦女行動受限

〔註18〕《三言》《二拍》雖延續唐、宋兩代愛情的主題，然卻不同於「唐代士大夫詩化的愛情」，更非宋代「落魄士子與妓女的一味纏綿」，其有三分之一描寫男女性愛。（參見《禁錮與超越——從"三言"、"二拍"看中國市民心態》，張振鈞、毛德富，大陸：國際文化，1988 年 8 月第一次印刷）。

〔註19〕引自同註17，魯氏著。

〔註20〕才子佳人小說的一般書寫結構有：「一見鍾情」→「撥亂離散」→「及第團圓」，然圓滿結局在元明雜劇中大量出現，原因在配合觀眾之預期心理。（參見〈才子佳人小說的產生及其結構〉，李勁松，大陸《廣西大學學報》（哲學會科學版）第五期，1994 年頁 57。這段敘事結構有著一段作者／敘述者／才子（三位一體）的心理歷程，據李志宏研究，即「追尋」與「冒險旅程」，其表現出自我理想之達成與自我人格之探索（參見〈試論明末清初才子佳人小說敘事建構的原型模式〉，《國立台北師範學院學報》第十七卷第二期，2004 年 9 月）。從相遇到相戀，其中穿針引線之人扮演著重要的腳色，如唐代的《鶯鶯傳》，在後代改寫爲西廂一系列的故事時（如金董解元《西廂記諸宮調》、元王實甫《西廂記》），負責傳遞書信、口信的紅娘便加重腳色，轉配角爲主角。（參見〈論西廂記故事中鶯鶯紅娘腳色的轉化〉，吳達芸，收入淡江大學中文系主編，《人物類型與中國市井文化》，台北：台灣學生書局，1995 年元月頁 55～88）。

〔註21〕魯迅說：「《金瓶梅》作者能文，故雖間雜猥詞，而其他佳處自在，至於末流，則著意所寫，專在性交，又越常情，如有狂疾。……尤下者則意欲媒語，而未能成文，乃作小書，刊佈於世。」（引自《中國小說史略》，魯迅，收入《魯迅作品集》，台北：風雲時代出版，1990 年 11 月出版，頁 226）。

〔註22〕男同性戀小說，如：（1）《弁而釵》，西湖醉心月主人（2）《宜春香質》，西湖醉心月主人（3）《龍陽逸史》，京江醉竹居士。以上皆收於《思無邪匯寶》，台北：大英百科出版，1995 年。

〔註23〕引自《課子隨筆鈔》卷二（清）張伯行輯（清）夏錫疇錄頁 99。

〔註24〕引自同前註，卷六，頁 401。

的主因是爲保護婦女免失貞節。在男性心理，女性出現在公共場所裡，不僅比男性更易遭受約束、敵意、恐懼、威脅、危險等，也會有故意主動勾搭男性之嫌，該女性也被視爲輕浮的、不正經的。〔註25〕在此刻板印象下，男性便以挑釁、冷潮熱諷、性笑話對待這種女性。〔註26〕而在明代中後期商業漸繁榮，女性有著較寬敞的空間，也縮短了男女間的距離，如春天遊覽、節序踏青、〔註27〕寺廟祭拜或隨夫經商等。〔註28〕《警世恆言》中也有段文字，說明了當時婦女的活動空間範圍：「（西湖）天色晴明，堤上桃花含笑，柳葉舒眉，往來踏青士女，攜酒挈榼，紛紛如蟻。」〔註29〕因此，女性有著較多認識異性的機會。然大概是道德之束縛或愛情小說的固有書寫模式，在明代情欲較開放的社會中，艷情小說依然展現出女性嬌羞與被動，需有人居中協調的模式，然不同之處在：男女相遇後，女性在情欲表現上變得開放大膽，且居中協調之人不僅是貼身女婢，或小廝，或「三姑六婆」，〔註30〕或牽頭（仲介色情）等，此原因仍在於艷情小說以欲望之紓解爲

〔註25〕 參見黃標之家訓指出：女子著裝美麗出門便是「供人觀瞻」，也認爲女子常出入寺廟，易潛入邪教，易行淫亂，所以要「嚴飭閨房，使婦女識三從。」（參見《庭書頻說‧婦女嬉遊》，黃標，收入《課子隨筆鈔》，參見同註24，頁162～163）。

〔註26〕 參見畢恆達，收入《文化心理學的探索》，楊國樞，台北：桂冠圖書，1996年12月出版一刷，頁342～344。

〔註27〕 （明）姚旅《露書‧風篇上》有載：「清明、重陽之景，無過秣陵雨花臺。數裏之內，士女席地，若蟻聚土至，絃歌入雲，簫鼓沸地，土風之樂，以此爲第一。」（收於《續修四庫全書》子部雜家類，1132，卷，上海：古籍出版社，1995年）姚旅《露書》記錄了許多明代生活風貌、經濟史料等，對於瞭解該朝風俗民情爲不錯的參考材料。對於《露書》，可參見〈姚旅《露書》中的明代社會經濟史料〉，邱仲麟，《明代研究通訊》第四期，2001年12月頁21～46。

〔註28〕 對於晚明民眾旅遊、廟會節慶、宗教進香等活動，可參見〈晚明的旅遊活動與消費文化——以江南爲討論中心——〉，巫仁恕，收入《中央研究院近代史研究所集刊》第四十一期，2003年9月頁87～141。明代中葉起，各地多廟會、佛會。（參見《萬曆野獲編》，（明）沈德符，台北：新興出版，1977年）。

〔註29〕 《警世恆言》卷十六，（明）馮夢龍，收入《馮夢龍全集》，大陸：江蘇古籍出版社，1993年3日第一版，頁302。

〔註30〕 「三姑六婆」乃指尼姑、道姑、封姑、媒婆、牙婆、師婆、虔婆、藥婆、穩婆。三姑六婆因爲工作對象爲女性，並以身分之便利，常扮演居中角色，如介紹異性、買賣人口、仲介色情等，因此「三姑六婆」詞彙漸指搬弄唇舌的女性，有貶抑意味。（參見〈中國古典小說中的「三姑六婆」〉，林保淳，收入淡江大學中文系主編，《人物類型與中國市井文化》，台北：台灣學生書局，1995年元月頁201～241）元末陶宗儀言三姑六婆「若能謹而遠之，如避蛇蠍庶乎淨宅之法。」（引自《南村輟耕錄》，台北：台灣商務，1979年）馮夢龍也說：「世間有四種人惹他不得，引起了頭，再不好絕他。是哪四種？遊方僧道、乞丐、閒漢、牙婆。上三種人猶可，只有牙婆穿堂入戶的，女眷們怕冷靜時，十個有九個要扳他來往。」（引自《古今小說》〈蔣興哥重會珍珠衫〉，大陸：上海古籍出版，1987年，頁15）明代更出現防止女性遭騙

最終目的（作者、故事主角、讀者的欲望）。

明代自《金瓶梅》後，出現大量的專講世態人情，如生活、愛情、婚姻、家庭等的世情小說。小說題材專注在男女愛情者，就有才子佳人小說。追求佳人改換爲追求倡優者，便有狹邪小說，因此魯迅說：「描繪柔情，敷陳絕跡，精神所在，實無不同，特以談釵黛而生厭，因改求佳人於倡優，知大觀園者已多，則別闢情場於北里而已。」〔註31〕專注於男女性愛者，則有艷情小說，這正因爲人情包含了七情六慾，所以世情小說也容納了許多迎合大眾低級趣味的穢情內容。就書寫模式言之，才子佳人小說受到唐代傳奇的影響，在男女交往過程中，時常遭受小人或其它困境之磨難，在結局上，唐代多悲劇，明代則多喜劇，此爲因應民眾心理需求之故。寫狹邪者，也多承才子佳人小說的書寫模式，而艷情小說也受其影響。「風氣既變，并及文林，故自方士進用以來，方藥盛，妖心興，而小說亦多神魔之談，且每敘床第之事也。」〔註 32〕在明代多元的社會環境下，世情小說的內容並非單純的發展，而是受社會環境影響並在世情小說的接受下，而發展出豐富內容的小說，倡優、方術、神鬼、色情等的摻入，世情小說出現另一種形貌──艷情。〔註 33〕本章將自晚明艷情小說的敘事模式，討論女性的身體，與搭起兩性身體的橋樑並得以踰越兩性空間中的鴻溝之穿針引線者。因爲艷情小說的作者爲男性，因此情節中的女性、情欲的空間等，都是屬於男性的，筆者依此進而討論男性之心理。艷情小說的基本敘事模式有「遇合」、「穿針引線」、「私會後花園」，現敘述如下：

一、相　遇

男女的出身與家世時常影響兩人未來愛情或婚姻發展之可能性，因此，雙方的

　　的書《杜騙新書》（參見〈從《杜騙新書》看晚明婦女生活的側面〉，林麗月《近代中國婦女史研究》，1995 年 8 月第三期，頁 3～20）。由此可知，就算是在較爲開放，女性活動空間已稍爲寬廣的明代，女性仍然未經世故，容易上當；再者，往來婦女周遭的人物，都有可能成爲拐騙婦女的人物。

〔註31〕引自《中國小說史略》，魯迅，大陸：山東齊魯書社，1997 年 11 月第一次印刷，頁 212。

〔註32〕引自同前註。

〔註33〕吳禮權：「作品的創作高峰期，長篇的、短篇的、白話的、文言的，皆在明代中晚期；作品的敘寫內容，多專注於男女的荒淫情事以及市民階層男女之情感糾葛；作品的描寫筆觸，常常喜涉及性愛行爲之實，有明顯的渲淫之意念。」（引自同註 17，頁 186）中國言情小說史，明代，尤其自《金瓶梅》開始，人們對於「情」有番不同於以往之見解，其常將「情」與「欲」歸於一談，有情便自然而然的出現欲，由此勢順發，便出現縱談男女情色的小說。

初遇往往預示著未來。然明代艷情小說卻不太重視兩人初次相遇的情節，其相遇情形大概如下列幾項，並且多爲俗套。

（一）因慕色而主動

男性沈癸「風聞」韓玉姝、韓玉仙姊弟才貌雙全，便想一箭雙鵰。〔註34〕男性海陵「聽聞」彌勒有西子之貌，便意圖染指。〔註35〕女性阿里虎「聽聞」「海陵善戲，好美色，恨天各一方，不得與之接歡。」〔註36〕

（二）因近水樓臺

雙方同處同一空間下，而增加互動的機會，進而得以發展進一步的關係。如，海陵拜訪崇義節度史烏帶時便認識其妻定哥。〔註37〕又如，古德身任谷之家庭教師，而認識其母阿娜。〔註38〕再如，翰林與趙生在書院讀書，進而發展出感情。〔註39〕姑蘇主也因其夫而結識萬金。〔註40〕

（三）因偶遇

男性在街上閒逛，有意「望著人家窗口，看有那婦女，或在窗前做生活的，或閒立看街的」。〔註41〕若見生得標緻者，便「立了腳，看個不了。」〔註42〕再如，男子射鳥兒在長安城中偶識合德、合宜兩姐妹，兩姐妹因受恩便以身相許。〔註43〕或婦女入寺進香，而被和尚玷污。〔註44〕此外，尚有男子艷遇，〔註45〕如玉景生投宿於桃花爛漫處，遇仙女薦枕；女子艷遇，如四位女性遇見一位由狐精化作的男子。〔註46〕

〔註34〕引自《龍陽逸史》第九回。
〔註35〕引自《海陵佚史》上卷，頁70。
〔註36〕引自《海陵佚史》上卷，頁56。
〔註37〕引自《海陵佚史》上卷，頁75。
〔註38〕引自《癡婆子傳》卷下，頁138。
〔註39〕引自《弁而釵‧情貞》，頁65。
〔註40〕參見《昭陽趣史》。
〔註41〕引自《別有香》第六回，頁94。
〔註42〕引自《別有香》第六回，頁94。
〔註43〕引自《昭陽趣史》卷上，頁120。
〔註44〕引自《別有香》第四回，頁44～48。
〔註45〕「艷遇」不僅指男女巧然偶遇，進而在兩情相悅的情況下發展進一步的關係，然此關係多爲一夜露水。艷遇類型的故事，最早者會可推溯至「劉晨阮肇」的傳說故事。（參見《幽明錄》南朝宋‧劉義慶，台北：新興出版，1973年）此外，吳榮富從「對象」與「心態」對「艷情」與「愛情」做番解釋：「艷情」的對象多爲娼妓，「愛情」則普遍是清白女子；「艷情」是種肉欲式的交往，「愛情」則著重在靈魂式的。（參見〈李商隱艷情與愛情的象徵〉，吳榮富）
〔註46〕引自《別有香》第六回，頁158～160。

（四）因色情仲介

　　如牽頭羅海鰍仲介李小翠與邵囊性交易。〔註47〕再如，張小腳開設窰子，搶奪良家婦女賣淫。〔註48〕色情仲介在同性戀小說如《龍陽逸史》與《宜春香質》經常出現。

　　以上所述的「相遇」模式，實已跳脫才子佳人對「相遇」的期待；才子佳人的「相遇」意在追求愛情或美滿婚姻，而艷情小說的「相遇」卻意在「欲望的紓解」。雖然這些艷情小說不乏兩性對於愛情的追求，如海陵追求定哥或翰林與趙生，〔註49〕然卻不是故事敷寫的重點，在「追尋」的愛情主題中，性行為的情節大量充斥其中，喧賓奪主，因此愛情的追尋就顯得薄弱。艷情小說既以情欲為目的，主角往往見其貌便思淫欲。如男性大里因見有夫之婦金氏生得標致，便想「雙手捧了亂弄不歇。」〔註50〕「見迪輦阿不生得妖好標致，裝裹清艷不群，心裡便有幾分愛他。」〔註51〕海陵在京時，偶於簾子下瞧見定哥美貌，不覺魄散魂飛，癡呆了半晌。自想道：「世上如何有這等一個美婦人，倒落在別人手裡，豈不可惜。」〔註52〕「（海陵）稔聞阿里虎之美，未之深信，一見此圖，不覺手舞足蹈，羨慕不止，嘆曰：『突葛速得此人受用，真當折服。』」〔註53〕女性姑蘇主「看了萬金這般人物，丰韻嫣然，聲音嘹喨，恨不得將萬金抱在懷裡。……性格溫柔，何須君瑞，姿容出世，不減潘安，若得與他諧一夕之歡，遂我三生之願。」〔註54〕當代的小說如《三拍》也有此例，比方：某女見男性潘遇「儀容俊雅」，便「心懷契慕，無緣通欵。」〔註55〕「（僧人）一日在街坊上行走，遇著一個美貌婦人，不覺神魂蕩漾，通體酥麻，恨不得就抱過來，一口水嚥下肚去。」〔註56〕人之外表是給人的第一印象，並且大多數人皆喜愛欣賞美的人事物，依循著對於外貌的標準下，使得人往往能在一群人中馬上選出自己想要的，如《浪史》中的梅素先外出掃墓，便能在一群穿著新奇時樣衣飾並濃抹淡妝的婦人中，一眼看上李文

〔註47〕引自《龍陽逸史》第二回。

〔註48〕參見《玉閨紅》。

〔註49〕海陵追求定哥一段（男／女），作者花了相當的篇幅敘述，自頁75，至，106，總計，22，頁。（《海陵佚史》上卷）翰林追求趙生（男／男），因趙生矜持，也花費一番功夫。（《弁而釵・情貞》，頁65）

〔註50〕引自《繡榻野史》，頁105。

〔註51〕引自《海陵逸史》，頁70。

〔註52〕引自《海陵佚史》，頁75。

〔註53〕引自《海陵佚史》，56。

〔註54〕引自《昭陽趣史》卷上，頁99。

〔註55〕引自參見同註29，卷二十八，頁608。

〔註56〕引自參見同註29，卷三十九，頁874。

妃。〔註57〕依照心理學的說法，這樣的選擇方式便是眼睛看物最省力的方法，〔註58〕它不純然是生理感官上的觀看，也受到心理主觀意識之影響，能夠自動排除不符合自己需求的，所謂「情人眼中出西施」，「西施」便是經過思考的心理現象，已非定在視網膜上的物象；只要對方的條件符合自己的標準，那無論如何由何種角度觀看對方，都會深覺對方是美的。因此，豔情小說中的男女多半相貌姣好，更加證明面貌姣好者，較易受青睞。慕色心動的情況不僅艷情小說才有，只是慕名美色，心所生的欲念只是「與之接歡」、「意圖染指」等動物性欲望。

　　「相遇」進而求媾合，其標準在「美貌」，此與才子佳人式的追求標準相距不遠，然才子佳人小說中的才子，其實是才、情、色、德兼備，所追求的女性往往也是才貌雙全。〔註59〕才子愛佳人，正如金聖嘆所云：

> 夫才子，天下之至寶也；夫佳人，天下之至寶也。天生一至寶也，天亦知
> 其難乎爲之配之。〔註60〕

> 才子有必至之情，佳人有必至之情。〔註61〕

金聖嘆道出才子與佳人爲天生一對，並且兩方皆是至情至性之人。《駐春園小史‧序》也言：「人倫有五，天合之外，則以人合。天合者，情不足言；人合者，性不可見。故者弟忠根于性，而琴瑟之好，膠漆之堅，則必本之情。其眞者莫如悅色。」〔註62〕因此，人對色貌之追求屬自然本性，然明代陳繼儒輯錄長者之言：「女子無才便是德」，〔註63〕因此明代的才子佳人小說，便挑戰了傳統價值，讓女子才貌雙

〔註57〕參見《浪史》，頁50。

〔註58〕「視網膜向大腦報告色彩時，不會把無數種色調中的每一種都用一個信息錄制下來，而是僅僅錄制少數幾種可以由之推衍出其他色彩的最基本的色彩或色彩域限。」（引自《視覺思維——審美直覺心理學》，（美）魯道夫‧阿恩海姆著，滕守堯譯，大陸：四川人民出版社，1998年3月第一版，頁28）依此可發現，豔情小說中的男女，都是經過淘選而呈現出來的，由此可知，作者或者當代人們較青睞面貌較佳者。有了這項標準後，人在觀看人事物時，便能將不具變化的（不美的）排除掉，尋找有變化的（美的）。

〔註59〕才子所追求的女性往往也同自身相同，都是內外兼俱，此與男性對於自我理想與人格的追求心態相關。（參見同註24，李氏著，〈試論明末清初才子佳人小說敘事建構的原型模式〉）筆者以爲這是男性在現實生活中，因理想無法達成，因此將其目標作代換式的補償，藉由女性的追求以滿足其理想未達之不足。

〔註60〕引自《增像第六才子書》二之四〈琴心〉總批，（清）金聖嘆評點，台北：新文豐出版，231頁。

〔註61〕引自參見同前註。

〔註62〕前句爲：「男子有德便是才。」引自《駐春園小史‧序》（上冊），（清）吳航野客，收入《明清善本小說叢刊初編》，台北：天一出版，1985年，頁1。

〔註63〕引自《安得長者言》，（明）陳繼儒，收入《叢書集成初編》第三七五冊，大陸：北

全。〔註64〕從其對女性的外貌，到感情，到才華，在這段歷程中，顯示男性觀注女性的角度出現變化。艷情小說中也有「才子佳人」，彼此也會詩詞唱和，只是不一定是「男才子／女佳人」形式，有時是「男才子／男佳人」。〔註65〕才子如：

（海陵）生得清標秀麗，倜儻脫灑，儒雅文墨。（《海陵佚史》上卷，頁84）

（浪子）風神雅逸，顧盼生情，真個是世上無對，絕代無雙。（《浪史》第三回，頁55）

「女」佳人如：

（宋貴妃）鬢髮膩理，資質纖穠，體欺皓雪之容光，臉奪英華之濯艷，顧影徘徊，光彩溢目，承迎盼睞，舉止覺倫，智算過人，歌舞出眾。（《海陵佚史》下卷，頁166）

（飛燕）肌膚潤澤，出浴不濡，性格幽閒，半姿俊雅，熟於音律，工於詞賦，由善於謔語。（《昭陽趣史》卷上，頁143）

（閨貞）琴棋書畫，無一不通，詩詞歌賦，件件皆曉，賦性幽嫻貞靜。（《玉閨紅》第一回，頁295）

「男」佳人如：

（裴幼娘）琴棋書畫外，那些刺鳳挑鸞，拈紅納繡，一應女工針指，般般精諳。……十五、六歲，生得十分標致。（《龍陽逸史》第一回，頁81）

（薛敖曹）年十八，長七尺餘，白皙美容顏，眉目秀朗，有膂力，趫捷過人。博通經史，善書畫琴奕諸藝。（《如意君傳》，頁45）

艷情小說中，對才子與佳人的描述僅為了人物的出場，與故事情節大多無關係，從其用字遣詞，大多為制式化之用語，如形容眼與眉者，多是「眼橫秋波，如月殿姮娥，眉插春山」、〔註66〕「眼橫秋波，眉插春山」〔註67〕等，可視為套語。〔註68〕

京中華書局，頁1。

〔註64〕明末清初的才子佳人小說以男女雙方之才德貌為婚配的標準，主張男女、夫妻平等。（參見〈明末清初才子佳人劇之言情內涵及其所引生之審美構思〉，王璦玲，《中國文哲研究集刊》第十八期，2001年3月頁139～184）。

〔註65〕「男性」佳人意指：在男同性戀中，扮演女性腳色的一方；其才藝高群，容貌、舉動狀似女性。此例多出現在《弁而釵》。

〔註66〕引自《海陵佚史》上卷，頁75。

〔註67〕引自《浪史》第二回，頁50。

〔註68〕此下兩例之形容文字極類似，可看出承襲的痕跡。《金瓶梅》第九回：「眉似初春柳

如此缺乏生命力的形容詞，不僅爲豔情小說之常態，在當代的其他小說中也是常見，如：

> 雲鬢輕梳，蟬翼娥眉，巧盡春山。（明‧《清平山堂話本‧柳耆卿詩酒翫江樓記》）〔註69〕

> 眼橫秋水之波，眉插春山之黛。（明‧洪梗《清平山堂話本‧西湖三塔記》）〔註70〕

> 眉插春山，似瑤池玉女。（明‧《醒世恒言》第二十三卷，頁78）〔註71〕

> 晚來獨向妝台立，淡淡春山不用描。（明‧《金瓶梅》第二十一回，頁323）〔註72〕

總上得之，在豔情小說中，男女相遇大概有四種情況：（1）因慕色而主動；（2）因近水樓臺；（3）因偶遇；（4）因色情仲介。「近水樓臺」與「偶遇」情況曾出現在才子佳人的小說中，「慕色而主動」與「色情仲介」情況則是因應豔情小說的情欲滿足而有的。然無論何種相遇情況，對方的外貌美醜則是是否採取下步行動的關鍵，並且「外貌」因素不僅出現豔情小說，才子佳人小說也是，然兩者不同之處在於：（1）目的性：豔情小說以進一步交媾爲目的，才子佳人則以愛情甚至婚姻爲願望。（2）兩類小說中的男女主角常是才子佳人的組合，然豔情小說中對於才子佳人的描寫僅是爲了介紹其出場的套語；才子佳人小說中的男女主角則是男才女貌，皆具才學。

二、穿針引線

　　戲曲或小說之興起，代表著有一定的聽者或讀者群，因此故事之人物、對話、情節，甚至結局等，都必須考量聽眾、讀者之預期心理。類似穿針引線之類的中介腳色，在戲曲、小說中扮演著使情節更加曲折的重責。在才子佳人的愛情情節裏，

葉，常含著雨恨雲愁：臉如三月桃花，暗帶著風情月意。纖腰嫋娜，拘束的燕懶鶯慵；檀口輕盈，勾引得蜂狂蝶亂。玉貌妖嬈花解語，芳容窈窕玉生香。」《青樓夢》第六回：「眉似初春柳葉，常含情雨恨雲愁：臉似三月桃花，每帶著風情月意；纖腰嫋娜，拘束得燕懶鶯慵；檀口輕盈，勾引得蜂狂蝶亂，玉貌姣嬈花解語，芳容窈窕玉生香。」（收入《晚清小說大系》，台北：廣雅出版社，198 年3月初版，頁34）。

〔註69〕《清平山堂話本》，（明）洪梗，收入《中國古典小說研究資料彙編》，台北：天一出版，1990年出版，頁3。

〔註70〕參見同前註，頁23。

〔註71〕《醒世恒言》第二十三卷，（明）馮夢龍，收入《馮夢龍全集》，大陸：上海古籍出版社，1987年出版，頁478。

〔註72〕《新刻繡像批評金瓶梅》第二十一回，（明）蘭陵笑笑生，大陸：齊魯書社，1988年出版，頁323。

扮演中介腳色的大多是身邊的小廝或丫環，其聰明伶巧並伶牙利齒，常能增加戲劇趣味，並且其在男女主角追求愛情中，扮演著重要的幕後推手。

在中國，奴〔註73〕是種特別的社會腳色，沒有社會地位，有言「奴婢賤人，律比畜產」。〔註74〕有些自小便被賣到主人家，成為長工；有些則在成年後。他們跟著主人姓，並依主人之意改換父母原先為他取的名，因此這些奴的名字大都帶有吉祥如意之意，如來福、春香、迎春等。在內，負責家中大小勞動工作（打掃、洗衣、烹食、搬運等）；在外，負責保護主人。其婚姻端賴主人決定。貌美的女婢有可能遭受主人覬覦，有幸者成為偏房，不幸著充其量僅是性工具。〔註75〕在小說中，奴婢因工作之便，時常扮演傳遞信物、通風報信的中間者，成為年輕男女情愛之促成者，跨越道德的曖昧界線，連接兩端愛情與情欲。如《太平廣記‧再生》〔註76〕中的丫鬟、《鶯鶯傳》中的紅娘、《初刻拍案驚奇‧通閨闥堅心燈火，鬧囹圄捷報旗鈴》〔註77〕中的媒婆楊老媽、《紫簫記》丫頭櫻桃、《懷香記》的午姐、《龍膏記》的冰夷等。〔註78〕

艷情小說中，奴婢常是主人紓解性欲之對象與仲介色情者，如《金瓶梅‧第七十七回》〔註79〕中的苗青「替老爹使了十兩銀子，抬了揚州縣一個千戶家女子。」再如：

女主人定哥／家奴閤乞兒（《海陵佚史》上卷，頁110～113）

皇后／家奴射烏兒（《昭陽趣史》上卷）

男主人海陵／婢女阿哈素（《海陵佚史》下卷，頁140）

〔註73〕 奴婢的社會身分：（1）沒有獨立戶籍，戶入主人家；（2）失去姓名，由主人取新名。（參見頁2～3）奴婢的來源：（1）俘虜、罪犯；（2）透過買賣；（3）掠奪得來；（4）他人貢獻；（5）前代遺留；（6）蓄賣，即專門培養以供買賣；（7）掠奪後買賣。（參見頁75～81）奴婢因工作內容有多種異稱，諸如家奴、奴僕、僕役、僕隸、童婢、家丁、廝徒、廝豎等。（參頁6）其工作內容大概是：（1）生產經營；（2）家內服務：如洗衣、縫紉、守門等；（3）玩樂，如家妓；（4）隨從、家兵；（5）餽贈，即培養奴婢以贈送他人。（參見頁86～89）參見《奴婢史》，褚贛生，大陸：上海文藝出版社，1995年7月第一版。

〔註74〕 引自《唐律疏議》卷六〈名例律〉，（唐）長孫無忌，大陸：北京中華書局，1985年頁98。

〔註75〕 參見〈明代婢女生存模式探析〉，王雪萍，大陸：《長春師範學院學報》第二十一卷第三期2002年9月。或參見同註73。

〔註76〕 《太平廣記‧再生》第三百八十六卷，（宋）李昉，台北：新興出版社。

〔註77〕 《初刻拍案驚奇》第29卷，（明）凌濛初，台北：世界出版社，1968年，頁531。

〔註78〕 參見〈明傳奇中的丫頭角色〉，鹿憶鹿，《文藝月刊》第232、233、234期，1988年10、11、12月

〔註79〕 引自《新刻繡像批評金瓶梅》第七十七回，齊煙、汝梅校點，香港：三聯書店，1990年，頁1235。

男主人東門生／婢女賽紅（《繡榻野史》卷一，頁 131）

由此可知，「性」時常被權力大者所掌控。「性」不僅是人的生理需求，它還形成某種意識形態，如性別；在中國，意識形態操控在權力較大的男性手中。性已非純粹以生育目的，也非爲、了雙方愉悅而進行，它形成僅爲單方紓解性欲，而以地位低下之人，如女人、同性戀者、奴隸等爲滿足對象；低位低落者也常是地位高者獵色的共犯，扮演穿針引線的重要腳色。穿針引線者如軍師刺探對方心意，也負責傳遞贈物或安排密幽會場所，現介紹如下：〔註80〕

（一）奴僕或其他下階層之人

（女）阿里虎——→守閽人（傳遞：詩、自畫像）——→（男）海陵〔註81〕

（女）姑蘇主——→翠鈿（傳遞：口信）——→（男）萬金〔註82〕

（女）俊卿——→紅葉（傳遞：香盒）——→（男）陸姝〔註83〕

（女）安哥——→春鶯（傳遞：粉紅袴）——→（男）浪子〔註84〕

（男）浪子——→春鶯（傳遞：白紗袴）——→（女）安哥〔註85〕

（男）太清——→壽娘（傳遞：有題詩的團扇）——→（女）安哥〔註86〕

（二）牽頭〔註87〕

（女）潘素秋——→錢婆　（傳遞：戒指）——→（男）浪子〔註88〕

（女）武則天——→宦官牛晉卿——→男色〔註89〕

（男）湯信之——→喬打合——→（小官）唐半瑤〔註90〕

（男）汪通——→和尚——→（小官）唐半瑤〔註91〕

〔註80〕可參照本文附錄。
〔註81〕《海陵佚史》上卷，頁 56。
〔註82〕《昭陽趣史》上卷，頁 100。
〔註83〕《浪史》第五回，頁 71。
〔註84〕《浪史》第三十五回，頁 231～235。
〔註85〕《浪史》第三十五回，頁 231～235。
〔註86〕《載花船》第二卷，頁 80。
〔註87〕在豔情小說中，追求愛情的主題較薄弱，因此穿針引線的仲介者大多其實都爲仲介色情，但是還有些微差別，先以交往爲目的者，歸入「奴僕」類；純粹買賣者，歸入「牽頭」類。因篇幅，不方便將眾例於正文中呈現，因此改以附錄方式。參見本章附錄，頁 153—155。
〔註88〕《浪史》第十九回，頁 143。
〔註89〕《如意君傳》，頁 48。
〔註90〕《龍陽逸史》第三回。

在艷情小說中，交往意圖大多在紓解欲望，女性也似乎比男性來的主動。自其透過奴僕傳遞之物來看，除了信件、自畫像、有題詩詞的團扇外，多為女性貼身之物，如香盒、寶環與珠釧（《海陵佚史》上卷，頁75～106）、玉簪（《浪史》第五回，頁71）、戒指（《浪史》第十九回，頁 143）等，更有具強烈性暗示之私人物品，如粉紅袴。〔註92〕「物品」的意義並非固定不變，它是在某種特定文化、社會環境、歷史脈絡下交互作用下產生的。因此，某件物品可能代表個人理念、宗教信仰、回憶、期望等，或是某種權力、關愛的展示。〔註93〕在才子佳人小說中，男女之間的物品傳遞，是種自我表達，更是種溝通橋樑；傳遞的物品有手帕，如《紅樓夢・第三十四回情中情因情感妹妹　錯裏錯以錯勸哥哥》〔註94〕描寫賈寶玉贈帕。寶玉拿出兩條半新不舊的手帕遣晴雯送給黛玉：

> 黛玉聽了心中發悶：「做什麼送手帕子來給我？」因問：「這帕子是誰送他的？必是上好的，叫他留著送別人罷，我這會子不用這個。」晴雯笑道：「不是新的，就是家常舊的。」林黛玉聽了越發悶住，著實細心搜求，思忖了半日，方大悟過來，連忙說：「放下，去罷。」晴雯聽了，只得放下抽身回去，一路盤算，不解何意。

有扇子，如孔尚任《桃花扇》。〔註95〕這把侯方域贈給李香君的宮扇，已不是一般的扇子，它貫穿全劇，寄寓著時代的存亡與兩人的悲合，孔尚任說：「桃花扇何奇乎？其不奇而奇者・扇面之桃花也；桃花者・美人之血痕也。血痕者・守貞待字・碎首淋漓不肯辱於權奸者也；權奸者・魏閹之餘孽也；餘孽者・進聲色・羅貨利・結黨復仇・墮三百年之帝基者也。」〔註96〕艷情小說中，兩相所贈除了一般物品外，也相贈具有固定意涵之物，如贈珮贈玉等，〔註97〕更有贈些性意圖強烈之物。男女贈物，是個人或文化價值具體的表現，不僅在表達意愛，也在表達正常交往、相互

〔註91〕《龍陽逸史》第三回。

〔註92〕古代女子的內衣稱為「褻衣」，「褻」有輕浮之意，遑論是袴子，更加有勾引的性暗示。

〔註93〕參見《空間就是權力》，畢恆達，台北：心靈工坊，2001 年 6 月初版一刷。

〔註94〕《紅樓夢》，（清）曹雪芹，台北：三民書局，1976 年。

〔註95〕參見《桃花扇》，（清）孔尚任，大陸：北京人民文學出版，1959 年出版。

〔註96〕引自《桃花扇・桃花扇小識》，（清）孔尚任，大陸：人民出版社，1993 年 2 月第一次印刷，頁3。

〔註97〕《詩經》及《楚辭》中有人際間的贈予，無論一般相贈或男女相贈，所贈之物大概有：植物（木瓜、木桃等）、佩玉（如瓊琚、瓊瑤、瓊玖等皆是玉名）、衣服。（參見〈採芳遺佩——試談《詩經》、《楚辭》中男女贈物之寄託意涵〉，邱宜文，《國文天地》，1998 年 2 月，頁 47～51）其中玉珮、芳草可贈君子或情人；衣服贈與有親密關係之人，若贈離衣斷袖者，代表關係或情感的斷絕。

尊重的態度；傳遞情，也傳遞美。帕、扇或佩，是美感交會，是視覺的美，也沉積著文化，其所象徵之意涵，也在千古相贈中已形固定。在男女雙方有著相似的文化背景時，便會了解其中內涵，情意之表達自不待言。相對的，艷情小說中贈袴之舉，便代表輕浮、短暫歡愉，表達的僅是情欲。因袴屬貼身衣物，若非關係親密，實難以相贈，若贈與未識或初識之人，其性暗示不言而喻。

此外，除了贈物外，尚有詩詞相唱和，如李文妃贈詞詩詞：

故將贈玉摧花手，來撥江海第一枝。〔註98〕

又如詩詞入話：

在鄰家，蝶戀花，花心動處錦天花，海陵獨占花間樂，收遍家花共野花。

〔註99〕

然其僅是附庸風雅，披著美麗的形式，承襲才子佳人小說的模式，其情意的傳達也在紓解情欲的招喚。以下再錄海陵（男）與闕懶（女）之唱和：〔註100〕

（海陵）禿禿光光一個瓜，忽然紅水浸根芽。誰知水滿溝中淺，不怕瓜田
　　　　不種他。

（闕懶）淺淺平平一個溝，鮎魚在內恣遨遊。誰知水滿溝中淺，變作紅魚
　　　　不轉頭。

（海陵）黑松林下水潺暖，點點飛花落滿川。魚唧桃浪遊春木，衝破松林
　　　　一片烟。

（闕懶）古寺門前一個僧，袈裟紅映半邊身。從今撇卻菩提路，免得頻敲
　　　　月下門。

這是民歌味十足的男女唱和，在兩相你一言我一語中，體現出男女情欲中的戲謔部份，情感的責任、會後別離的感傷等，都在玩笑嘻語中被消解。這樣的情愛關係其實不能以正常男女關係〔註101〕來評價。

男性無論以交往為目的，或者欲望紓解，其贈送物品給對方的情形較少（除了性交易應支付的金錢外）。丫環有時是未婚小姐性知識的啟蒙者，如侍婢阿喜，其以自身的性經驗提供女主人阿里虎。〔註102〕再如，哈密都盧以春意畫指導彌勒。

〔註98〕引自《浪史》，頁57。
〔註99〕引自《海陵佚史》上卷，頁51。
〔註100〕引自《海陵佚史》下卷，頁137。
〔註101〕正常男女關係是指一般人認同的從交往到婚姻的模式，從交心再發展更深一層男女
　　　　關係。
〔註102〕引自《海陵佚史》上卷，頁54。

〔註103〕這些穿針引線者，通常地位低下。其實，低下階層之人，其韌性反而好。他們因位卑，不太受人注意，做起暗事來，反而方便。再加上平日大街小巷遊走，累積不少人脈與小道消息，因此，有地位者，便看重他們這些特點，施點小惠，互蒙其利。男人在看上某家小姐時，便會指使自己的奴僕，先從對方小姐的貼身女婢下手。各奴僕雖然侍奉不同的主人，然因彼此社會階層相同，常有接觸或交談之機會。除了家中奴僕外，三姑六婆也扮演重要的居間腳色。趙大娘曾受恩於文妃，因此幫助其溝通浪子。〔註104〕關涉男女時，通常需要借助居間人的幫助——一個可信賴者。如海陵想要追求有夫之婦（定哥）時，便找了一個伶俐、可信賴的女待——該女侍認識定哥貼身的奴婢貴哥。〔註105〕另浪子利用錢婆與潘素秋熟識的機會，才能與寡婦潘素秋搭上線。〔註106〕

總上，社會地位低落者常為高者之性欲紓解對象或獵誘女色的共犯，並扮演居中穿線，如傳遞物品或刺探對方心意的工作。男女互贈的物品除了表達情意外，也承載了文化意義，這是千古男女往贈中形成的內涵意義；然在豔情小說中的男女卻以極具性暗示之物品如貼身衣物，贈與對方。此外，主動透過居間者向意愛人求歡者以女性居多。雙方無論在何種情形下相遇（因慕名而主動、近水樓臺、偶遇或艷遇、色情媒介），大多需要一位穿針引線者，來讓兩方順勢發展更深一層的關係。中介者的介入，不僅可以迴避一些尷尬，更可使曖昧不明的狀態明朗化，將這種隱蔽的男女之事合理化。同時也可增加故事張力，吸引讀者，這部份可謂與才子佳人小說相通處。

三、私會後花園

「後」標示空間位置的隱密性與邊緣性，「花園」則散佈著愛情與欲望的氣氛。因此，後花園對於女子而言是個危險的地方，尤其對一個青春少女。如《牡丹亭》：〔註107〕杜麗娘正值思春年華，自從讀了《詩經·關雎》後，便憧憬愛情。女婢春香帶麗娘到後花園賞春，「亭臺六七座，鞦韆一兩架，遶的流觴曲水，面著太湖山石，名花異草，委實華致」，〔註108〕對麗娘而言著實開了眼界，卻也激起年輕女子蠢動

〔註103〕引自《海陵佚史》上卷，頁54。
〔註104〕《浪史》第五回，頁71。
〔註105〕《海陵佚史》上卷，頁75～106。
〔註106〕《浪史》第十八回，頁134。
〔註107〕《牡丹亭》，（明）湯顯祖，收入《湯顯祖戲曲集》上冊，1979年3月30日台一版，台北：九思出版社。
〔註108〕引自同前註，頁257。

已久的情欲。爾後麗娘因一場春夢，便香銷韻隕。春天花園中的景致容易搖盪人心，麗娘見春思妙齡、見花思己顏，被美景觸動後，更是感發傷春之情，暴露其對於愛情的期待與道德的束縛，其言：「我生於宦族，長在名門，年已及笄，不得早成佳配，誠爲虛度青春，光陰如過隙耳，可惜妾身爲色如花，豈料命如一葉乎！」（〈驚夢〉）相對之下，未受教育的春香，反而有自在的空間。「主體擁有欲望，但只有客體才能引誘。」〔註109〕後花園作爲一個客體，因其「後」、「邊緣」、「隱密」，再加上其中的花花草草常與女性容貌或男女關係產生關聯，所以「後花園」已成爲一個隱喻，成爲男女關係得以進一步延續的地方。空間的「邊緣性」反而有助於「逾越」——身體的逾越、道德的逾越。如《金瓶梅》中西門慶的花園：〔註110〕西門慶在花園中的山子洞與女子交歡；眾女眷、五位姨太太、女兒及婢女等，在園中玩耍。西門慶的花園成爲一位有權勢的男子爲自己建構的秘密花園。

後花園作爲一個隱喻難以溯源，然這樣一個男女歡會的樂園或場所其實很早就出現了，如南朝劉義慶《幽明錄》所記的「劉阮傳說」。〔註111〕大意是：漢明帝永平五年，劉晨、阮肇在天台山中迷路，偶遇二女，便受邀還家，「南壁及東壁下各有一大床，皆施絳羅帳，帳角懸鈴，金銀交錯，床頭各有十侍婢……至暮，令各就一帳宿，女往就之，言聲清婉，令人忘憂。……氣候草木是春時，百鳥啼鳴，更懷悲思，求歸甚苦。」劉、阮停留半年，後思歸下山。孰料故舊皆不識，兒孫已至七世代。再者，初唐張文成《遊仙窟》中就描繪了一個男女艷遇場所：〔註112〕張文成於

〔註109〕 轉引自〈靴韃、腳帶、紅睡鞋〉，丁乃非作，蔡秀枝、奚修君譯，《中外文學》第六期，1993年11月。此語原文出自 Baudrillard, Les Strategies Fatales163。

〔註110〕 西門慶蓋了座花園，「先拆毀花家那邊舊房，打開牆垣，築起地腳，蓋起卷棚山子、各亭台耍子去處」（第十六回，頁246）、「前邊起蓋個山子卷棚，花園耍子，後邊還蓋三間玩花樓。」（第十六回，頁246、248）「藏春塢、翡翠軒兩處俱設床帳，鋪陳績錦被褥。」（第三十六回，頁555）。

〔註111〕《筆記小說大觀》第三一編，台北：新興出版，1977年。或《太平廣記》卷四一，（宋）李昉（南朝宋）劉義慶《幽明錄》，台北：新興出版，1973年。

〔註112〕「人跡罕至，鳥路縈通……緣細蔦，泝輕舟。身體若飛，精靈似夢。須臾之間，忽至松柏巖，桃花澗，香風觸地，光彩遍天。」（引自（唐）張文成：《遊仙窟》，收入《思無邪匯寶》外編，台北：台灣大英百科，1994年，頁25。下列引文出處與此同）張文成從汧隴，奉使河源，道經一地，名曰「遊仙窟」；張氏遂潔齋三日，打算前往一遊。駕舟緣溪前行，忽然間映入眼簾的是滿谷桃花，並香氣宜人，色彩滿天，這正是「遊仙窟」的景色。下官（張文成）詠曰：「昔時過少苑，今朝戲後園。兩歲梅花匝，三春柳色繁。水明魚影靜，林翠鳥歌喧。何須杏樹鎮，即是桃花源。」十娘詠曰：「梅溪命道士，桃澗佇神仙。舊魚成大劍，新龜類小錢。水湄唯見柳，池曲且生蓮。欲知賞心處，桃花落眼前。」（頁43）這段駕舟忽逢美景的文字與陶淵明的〈桃花源詩並記〉前段貌似，可看出陶淵明對張文成的影響。張文成在「桃花源」的基本架構上，

神仙窟中邂逅十娘，並在園中接受十娘招待。兩人享受園中美景並相唱和之作，園內如仙境般桃花遍野、春色宜人、鳥語花香。這樣的場景便成為後來男女歡會場所固定套用的布景型態。〔註113〕「劉阮傳說」與《遊仙窟》有部分相似的情節：（1）地點隱密（2）女性主動薦枕（3）離別時的感傷（4）永不復還。如此的男女關係是短暫的，男方的偶然落入與女性主動獻身，基本上這是滿足男性性欲的情節。短暫歡愉後，便是「披衣對泣」、「淚臉千行」、「空抱膝而長吟」〔註114〕的離別感傷，表現一時的激情總是短暫的，因為情欲的縱放不符合社會秩序，此也是男性情欲書寫焦慮〔註115〕的證明。「天台之會」、「劉阮」成為艷遇對象之代稱，「桃花仙子」、「相會桃源」等都成為詩、詞、小說、戲曲中的襲用套語，如此男女交往的場域，凸顯的就是空間的隱密與男女情欲的恣放，表現在市民階層興起的社會中，便是淡化神話色彩，讓場景更加真實，並符合聽眾、讀者的願望。因此在元、明小說中，無論男女私會的場所是在花園、寺廟、廂房等，皆符合空間的幽僻與邊緣性。

> 壁立數十仞，巨攀躋身，旁見一洞，窺之窅窅。窅中有圓，光一痕，猶如射的，仔細察之，洞盡所視天光也。碧水涓涓，流注於溪。……知君之不堪寂寞，願拂枕席一宵之歡……鬌解髮迤，金釵玉璫紛落於下，雲鬟撩亂如漂藻，時忽有山鵑叫過屋上，聲如裂竹，谺響林應，仲璉於是愕然驚覺，已失二女所在。（《春夢瑣言》）

仲璉春服探幽，無意間闖入艷遇場域，情欲空間的書寫明顯是承襲情色化的「桃花源」。遇女／女性主動薦枕／離去的模式皆是仿前述的艷遇模式。仲璉甦醒，原來的

添加男女豔遇的元素，影響了中晚唐「桃花源」情愛化的發展，然此非本節討論重點，不再詳論。此外筆者以為陶淵明「桃花源」的原型乃受當代園林思想及特徵之影響，爾後因「劉晨阮肇傳說」及《遊仙窟》影響而情愛化、世俗化，成為男女豔遇場所的隱喻。（參見拙著〈柳暗花明又一村——從中國園林談陶淵明「桃花源」之原型〉，發表於「清華2005中文系全國研究生論文研討會」，2005年11月5日）基本上，後花園的意象漸漸成型，男女密會的場所不一定是真正的花園，凡處於隱密、邊緣性質之空間，進行男歡女愛者皆可包含在「後花園」的隱喻中。

〔註113〕此可從明清艷情小說中找到佐證。「桃花源」也成為追求愛情的代稱，如（1）「盼嬌娥，盼嬌娥，欲覓兒家，須向桃花洞裏過。」（《駐春園小史》第四回，擬實為招魂風前隕涕，憑空偏捉影江上聞聲）（2）「秋水盈盈玉絕塵，簪星閒雅碧繪巾。不求金鼎長生藥，只戀桃源洞裏春。」（《初刻拍案驚奇》卷二六風情村婦捐軀假天語幕僚斷獄）（3）「柔玉無奈，卻又捨不得離去，便陪他一同前來。正是：眉將丹青做赤繩，空向桃源不遇春。多情芳心唯自解，難將衷曲語他人。」（《金瓶梅傳奇》第三回省家親巧識珍畫論丹青暗動芳心）

〔註114〕引自同註112，張氏著，頁49、51。

〔註115〕關於書寫焦慮，參見本論文第六章。

場景已不見，僅見兩樹，原來昨夜所幸兩女皆爲樹精幻變。

> 雞唱矣，無爲人窺，洩我幽事，六生各前揖別，諸姬無不含涕相送，但見
> 閣門而入，後絕無聲。（《別有香》第五回，頁72）

六男子在桃園中艷遇，復入園，園中素無姬往來。另《別有香》第十一回有記一富
人另闢一園藏四嬌，四姬被限制在花園中。某日，四姬踰牆窺望並勾引少年。該園
一時成爲縱情的樂園，歡愉過後，四姬面黃肌瘦，原來該男子爲芭蕉精。

> 牆垣高巨如城墉，絕不聞人聲，雖大明亮，而不見日色。（《僧尼孽海》乾
> 集）

> 高宗大悦，遂相攜交會於宮内小軒僻處。（《如意君傳》，頁41）

> 卜、勞兩家花園相鄰，卜生常聞勞家傳來笑語聲，便涉板暗渡至勞家。（《別
> 有香》第六回，頁105）

一和尚於寺中另闢密室，以姦淫拐騙而來的進香婦女。高牆、絕人聲等皆符合情欲
空間的隱密要件。和尚與婦女的遇合雖是單方面的強迫，然此行爲同樣不符合社會
秩序，因此必須「轉深巷數曲，至小室中。」〔註116〕

> 兩個出了大街，同走進一條小街，過了兩三家，卻是一個小小的八字牆門。
> （《龍陽逸史》第四回，頁147）

牽頭韋通帶寶樓去找小官許無暇，便左彎右拐，從大街到小巷。

> 只見一帶高風火牆，下有個大牆門，⋯⋯一個大天井，井上有三間小廳，
> 轉到廳後，又一帶牆，又有個小牆門兒，推將入去，是五間大廳，從廂房
> 左側，轉一個彎進去。（《別有香》第六回，頁97～98）

一位龍陽被某丫鬟拐騙至府中，聲稱要帶他引薦家中女主人。後竟被懷疑是竊賊，
又見他一副小官樣，便將他姦淫。小官是以性交易爲業的男性，該小官以爲眞有生
意上門，便穿堂逾室。另沈葵與玉仙在「廳頭角落」親熱。〔註117〕高綽與滿身騷在
私家花園內親熱。〔註118〕

> 姑蘇主挽了萬金的手送下樓來，又一連親了幾個嘴，説不盡許多綢繆之
> 情，分別之苦。（《昭陽趣史》上卷，頁107）

> 姊妹兩人蒙君雅愛，願以此身事君，不惜失身之節，只恐君家後有他愛，
> 使妾有白頭之嘆，如何是好？說罷淚下如雨。射烏兒道：「繼承姐姐寵幸，

〔註116〕引自《僧尼孽海》乾集，頁253。
〔註117〕引自《龍陽逸史》第十一回，頁269。
〔註118〕引自《龍陽逸史》第十一回，頁282～283。

刻腑銘心，異日若有他幸，永墮阿鼻地獄。」（《昭陽趣史》上卷，頁128）

可恨的是寂寞更長，歡娛夜短，卻早雞鳴了……兩個又不忍相別……浪子便把頭上玉簪一枝，送予文妃，含淚而別，正是：「兩人初得好滋味，朝朝暮暮話相思。」（《浪史》，頁71）

予（案：阿娜）每終夜思之，淚濕枕函，裙幾石榴矣。（《癡婆子傳》上卷，頁118）

（妾以手帕擲子承）云：「今生已矣，願結來世。眾妾相妒，不能再出，勿以我爲念。」言畢，即洒淚而去。子承看了，亦不勝悲慟。《別有香》，頁121）

艷情小說中，極少顧及男女間的眞情感，因此離別後感傷的情節顯得相當突兀，僅是承襲才子佳人小說的模式罷了。總而言之，明代艷情小說的敘事模式爲：男女遇合／穿針引線與贈物／私約後花園。後花園是男女交往的空間隱喻，其有隱密與邊緣的特質。

　　總上，在許多小說中，男女私會或豔遇的場景常是景色優美的郊野或後花園，不僅氣氛美好，又空間位置上具隱密與邊緣特性，一方面擺脫禮教束縛，二方面避人耳目；呈現出對性的禁忌。此外，明代豔情小說也承襲豔遇的進行模式：地點隱密→女性主動薦枕→離別時的感傷→永不復還。若是豔遇故事時，則符合以上全部模式；若是一般豔情故事，則僅具「地點隱密」、「離別時的感傷」情節。由此可知，男女私情會刻意選擇隱密的空間，並在歡娛過後出現別離前的感傷，此情節當承襲才子佳人小說。

第二節　「後花園」空間之特質與其反映的情欲身體

一、空間邊緣性與時間昏暗性

　　「後花園」儼然成爲一個「能指」，其「所指」將我們引導到另一個世界。〔註119〕

〔註119〕「後花園」已成爲一個符號的概念。一般所說的符號可分爲語言與非語言。從最基本的層次而言，符號有著「替身」的作用，可代表、代替、代理其他事物。「後花園」作爲非語言符號時，是個暗處、隱密的角落；作爲語言符號時，是存在於文本之中，男女情欲實際進行的活動場域，男女身體與空間的交互運作下，「後花園」成爲不合禮法的空間。原本暗處、隱密的角落是不具任何意義的，然其中有男男女女的身體對於該空間作出反應或動作，空間的意義始形成。（關於符號學參見（1）

其符號意義並非封閉，而是開放的。〔註120〕「後花園」若是純指一個具體的物質空間，那麼它的意義便窄化了，其實，更多時候它指向一個長久以來處於模糊、曖昧、幽微、難以言喻的狀態。它如洪水猛獸，卻要以社會規範去馴服它；它先會以潛意識的形式隱藏起來，等待一定的條件下，才得以活躍。〔註121〕

　　繡房擬會郎，四窗日離離。手自施屏障，恐有女伴窺。（唐・晁采〈子夜歌〉）

　　見羞容斂翠，嫩臉勻紅，素腰嫋娜。紅藥闌邊，惱不教伊過。半掩嬌羞，語聲低顫，問道有人知。強整羅裙，偷回波眼，佯行佯坐。更問假如，事還成後，亂了雲鬟，被娘猜破。我且歸家，你而今休呵。更為娘行，有些針線，諳未曾收囉。卻待更闌，庭花影下，重來則個。（宋・歐陽脩〈醉蓬萊〉）

　　京師士人出遊。迫暮，過人家缺牆，似可越。被酒，試逾以入，則一大園。……婦女十餘，靚裝麗娘……執其手以行，生不敢問。引入曲房，群飲交戲，五更乃散。（明・馮夢龍《情史・情累類・蔡太師園》，頁643）

晁采〈子夜歌〉女主角在自己房內會情郎，卻擔心遭偷窺；歐陽脩〈醉蓬萊〉的「紅藥闌邊」應當是個花園；馮夢龍〈蔡太師園〉中，男主角被引入密室，與〈張蓋〉中張蓋以垂布得以登樓入室。以上種種皆可見：男女情欲得以盡情的展現，是在一個空間隱密的私角落，在時間上也大多是夜晚人睡之時。作為一個物質性的空間，「後花園」不僅指涉一個真正的花園，甚至某個角落、小巷、曲房、閨房、

《中國符號學》，周廣華，台北：揚智文化事業股份有限公司，2000年，12月初版一刷，頁10（2）「替身」一詞，來自《記號・意識與典範——記號文化與記號人生》，何秀煌，台北：東大圖書公司，1999年10月初版，頁2）作品（text）僅是以文字寫下訊息，在符碼（signifiant）與符義（signifie'）的封閉系統，符碼僅代表一個意義。然，Julia, Kristeva，則認為尚有部分的情感、意義、衝動埋在符碼裏，無法真正進入意義層次。（參見〈正文、性別、意識型態〉，于治中，《中外文學》第十八卷第一期，頁149～150）

〔註120〕作品（text）僅是以文字寫下訊息，在符碼（signifiant）與符義（signifie'）的封閉系統，符碼僅代表一個意義。然，Julia, Kristeva，則認為尚有部分的情感、意義、衝動埋在符碼裏，無法真正進入意義層次。（參見〈正文、性別、意識型態〉，于治中，《中外文學》第十八卷第一期，頁149～150）。

〔註121〕性心理帶有遺傳色彩，性的文化心理，不僅是「生理的生成」，也是「歷史的沉積」。其在性對象的出現或性行為的進行，才得以活躍。（參見《中國古代小說中的性描寫》，矛盾、傅憎享等著，大陸：百花文藝出版社，1993年3月第一次印刷，頁108）（張蓋）偶見臨街樓上有少女姝麗，凝眸流盼……女報以紅繡鞋。……女侍開窗布，張蓋登樓。（明・馮夢龍《情史・情累類・張蓋》，頁644）。

空屋、〔註122〕暗處、〔註123〕無人處〔註124〕等，〔註125〕其特點是隱蔽性與邊緣性。

該空間的時間特性是：黃昏或夜晚。

> 海陵趁黃昏潛入定哥府中與之初次見面。……天未亮，海陵從定哥方中出來，由貴哥領他出府：「貴哥便掌了燈，悄悄地一重重開了門送海陵。」
>
> （《海陵佚史》下卷，頁102～104）

定哥與家奴（閤乞兒）私通，其交代閤乞兒：「黃昏時分，你可悄悄進來。」

> （閤乞兒）等得天色晚了，便先吃些酒飯，裝飽肚腹，趁黑挨到裡邊空房中躲著。直等到黃昏時分，人人穩睡，各各安眠，他纔一步步摸將進來。
>
> （《海陵佚史》下卷，頁113）

> 五鼓歸房，更靜方至東園，日間相會淡如也。（《弁而釵·情貞》）

> 姑蘇主趁夜深，使丫鬟翠鈿逕到書房喚萬金前來。（《昭陽趣史》卷上，頁85）

> 予苦母左右不捨，約之昏暮，俟我於曲廊。（《如意君傳》，頁119）

一天時間的將盡，是人休息的時刻，時間之「盡」、天色之「暗」、空間之「暗」，正好構成情欲「後花園」的時空特質。人性之欲在意識中潛流著，在邊陲地帶擺盪著。有學者認為：在古典戲劇或女性彈詞中，「庭園」成為連結閨閣與外界或他界的中介場域，形成正統儒家父權下的空間缺口。〔註126〕筆者可以之擴大解釋：呈現出曖昧、幽暗、私密的情欲空間，空間上的模糊，反而有助於情欲的宣洩。

基本上，中國古代的公共空間是以男性為中心，並充滿有形或無形的區隔與禁忌，符合性別身分的人在公共空間中出現，便被視為合宜的行為。晚明的婦女的活動空間雖較自由，可以外出掃墓、進香、春遊等，但真正可以在公共空間裡與男性

〔註122〕湯信之與唐半瑤便是在空屋交媾。（見《龍陽逸史》第三回，頁134）。

〔註123〕芸娘原要勾引良輔，後王小三假作良輔與芸娘交媾，其地點在「暗處」「樓梯下」。（請見《載花船》第二卷）。

〔註124〕公公趁無人在媳婦盥面曉妝時，自後攬其腰。（請見《癡婆子傳》卷下，頁127）。

〔註125〕其正如胡曉真說的「隱喻場」（locus, of, sexuality）。（此語來自該氏著〈秘密花園：論清代女性彈詞小說中的幽閉空間與心靈活動〉，收入於熊秉真主編，王璦玲、胡曉真合編，《欲掩彌彰：中國歷史文化中的「私」與「情」——私情篇》，台北：漢學研究中心，2003年9月初版，頁298）。

〔註126〕參見（1）〈園林空間與女性書寫〉，黃儀冠，收入於國立彰化師大編《第六屆中國詩學會議論文集》，台北：萬卷樓，2002年，頁273（2）參見同前註，胡氏著，頁296。就空間言之，筆者認為明代艷情小說中呈現出曖昧、幽暗、私密的情欲空間，空間上的模糊，反而有助於情欲的宣洩；胡曉真則從空間發現，正因其私密性，造就清代某些女子能在小小的自我天地裡，馳騁與遨翔在王學創作中。

自由往來的還屬娼妓，然娼妓又是社會地位不高者，所以在公共空間裡，一般婦女仍舊受到局限。又出現在公共空中的人，其行為便受他人監視，這便是合宜行為控制的傳散與內化。〔註127〕從此觀之，情欲若要盡情發展除了妓院，便是幽暗、私密的場所，以逃避社會的監控。

二、情欲身體的心理焦慮

對空間的討論若不涵蓋其中運作的身體，則無法顯現作為「後花園」隱喻性。身體對應所處的環境所做出的任何想法、感覺或舉動，可稱為「意向」，〔註128〕當下的環境因為與身體互動，便形成一個有意義的空間，該空間正是筆者所要討論的。「後花園」是潛藏在人類意識底下一個不受道德拘限的情欲樂園，其在諸多文本中以不同的形式展現，或深山，或花園，或牆角，或小巷。該空間的構成不僅是個人主觀的選擇，也是有相同習癖者的蝟集。個人的對外行為，其實是意識的具體呈現，然人的意識相當複雜，誠如佛洛伊德所言：人所能夠意識到的部份，其實只是冰山一角，尚有九成屬於潛意識狀態。〔註129〕這類無意識的部份可視為某種原型，它可以發展出多種形式。

〔喬牌兒〕獨立在紗窗下，顫欽欽把不定心頭怕，不敢將小名呼咱，則索等候他。

〔雁兒落〕怕別人瞧咱，掩映在酴醾架。

〔梅花酒〕地權為床榻，月高燒銀蠟，夜深沉，人靜悄。（元‧關漢卿〈新水令〉）

關漢卿〈新水令〉中男女在「夜深沉，人靜悄」時，於室外幽會，並以戶外之地為床榻，先前女主角提心吊膽的於紗窗下等候情郎。不被社會認可的行為，才使男女產生心理焦慮。如海陵假扮尼姑，趁黃昏潛入定哥府中與之初次見面，正是擔心被府中閒人發現。又如定哥被還海陵封為貴妃，然海陵風流成性，時常冷落定哥，因

〔註127〕參見《性別化流動的政治與詩學》，王志弘，台北：田園城市文化事業，2000 年 5 月初版刷頁 56、59～60。

〔註128〕參見同註2，蔡氏著。

〔註129〕蔡源煌指出：眾人相同習癖可以聚集成為一個文化空間。這種習癖是以內心為準則，而外現的行為。所謂內心的準則是自身的生活習慣、教育程度、階級個性或價值觀所累積的。（參見〈個人習癖與文化空間〉，蔡源煌，收入《當代文化理論與實踐》，台北：雅典出版社，1991 年 11 月初版，頁 31～38）然筆者認為，個人在面對外界所做出的想法或動作，雖然大部分是依據社會的主流價值——這種價值是依賴教育的形塑，也有某些時候是不知覺的抉擇，所謂下意識或潛意識。

此定哥便與家奴閹乞兒私通。閹乞兒著婦人衣，自入盛藝衣的大篋裡混入宮，抵暮混出，雜諸侍婢間。〔註130〕「黃昏」「易裝」，在在透顯出偷偷摸摸、不堪見人的心理焦慮。〔註131〕再如丫環壽娘於元宵夜偷摸地將伯璘帶至太清房內，此後私通半年有餘，後被家奴發現，兩人被打死。〔註132〕「性」本是個私密的，或許是婚前性行為，或許是婚外情，基本上除了這些行為違背社會道德規範之外，殘存的遠古性禁忌恐怕也是個重要因素。〔註133〕生物性的力量不可更改，也無法與之挑戰，然社會因素卻在此無可撼動的自然基礎下發揮作用。〔註134〕而社會控制的面向包含文化禁忌、政治操作（貞節牌坊、懲罰等）、教育（家訓、閨訓等），甚至社會輿論，此種種正是心理焦慮之由來。在《朝陽趣史》中，皇后與射鳥兒並十四、五個年輕男子於「留春室」（宮殿中別開的靜室、無人知的密室）內。〔註135〕雖然「食、色，性也」，但是人對於「性」卻無法像飲食般的等閒視之，使得人們長期在幽微中懷疑它、探索它、進行它、完成它。

三、在場與不在場的偷窺

　　性行為（sexual behavior）是指人進行愛撫、性交，此活動可以再擴大納進前期的誘惑與求愛，誘惑與求愛是欲望的撩撥與吸引。〔註136〕就艷情小說生產的目的言之，其主要正是透過文字的書寫，形成想像與畫面，以激發讀者的情欲，透過情節中兩方性愛的完成來間接補償自身的欲望滿足。〔註137〕因此，艷情小說必定將故事主力聚焦在男女性愛上，一一具狀其過程。欲望的激發常來自視覺感官，〔註138〕

〔註130〕參見同註95，頁119～120。
〔註131〕見《海陵佚史》下卷，頁102。
〔註132〕參見《載花船》第二卷，頁82。
〔註133〕性禁忌其目的性不夠明確，然一旦觸犯它，人們認為本身會遭到懲罰，這種懲罰不見得是法律上的，而是一種降臨在人身上的災難，比如死亡。因此，佛洛伊德認為禁忌會朝兩個方向發展：一為其意味著一種神聖的獻祭的意義，二為意味著離奇的、危險的、被禁止的、不法的意義。（參見《性倫理學》，王東峰、林小璋編譯，大陸：農村讀物出版，1989年頁3～4）。
〔註134〕參見《性之性別》，施瓦茲（Schwartz,Pepper）著，陳素秋譯，台北：韋伯文化國際，2004年。
〔註135〕參見《昭陽趣史》卷下，頁172。
〔註136〕參見同註134，施瓦茲（Schwartz,Pepper）著，頁2～3。
〔註137〕這就是「性景戀」現象（"scoptophilia"或"mixossoopia"），即「喜歡窺探性的情景，而獲取性的興奮，或只是窺探異性的性器而得到同樣的反應。」（引自《性心理學》，靄理士（Ellis,Havelock），台北：第一文化社，1971年，頁68～69）性景戀也包含閱讀色情書刊與春宮畫。
〔註138〕視覺、觸覺、嗅覺、聽覺等感官在動物做性選擇時扮演不同的功能，在人類方面，

因此有觀看春宮畫者，而閱讀艷情小說則是透過另一種形式的偷窺來滿足情欲。

《弁而釵》第四回〈情貞〉中，杜忌、張狂躲在暗處觀察翰林與趙生的隱情，而讀者也正偷窺杜忌、張狂、翰林與趙生四人的舉動。人在空間中不完全像一般物質，僅是佔據某個實質空間而已，人有意識、能思考，能對所處空間做出任何反應與行動，並與其產生某種聯繫關係。人「在場」於某個空間中，是作為一個生命體基本的存在形式；然人「不在場」的空間裡，依舊與空間形成關係。〔註139〕作者製造出翰林與趙生的私通情節，意在激起讀者的欲望，對於讀者而言，其自身便是一個「不在場」的窺視者。「在場」的偷窺者～杜忌、張狂～更凸顯出翰林與趙生兩人行為的不正當性，因此，杜、張兩人對於該場域的反應便是「偷」窺，不當場揭發翰林與趙生，意在滿足個人偷窺欲。「不在場」的讀者實際上便是與「在場」的杜、張處於相同的位置上，唯一差別是時間點不同。艷情小說中的空間，此可視為當代社會環境下的再現，而讀者以不在故事所架構的空間中，便成為場外偷窺的身體。故事中人物的一舉一動便可能是讀者身體的替身，而讀者在場外的窺視便是在窺視自己本身，所以，被窺視的人物對於性的滿足便是讀者對性的滿足。場外的窺視（杜、張二人）便是讀者的替代性補償。

> 遂列燭兩行，（海陵）命侍嬪脫其（彌勒）上下衣服……命元妃持燭照之，但見彌勒腮頰通紅。（《海陵佚史》上卷）

> 海陵嘗與妃嬪雲雨，必撤其帷帳，使仲軻說淫語於其前，以鼓其興……又嘗使嬪妃裸列於左右，海陵裸立於中間。（《海陵佚史》上卷）

> 看見那合德坐在盆裡，蘭湯灩灩，若三尺寒泉侵明玉，成帝看得動火，意志飛揚，不能自主。（《昭陽趣史》下卷，頁 186）

> 室內天窗洞開，則向路邊牆壁作小洞二三，丐女修容貌，裸體居其中，口吟小詞，並作種種淫穢之態。屋外浮樑過其處，就小洞窺，情不自禁則叩門而入，丐女輩裸而前，擇其可者投錢七文，便攜手登床，歷一時而出。……兩傍土牆上儘是圓孔，多少下流人伏在上面觀看。（《玉閨貞》，頁 335、352）

筆者於前文中曾述：兩方私通因擔心社會不容，所以選擇僻靜之處，然並未就此削減其心理焦慮，反而更加注意有無他人窺伺。反觀上引之文，海陵卻希望獲得嬪妃

視覺已取代了其他的感覺器官。（參見同前註）。

〔註139〕對於空間與人的共存，可參見〈空間與共存：關於空間本質的現象學思考〉，方省，頁 31。

的觀看，自己也觀看嬪妃。作者創造了一個可以讓讀者身歷其境的場景，讀者可以
與看和被看的主角易位，成為同時看和被看的對象，讀者不在場的偷窺便完成了欲
望紓解。同樣的，芸娘與先光私下媒合後，便行徑膽大、不關門，猶不避諱他人眼
光，〔註140〕如此情節同樣在合法促成讀者的偷窺。

> 谷課子居東樓，而窗遙相望也。予曉妝，每爲谷所望見。夏月或出酥胸，
> 或解裡衣，多爲谷所矚目。而谷又時當窗而坐。……谷於月上時，躡西樓
> 而登揖。（《癡婆子傳》卷下，頁138）

阿娜臥房之窗與兒子之師谷之窗遙相對望，阿娜透過「窗」展現極盡撩人之態，甚
至上演一場解衣秀，終促使谷躡腳登樓。臥房是個私密的生活空間，也是進行性活
動的場所，因此，臥房隱然與性相關。初起，阿娜開窗並裸露上身，基本上只要臥
房對外開放的中介～門、窗～不打開，臥房內的任何活動是社會規範無法管制到的。
門是進入房間的正常通道，開「門」便有主動、明目張膽之嫌，因此一位已婚女性
主動開門迎接第三者男性，便不符合社會規範。窗的功能不在出入，其重要性較掌
控出入權的門來得弱；透過「窗」「不經意」之裸露，便使女主角從主動轉爲被動，
將責任往外拋，雖其原爲故意心態，但不透過「門」而是「窗」，是含蓄性的表態，
因此「窗」便比「門」更具性暗示。〔註141〕

> （金氏）把門閂了，脫了褲對窗兒坐在醉翁椅上，兩腳蹺起。（《繡榻野史》，
> 頁150）

金氏此舉，使得女性身體好像置於櫥窗中，供人觀賞，這是符合讀者心態的。尚有
一例可資補證：女主角彌勒正在沐浴，忘記上門閂，恰好哈密都盧闖進房內。〔註142〕
此情節乍看之下是理所當然，然「忘記」「恰好」正好將哈密都盧的偷窺行徑合理化，
一方面符合規範，二方面滿足偷窺快感。

　　艷情小說中出現的偷窺者是個特殊的視角，他們不是進行性行爲的主角，但是
卻間接獲得快感與欲望紓解。而不在場的讀者卻也是個偷窺者，他窺探在場的偷窺
者與正在進行性行爲的主角，是作者合法易位後的觀看者。

　　總結本章：對於明代的艷情小說而言，其中經作者所構築的情欲花園，不僅是
作者自身，恐怕也是當代男性共同的花園，有學者稱之爲「色情的理想情境」

〔註140〕參見《載花船》第二卷，頁105。
〔註141〕不由大門主動迎接，其原因一來此不合禮法，二來不符合男性對女性的期待。筆者
　　　　於本論文第四章論述男性心中的女性是貞／淫雙重的，男性雖期待女性能盡其所能
　　　　挑逗其性欲，但那是在男性登堂入室後，在相見初起，男性猶望其是溫婉的。
〔註142〕參見《海陵佚史》上卷，頁69。

（pornotopia）；〔註143〕這樣的花園其實不陌生，在許多的文本中都曾出現，其共通點是「邊緣性」，某些不正常的性行為都會在偏僻、隱密的空間中進行，所以邊緣性的空間已被賦予「非法」意涵，具有貶義。既然一個空間是人際間之互動關係、道德觀念、權力機構與主流價值等共同運作並展現出的一個場域，因此，我們也可以從呈現出的空間與空間中之身體的行為舉動反向追溯，本章即從空間中的身體的行動與對應，來探討晚明男女的情欲。

明代在情與欲的論述下，有將情、欲為一體兩面的趨勢。因此在《金瓶梅》後，便出現大量的言情小說，甚至延續至清代的《紅樓夢》。言情小說的內容包含人世間的眾情感，如愛情、婚姻與家庭等，集中描寫愛情者，便出現才子佳人小說；集中書寫男女情欲者，便有艷情小說。晚明的才子佳人小說除了受到唐代愛情小說的影響外，也有當時代的風貌；而艷情小說中雙方交往的模式也受到唐代以來愛情小說的影響。就艷情小說言之，本文從三階段敘述雙方遇合的過程，即相遇、穿針引線、私會後花園。

在相遇方面，大概有「因慕色而主動」、「因偶遇」、「因色情仲介」、「因近水樓臺」四種情況。「因慕色而主動」與「偶遇」情況曾出現在才子佳人的小說中，「慕色而主動」與「色情仲介」情況則是因應艷情小說的情欲滿足而有的。然無論何種相遇情況，對方的外貌美醜則是是否採取下步行動的關鍵，並且「外貌」因素不僅出現艷情小說，才子佳人小說也是，然兩者不同之處在於：艷情小說以進一步交媾為目的，才子佳人則以愛情甚至婚姻為願望；兩類小說中的男女主角常是才子佳人的組合，然艷情小說中對於才子佳人的描寫僅是為了介紹其出場的套語；才子佳人小說中的男女主角則是男才女貌，皆具才學。

在穿針引線方面，因艷情小說中的雙方關係多是非社會期待的關係或是買賣性質的性關係，因此，中介者的介入，不僅可以迴避一些尷尬，更可使曖昧不明的狀態明朗化，將這種隱蔽的男女之事合理化。同時也可增加故事張力，吸引讀者。中介者大多為社會地位低下者，如奴婢、小廝、三姑六婆或牽頭，其為有權勢者之性欲紓解對象或獵誘女色的共犯，並扮演居中穿線，如傳遞物品或刺探對方心意的工作。雙方互贈的物品除了表達情意外，在艷情小說中更以極具性暗示之物品如貼身衣物，贈與對方。此外，主動透過居間者向意愛人求歡者以女性居多。

在私會地點方面，許多小說中，男女私會或艷遇的場景常是景色優美的郊野或

〔註143〕有譯為「色情的烏托邦」（參見〈情欲藝術、色情出版物與裸體〉，波斯納（Richard A. Posner）著，高忠義譯，收入《性與理性》下冊，台北：桂冠出版，2002 年頁 563）。

後花園，不僅氣氛美好，又空間位置上具隱密與邊緣特性，一方面受禮教束縛，二方面避人耳目；呈現出對性的禁忌。此外，明代艷情小說也承襲艷遇的進行模式：地點隱密→女性主動薦枕→離別時的感傷→永不復還。若是艷遇故事時，則符合以上全部模式；若是一般艷情故事，則僅具「地點隱密」、「離別時的感傷」情節。由此可知，男女私情會刻意選擇隱密的空間，並在歡娛過後出現別離前的感傷，此情節當承襲才子佳人小說。

晚明男女私會的「後花園」不純然是個具體的物質空間，它是個能指，將我們引導到另一個世界，即晚明男女的情欲身體。該身體在空間中的舉措反映了該空間的「空間邊緣性」與「時間昏暗性」特質，此都為了逃避社會眾人眼光的監控。因此「後花園」成為一個隱喻，它可以是某個角落、小巷、曲房、閨房、空屋、暗處、無人處等。地點的選擇也凸顯出中國對性的禁忌與對性的監視，在艷情說中，更反映了情欲身體的心理焦慮，即使場內身體選擇了邊緣、昏暗的空間，仍舊擔心被場外的偷窺者發現。此外，作者也創造了一個給予不在場的讀者一個得以如同身歷其境的合法機會，一方面讀者站在觀看偷窺者與被窺者的位置，二方面也可與被看者易位，成為被看的對象，如此，讀者不在場的偷窺便完成了欲望紓解。

若晚明艷情小說可以反映部分的社會情況，那麼筆者發現：晚明在情與欲的論述、小說文體的盛行、商業繁榮與市民群體日益受重視等，艷情小說大量出現，然同時也有股力量（如政府對淫書的銷毀、家訓或閨訓的傳播）將其壓抑，致使情欲的舒放呈現躲藏式並心理充滿焦慮。對情欲的心態僅專注在「欲」方面，呈現出動物性原始欲望，這或許因為小說的定位就在色情，因此刻意放大欲的部份，然就此更可見性受壓抑的程度之大，一旦出現反動，便是從事社會不容的不正常性關係，如勾引已婚男女、搶奪良家婦女或違誡的僧尼等怪現象。

附表 5-1　穿針引線者及其傳遞物品

主動者／性別	穿針引線者／身分	被動者／性別	傳遞物品	出處／頁數
阿里虎／女	不知名／守閣人	海陵／男	詩、自畫像	《海陵佚史》上卷／56
海陵／男	(1) 不知名／女待詔 (2) 貴哥／定哥之奴婢	定哥／女	寶環、珠釧	《海陵佚史》上卷／75～106
姑蘇主／女	翠鈿／（丫鬟牽頭）	萬金／男		《昭陽趣史》上卷／100
飛燕／女	金婆	漢成帝／男		《昭陽趣史》上卷／143

飛燕／女	樊嬺／婢	射鳥兒／男		《昭陽趣史》上卷／143
飛燕／女	樊嬺／婢	燕赤鳳／男		《昭陽趣史》下卷／163
飛燕／女	樊嬺／婢	十四、五個年輕男子		《昭陽趣史》下卷／174
文妃／女	張婆子／文妃之女侍	浪子／男	書信	《浪史》第五回／71
文妃／女	無	浪子／男	玉簪	《浪史》第五回／71
文妃／女	趙大娘／受恩於文妃	浪子／男		《浪史》第五回／71
文妃／女	張婆子／文妃之女侍	浪子／男	書信	《浪史》第十二回／102
俊卿／女	紅葉／俊卿之侍女	陸姝／男	香盒	《浪史》第十二回／101
浪子／男	錢婆／與潘素秋熟識	潘素秋／女		《浪史》第十八回／134
潘素秋／女	錢婆／與潘素秋熟識	浪子／男	戒指	《浪史》第十九回／143
浪子／男主腳	錢婆／與潘素秋熟識	潘素秋／女	金簪	《浪史》第十九回／143
安哥／女	春鶯／安哥之女侍	浪子／男	插有一枝荷花之花瓶並一闋詞	《浪史》第三十五回／231～235
安哥／女	春鶯／女	浪子／男	粉紅袴	《浪史》第三十五回／231～235
浪子／男	春鶯／女	安哥／女	白紗袴	《浪史》第三十五回／231～235
趙大里／男	東門生／夫	金氏／女		《繡榻野史》卷一
元浩／男	春燕／元浩侍女	靚娘／女	首飾、細紗	《載花船》第一卷
太清／男	壽娘／伯璘丫環	伯璘／女	有題詩的團扇	《載花船》第二卷／80
武則天／女	若蘭／女學士	？／男		《載花船》第三卷

武則天／女	牛晉卿／宦官	？／男		《如意君傳》／48
阿娜／女	女奴	香蟾／男	金戒指、琥珀墜	《癡婆子傳》卷下／136
阿娜／女		香蟾／男	玉簪	《癡婆子傳》卷下／137
僧／男	婆子	周氏／女	花粉	《僧尼孽海》乾集／248
韓濤／男	（1）詹復生／裴幼娘的舅舅 （2）楊若芝／韓濤之友	裴幼娘／男		《龍陽逸史》第一回
邵囊／男	羅海鰍／牽頭	李小翠／男		《龍陽逸史》第二回
汪通／男	某和尚／牽頭	唐半瑤／男		《龍陽逸史》第三回
湯信之／男	喬打合／牽頭	唐半瑤／男		《龍陽逸史》第三回
寶樓／男	韋通／小官兼牽頭	許無瑕／男		《龍陽逸史》第四回
卜生／男	（1）杜能／牽頭 （2）燕娘／卜生情婦	勞景郎／男		《龍陽逸史》第六回
儲玉章／男	劉瑞園、葉敬塘／牽頭	柳細兒／男		《龍陽逸史》第九回
風翔／男	風得芳、小燕／童僕	趙玉孫／男		《弁而釵・情貞》

第六章　豔情小說之書寫與閱讀

　　明、清兩代，中下階級民眾地位日漸重要，且出版業興起，〔註 1〕讀者影響了整個圖書的銷售市場，並對創作者產生反作用力，出版業便產生「熊大木現象」。〔註 2〕明代葉盛《水東日記》：「今書坊相傳射利之徒僞爲小說雜書，南人喜談漢小王、蔡伯喈、楊六使，北人喜談繼母大賢等事甚多。農工商販，鈔寫繪圖，家畜而人有之；癡騃夫婦，由所酷好……有官者不以爲禁，士大夫不以爲非；或者以爲警世之爲，而忍爲推波助瀾者，亦有之矣。」〔註 3〕明代百姓多具識字能力，經常閱讀小說等雜書，因此，出版品必須通俗才符合市場需求，〔註 4〕出版商與讀者之間產生一種權力關係，一者出版商有資金方能出版，二者讀者喜愛具有一定的消費群，出版者才會出版。〔註 5〕由此觀明、清兩代的圖書市場是相當的活絡。〔註 6〕

〔註 1〕中國雕板印刷術大約源起自唐代七世紀初，八世紀時已出現雕版印刷製成的印紙，九世紀時出現更多的雕版印刷術相關記載，敦煌也發現印刷品實物。明代延續前代，在政府刻書、私家非營利性刻書或書坊營利性刻書，都有一定的發展。營利性質的書坊所刊刻的本子大約自十五、十六世紀明代中期開始，尤其萬曆崇禎年間（1573～1644），坊刻本的刻書數量龐大，蘇州、南京、杭州、湖州、徽州、建陽等地都是當時全國有名的出版中心。坊刻書簡單分類，大概可分爲民間日用參考實用之書、科舉應試之書及通俗文學之書三類。（參見〈明代蘇州營利出版事業及其社會效應〉，邱澎生，《九州學刊》第 5 卷 2 期，1992 年 10 月）。

〔註 2〕熊大木是位書坊主，他爲書坊利潤，便越位，自己編撰圖書或僱用下層文人代筆。他顧慮讀者喜好，干預創作，因此稱爲「熊大木現象」。（參見〈熊大木現象：古代通俗小說傳播模式及其意義〉，陳大康，《文學遺產》，2000 年第二期，108～109）。

〔註 3〕引自〈小說戲〉，（明）葉盛，收入《水東日記》卷二一，台北：漢京文化，1984 年。

〔註 4〕以徽州爲例，在萬曆以前，圖書市場以「詩集、文集、經史、醫書、族譜、方志等傳統士大夫文化爲主」；萬曆後，「以小說、戲曲、叢輯、類書等俗文學的刊物爲大宗，尤其俗文學在書面的處理上，著重豐富的故事性與熱鬧的趣味，正反映新興閱讀階層的品味與徽商求新求變的商業活力。」（引自《物、性別、觀看——明末清初文化書寫新探》，毛文芳，台北：台灣學生書局，2001 年，頁 23）。

〔註 5〕參見《當代文化理論與實踐》，蔡源煌，台北：雅典出版社，1991 年。

明代馮夢龍爲當時知名文人，其在「借男女之眞情，發名教之僞藥」的理念下，「家藏古今通俗小說甚富，因賈人之請」（《古今小說‧序》），編輯《古今小說》，也另編《山歌》、《掛枝兒》等民間流行歌詞集，這類書籍的出版可以反映當時讀者的需求。當代主「情」的思想，如李贄的「童心」、湯顯祖「至情」、袁宏道「獨抒性靈」等，透過通俗刊物而廣以流傳，掀起不小風潮，艷情小說也是在此時孕育而生，在讀者考量下大量書寫與出版。《繡榻野史》：

> 偶市《繡榻野史》進餘，始謂當出古之脫簪珥，待永巷，也禆聲教者類，可
> 以賞心娛目，不意其爲謬戾，亦旣屏置之矣。逾年間，適書肆中，見冠晃人
> 物，與夫學少年行，往往諏咨不絕。余慨然歸，取而品評批抹之。〔註7〕

序者初見《繡榻野史》不以爲意，未料多年之後該書竟是眾人爭相閱讀，因此便爲之作評。明正統七年國子監祭酒李時勉於上疏奏請禁毀淫詞小說：「不惟士市輕浮之徒爭相誦息，至於經生儒士，多捨正學不講，日夜記憶，以資談論，若不嚴禁，恐邪說異端日新月盛，惑亂人心。」〔註8〕由此可見，艷情小說擁有大量的讀者群。清代李仲麟云：

> 淫詞小說，多演男女之穢跡，敷爲才子佳人，以淫奔無恥爲逸韻，以私情
> 苟合爲風流。雲期兩約，摹寫傳神，少年閱之，未有不意蕩心迷、神魂顛
> 倒者。在作者本屬子虛，在看者認爲實有，遂以鑽穴逾牆爲美舉，以六禮
> 父命爲迂闊，遂至傷風敗俗，滅理亂倫，則淫詞喜說爲禍烈也。〔註9〕

李氏認爲艷情小說摹寫傳神，本屬作者臆造，讀者卻以之爲實，而心嚮往，這種現象恐怕不是李氏所言的簡單。情色書刊遭各界撻伐，卻仍有許多讀者群，這顯示讀者在其中尋找某種滿足。

艷情小說除了迎合讀者需求外，也反映了當時代情欲活動的情況。本章將從作者角度探討其在情欲書寫時產生的焦慮與斷裂情形；從一個消費市場角度，探討作家的情色生產與讀者的情色消費；從文本中呈現的遊戲式性愛觀察情欲如何被「說出」，並討論這是否稱得上是「性解放」。

〔註6〕 印刷術的發明改變文字傳播的方式，知識由少數人壟斷的情形逐漸瓦解。這樣的傳播方式雖然有助於某些意識的灌輸，但也難於進行社會與思想箝制。（參見《無形的網絡——從傳播學的角度看中國的傳統文化》，吳予敏，大陸：國際文化出版社，1988年5月第一次印刷，頁21、131）。

〔註7〕 引自《繡榻野史》，頁95。

〔註8〕 引自《英宗實錄》卷九十，（明）陳文等撰，台北：中央研究院歷史語言研究所，1966年。

〔註9〕 引自《元明清三代禁毀小說戲曲史料》第三編，王利器輯錄，大陸：上海古籍出版社，1981年2月第一次印刷，頁179。

第一節　作者淫行書寫與勸誡說教之矛盾

　　明代中晚期雖然興起大量的豔情小説，甚至氾濫遭禁，然不表示明代人都是色情狂。看待情色書寫之現象可有多種面向：在上階層人眼中，情色書寫偏離一般道德倫理，會誘使民眾犯罪；從市場供需而言，它或許僅是一般男性的生活消遣而已，也或許一般讀者以為這僅是普通消遣，而卻有其內在需求。情欲的書寫與閱讀有時是作者或讀者生活中匱乏的外現；作者透過「書寫」，讀者通過「閱讀」將內心隱諱難明的欲望，透過文字來消解道德禁忌與工作壓力的緊張，〔註10〕讓情欲洪流可以有空間疏導。只是小説中對情欲的書寫呈現出過度的遊戲與狂歡，表面上的逾越／愉悅，其實表現出一種心靈的空乏，極樂過後是人生價值的失落、行為的懺悔，「先樂／後悲」顯示作者的書寫焦慮與書寫斷裂。〔註11〕

一、淫行書寫之焦慮

　　情欲書寫對文人而言，無疑是種矛盾：首先，「性」在中國一直是個雖承認其為人之正常欲望，但也被刻意淡化處理。中國傳統重視人的精神層面，其他如食與色等應以節制態度面對。因此，性的功能較重在生殖與家庭維繫上，不重在性的愉悅；即使道教談到性，也是以養生為主要論述。次之，原始時代，人類是處於雜交的自由狀態，後來出現一些禁忌，諸如在進行大規模的捕獵或戰鬥等需要集體行動活動時，避免男女性交，此後男女關係便一步步走向合法婚姻的狀態，〔註12〕它甚至是維持社會秩序的一個重要約束，一旦瓦解，男女關係變成混亂，影響的可能是整個社會的崩解。再則，社會輿論扮演著鞏固道德規範的力量，對於已經潛移默化的價值觀念，並非朝夕可改，因此，情欲的書寫必會遭議。最後，明代讀書人在僧多粥少的情況下，難以獲得一官半職，往往為了餬口，便以寫作作為謀生工具；在當代的出版業中，文人維生的方式有內部財源，如著作版權或外部贊助。〔註13〕總之，一方面，作者有市場價值的考量與自身生計；二方面，此書寫與主流價值相違，作者因此產生書寫上的焦慮。文人欲掩心中焦慮，在兩相

〔註10〕參見〈情與無情：道教出家制與謫凡敘述的情意識〉，李豐楙，收入《欲掩彌彰：中國歷史文化中的「私」與「情」──私情篇》，台北：漢學研究中心，2003年9月初版，頁182。

〔註11〕指情色書寫與書前序之斷裂處，序終場表明改邪為作書的目標，但內容卻極為鄙陋，失去作者原先目的。（參同註5，毛氏著，頁479～480）。

〔註12〕參見《性與中國文化》，劉達臨，大陸：人民出版社，1999年1月出版，頁12。

〔註13〕參見（1）《文學社會學》，葉淑燕譯，台北：遠流出版社，1990年12月出版，頁56（2）參同註3，陳氏著。

討好下，便作了調和，即在書中穿插勸戒言論，如《載花船》（引文參見本書第三章，頁 49）與《繡榻野史》卷三（引文參見本書第三章，頁 51）所言。作者先認定情欲爲人之常情，好爲自己找出合理理由，再以道德勸說者的立場，給予「惟守之以正，裁之以禮」的勸戒。雖然如此，但是以淫制淫的成書理由，使小說內容與作者意圖產生矛盾，形成書寫斷裂。「說教」可視爲作者羞恥心之作祟，作者爲了市場考量，極寫男女淫行，然內心又有道德上的焦慮，便加入道德評論與諷諭，使得艷情小說呈現淫百諷一的狀況。此情況在明代較早期的《金瓶梅》或清初的《肉蒲團》都曾出現。《金瓶梅》中的西門慶縱慾而亡與潘金蓮不得善終，便是作者的說教表現；作者也在第一回指出：

> 酒色財氣四件中，唯有"財色"二者更爲利害。……羅襪一彎，金蓮三寸，是砌墳時破土的鍬鋤；枕上綢繆，被中恩愛，是五殿下油鍋中生活。……善有善報，惡有惡報；天網恢恢，疏而不漏。〔註14〕

再如《肉蒲團》：

> 凡移風易俗之法，要因勢而利導之則其言易入。近日的人情，怕讀聖經賢傳，喜看稗官野史。……不如就把色欲之事去歆動他，等他看到津津有味之時，忽然下幾句針砭之語，使他瞿然嘆息道：「女色之可好如此，豈可不留行樂之身，常還受用，而爲牡丹花下之鬼，務虛名而去實際乎？」又等他看到明彰報應之處，輕輕下一二點化之言，使他幡然大悟道：「姦淫之必報如此，豈可不留妻妾之身自家受用，而爲情珠彈雀之事，借虛錢而還實債乎？」思念及此，自然不走邪路。〔註15〕

《肉蒲團》中的未央生英俊挺拔、貪戀女色，最後竟在妓院遇見自己的妻子玉香，玉香因羞愧而自縊，未央生也感悟出家。

社會的主流價值一向以維持社會秩序爲導向，然作爲小說者，若內容皆是正面性的人物，無逾矩、無衝突、無高潮起落等，是不會獲得讀者的青睞，因此作者便大肆書寫「失去秩序」的人、事、物，這就是爲何會出現較誇張的性愛情節。「失去秩序」其實與個人深潛在冰山之下的意識是同質的，以「享樂」爲原則，是極樂的。〔註16〕然作者又承受道德的壓力，所以被迫轉向極悲的，即給予縱欲者懲罰，書寫

〔註14〕引自《新刻繡像批評金瓶梅》第一回，（明）蘭陵笑笑生，大陸：齊魯書社，1988年出版，頁 11、12。

〔註15〕《肉蒲團》，情癡反正道人（李漁），台北：天一出版，1985 年。

〔註16〕參見《夢的解析》，佛洛伊德（Freud,Sigmund）的潛意識說法，台北：志文書局，1992 年出版。

的撕裂正是作者企圖掩飾及調和兩造矛盾的結果。如《海陵佚史》（引文參見本書第三章，頁 49）與《如意君傳》（引文參見本書第三章，頁 49）

二、勸戒說教之矛盾

作者雖然縱寫情欲，但是給予淫者一個不好的結局，達到以書寫情欲來「止天下淫」〔註17〕的平衡作法。另《癡婆子傳》中勇於追求情欲滿足的阿娜，其罔故人倫綱常，最後因敗節遭夫遣回婆家，從此孑然一生。晚年，阿娜「年已七十，髮白齒落，寄居隘巷」（頁 107），喜談少女時期的淫行，借鏡此事，告誡世人勿重蹈覆轍，這就是樂極生悲。此外，如《海陵佚史》，「海陵遭怨恨，後遭臣子所弒，子孫降為庶人。」再如《繡榻野史》，趙寡婦縱欲而冒風死亡；金氏縱欲過度，無法生育，最後色癆而亡；丫環阿秀、塞紅出嫁後，被轉賣為小娘；大里病死；東門生夜夢趙寡婦等三人受報應而投胎為畜生，醒後，隨即向禪師懺悔，並為丫環小嬌找個婆家，自己則出家，並以自己的故事勸戒他人。豔情小說對於讀者而言就是純粹排解壓力、紓發情欲之用，寫極樂是符合讀者期望。然作者在寫極度淫樂後卻急轉直下，如《繡榻野史》所言：

> 世人專取淫奔野合為歡……不知肆醜閨房，穢彰宇宙，雖身攖毒處，猶迷
> 不悟，縱橫不休，酣戰未已，果人生至樂，無出此歟。〔註18〕

作者除給予故事中主角一個悲慘結局，在指責其「淫樂無度，褻慢無禮，可為俗人道，難與君子言也，雖有腆面目，與禽獸奚異哉」〔註19〕外，似乎在指桑罵槐。

作者給予故事淫亂者一個悲慘的結局，目的不外是想藉「因果報應」的觀念，來寫淫懲淫以制淫。作者利用結局安排，給予淫亂人物懲罰，如讓其輪迴、縱欲而亡、出家、自殺或他殺等，也會以「報復」手段以達成淫亂的合理性。如《繡榻野史》（引文參見本書第三章，頁 53）自己的妻子被人侮辱，就應該「以彼之道，還彼之身」，這為男主角的淫亂行為找到符合情理的解釋。正如《金瓶梅詞話・序》：「淫人妻子，妻子淫人，禍因相積，福緣善慶，種種不出循環之機。」〔註20〕李漁《肉蒲團》第二回也云：「淫人妻子，妻子亦為人所淫。」〔註21〕芸娘與先光勾搭被丈

〔註17〕 引自《繡榻野史》，頁 95。
〔註18〕 引自《繡榻野史》，頁 174。
〔註19〕 引自《繡榻野史》，頁 139。
〔註20〕 引自《金瓶梅詞話・序》。
〔註21〕 參同註15。另據馮翠珍指出：「『我不淫人妻，人不淫我妻』的觀念，幾乎成了誡淫故事的之非正式鐵律。」（引自《《三言二拍一型》之戒淫故事研究》，馮翠珍，2000年，私立文化大學中文系碩論，頁 216）。

夫碩臣發現，芸娘就利用碩臣想報復的心態，要碩臣去淫先光之妻玉姐。〔註22〕某母擔心其與僧的淫行被女兒公開，便要僧也淫女兒，以杜其口。〔註23〕「怕東窗事發，要僧淫小福。」〔註24〕以上隱含一種觀點：一方面將「性」作為報復的手段，另一方面也視「性」為某種酬庸。因此，奈剌忽擔心與海陵交媾一事被婢女阿哈素傳出去，便要海陵也去淫阿哈素（例參見本書第三章，頁 53），表面上先發制人，但意識中卻認為這是給她好處。再如《癡婆子傳》，翁欲通媳婦，媳婦奮力抵抗，翁便曰：

> 我娶之，自我淫之。……翁是至親，今以身奉之，不失為孝。(《癡婆子傳》
> 頁 127）

將性當作報答，除了將女性物化外，基本上與將性視為酬庸工具之說法如出一轍。在此可發現，在當代情欲合一的論述中，是重新正視「欲」，一方面情欲為人的正常欲望，二方面由情帶來的欲望不應壓抑。然艷情小說中的「欲」卻與「情」分開，呈現出單純動物性的欲，著重欲帶來的滿足與愉悅，並可以之為報復或報答的工具。作者將欲的滿足視同快樂，便合理的給故事中人物追求個人欲望滿足的理由，如《海陵佚史》（引文參見本書第三章，頁 48）；又如《玉閨貞》（引文參見本書第三章，頁 48）；再如《別有香》（引文參見本書第三章，頁 48）但只在乎個人，便易忽略他人的利益，如：

> 他今既與射鳥兒搭上了，便不是良人家，我與你今晚趕將進去，強姦他一
> 次。〔註25〕

這就是為何當時政府一心想要禁毀這些小說的原因。就官方立場，舉凡侵犯主流思想與造成社會秩序紊亂的書都將遭禁，如《水滸傳》在晚明也曾被禁，因為它蠱惑人心，造成民眾與政府對立。《水滸傳》如此更遑論這些被視為誨淫的艷情小說。清代唐鑑云：

> （淫詞小說）誘人於邪，陷人於惡，往往未有之事，裝點而為金粉之樓台，
> 以本無之人，雜採而成溱洧之士女，見者心動，捨廉恥而入奇邪，聞者艷
> 稱，棄禮義而談輕薄，人心之壞，風俗之淺，莫甚於此。〔註26〕

小說表面上提供讀者娛樂、消遣與教化，但實際上不僅未達成教化效果，反而模糊

〔註22〕引自《載花船》第二卷。
〔註23〕參見《僧尼孽海》，頁 228。
〔註24〕引自《僧尼孽海》，頁 245。
〔註25〕引自《昭陽趣史》卷上，頁 133。
〔註26〕引自《唐確慎公集》卷五，（清）唐鑑，台北：台灣中華書局，1972 年。

人際關係間的界線。

明代視情、欲為一體，發乎情感而隨之而來的情欲，都是值得珍重的。如湯顯祖在《牡丹亭》中自括主題：「如麗娘者，仍可謂有情人耳。情不知所起，一往而深，生可以死，死者可以生。」杜麗娘的愛是情欲合一的。傳統認為情感應是發乎情、止乎禮，應含蓄表露。〔註27〕豔情小說常寫「情」，然卻縱寫「欲」。小說作者常會自設立場，表明自己寫「欲」是因為有「情」，將其書寫視為理性，想透過「情」來凸顯「欲」的價值性與合理性。如《浪史》（引文參見本書第三章，頁 46）作者先從讀者的角度指出閨房之事正因有「情」，所以爭相傳誦，又以孔子未刪淫詩來支撐自己書寫情欲的合理性。〔註28〕進而一概認為男女閨幃之事皆為有情。然觀小說內容，男主角處處勾引女性，大玩雜交遊戲。《浪史》雖言：

> 貞烈之女，非無懷春之性？人非草木，豈獨無情。（頁 97）

又言：

> 寡婦人家沒有丈夫，翻來覆去，哪裡得自在，無如今年紀老大，就做鬼也
> 罷了，只可惜娘子這樣一個青春容貌，沒了官人，錯過了時辰，不曾快活
> 得。〔註29〕

先將「情」托出，再讓男女性愛合理化，但是全文不見「情」，過分的凸顯「欲」便成淫。縱使《廣陽雜記》指戲文小說「乃明王轉移世界之大樞機。聖人復起，不能捨此而為治也。」〔註30〕然其訓誡功能終究有限。有學者指出：晚明物質發達，文人不避談瑣碎細小之人事物，明知無法載道，卻常透露出「雖小道亦有可觀焉」之心態，因此文人書寫時常擺盪在「小／大、消閒／載道、輕鬆／嚴肅」之中，顯得焦慮、不安。〔註31〕動物性的欲望沉潛在人的潛意識中，它不時企圖突圍而出，唯有在夢境或是現實存在的壓力下，它才會破繭而出。豔情小說中各式各樣的男／女、女／女、男／男關係，有夫／有婦、和尚／尼姑等身分的逾越，不時挑戰著社會主流的道德觀，

〔註27〕 蔡錚雲：「情緒的客觀化自然成為情欲自身表達模式。」（引自《情、欲與文化》，余安邦主編，台北：中央研究院民族學研究所，2003 年初版，頁 77）。

〔註28〕 明、清民間對於小說、戲曲相當喜愛，文人也常將之與正史經典小說比較，以凸顯其價值，更有文人以古人論述──如「孔子未刪淫詩」──來支持其言論。然政府仍認為其不登大雅之堂、危害人心等，予以禁毀。（參見〈元明清三代統治階級對待小說戲曲的態度〉，王利器，收入《耐雪堂集》（補訂本），台北：貫雅文化事業，1991年 2 月初版）。

〔註29〕 引自《浪史》，頁 135。

〔註30〕 引自《廣陽雜記》卷二，（清）劉獻廷，大陸：中華書局，1985 年。

〔註31〕 參見〈物的神話──晚明文震亨《長物志》的物體系論述〉，毛文芳，《中國文哲研究集刊》頁 212，當頁註 63。

可視爲一種夢境。小說中的各種情節有時不一定是生活現況，有時只是想像。

第二節　情色生產與消費之社會意義

情欲較難公開言論，因此書於文字反而是種限制，艷情小說反而突破限制，以最搧情的文字，挑戰道德。男性以公開話語，將私密的房幃之事公諸於世，讓欲望與女性成爲消費商品。〔註32〕

一、情色生產

（一）作者以文字創造視覺情境

艷情小說依賴文字製造視覺情境，〔註33〕以引發讀者欲望，因此該文本便具有生產欲望的能力；其也具有傳達功能，它會強化、消弱或改變讀者的某些看法或價值觀，〔註34〕所以它具有生產新價值觀的能力。艷情小說是種商品，是情欲製造過程中的一環，至於它會成爲何種商品，則端視讀者。〔註35〕

（二）仿製一定模式以表現情欲

艷情小說在生產與消費的關係中，販賣情欲，在故事情節方面，循著「相遇」、「穿針引線」、「私會」的模式；〔註36〕在傳播的過程中，仿製著一定的模式。艷情小說猶如一部欲望機器，不斷的仿製某些固定模式，如性別的表現、性交過程、女性身體等。

在性別表現方面：小說中的性別表現無論異性戀或同性戀，都是種粗劣的複製。如：男性爲陽剛氣質、主動、勇猛有力、精力不洩；女性爲溫柔嬌羞與縱欲淫蕩之

〔註32〕林幸謙說：「男性對於女性心理的忽略，若非導致男性文本，電影中女性人格的扭曲，便是把女性視爲男性慾望投射的對象。」（引自氏作〈女性焦慮與醜怪身體：論張愛玲小說中女性亞文化群體〉，《中外文學》第二七卷第六期，1998 年 11 月，頁 134）。

〔註33〕可視爲視覺符號。

〔註34〕參見《性與理性》，柏士納，（Posner, Richard, A.），高忠義譯，台北：桂冠出版，2002 年，頁 541。

〔註35〕〈正文、性別、意識型態〉，余治中，《中外文學》第一期第十八卷，頁 151。

〔註36〕艷情小說受唐以來愛情小說的影響，作者在書寫上旬著固定的程式。相遇方面，大概有「因慕色而主動」、「因偶遇」、「因色情仲介」、「因近水樓臺」四種情況。在穿針引線方面，因艷情小說中的雙方關係多是非社會期待的關係或是買賣性質的性關係。私會地點方面，常是景色優美的郊野或後花園，不僅氣氛美好，又空間位置上具隱密與邊緣特性。艷遇的模式：地點隱密→女性主動薦枕→離別時的感傷→永不復還。（參見本論文第五章）。

一體兩面；以女性自居的男同性戀則具有女性特質。

在性交過程方面：性交成為文本的重要情節，文本缺乏情感流露。疏於對人物的描寫，好比操縱欲望機器的人，只要照著一定的程式操作：在性交過程中，反覆著誇張的性能力及交媾次數（參見本書第三章，頁 52）；多樣之性選擇（參見本書第三章，頁 38）；永不滿足的欲望與精疲力竭（參見本書第三章，頁 46～47）等情節。

在女性身體方面：女性在文本中扮演滿足男性欲望的身體或物體，雖然女性是貞潔與淫蕩二合一的形象，在情欲被挑起後便十分放縱（參見本書第四章，頁 77～79），主動投入男性懷抱，尋求欲望發洩。其實這僅是作者藉由豪放不拘的女性來滿足、挑動男性讀者的想像。

性別表現、性交過程與女性身體三方面，在各文本中不斷的被複製，代表這些在讀者接受的過程中是被認同的。當讀者易位為作者時，這些認同便被製造與發明，其「生產過程從來不會完成，而且總是附屬於歷史、文化和權力不斷演出的過程中。」〔註37〕這些認同在長期複製下，便有可能成為現實生活中的真實，因此文本中所傳達的單一性別表現、誇張空洞的性交過程與物化的女體，便在男性讀者群中傳播。這些認同將會成為刻板印象固著在男性意識裏，透過與女性交往、文學創造或在公領域中權力的運作中，又再度回到歷史、文化和權力演出的過程中，反覆不斷。〔註38〕

二、情色生產與消費的社會意義

作者在生產的過程中雖然傳達了某些強烈的男性意識，其實也在無形間傳播了新的價值觀。對於豔情小說帶來的負面社會影響姑且不論，豔情小說其實就在扮演揭露的腳色。或許如同作者自言其創作目的在勸世或告誡，但其更大的作用是在「表現」。他不依循道德的唯一價值，不以含蓄朦朧的審美標準，而是殘酷得揭露一個最幽微，也最真實的人性。這些不一定是作者有意識的作為，或許只是意外的收獲。不論所帶來的新價值觀是好抑或壞，都是吹縐一湖春水的新動力，就歷史角度而言，「變」就能帶來生機與活水。豔情小說中出現各種出軌現象，顯示出道德規範不易控制、捉摸不定與深沉的人類本性；就現代意義而言，它讓我們得重新思考，如婚

〔註37〕引自《性與身體的解構》，JenniferHarding 著，林秀麗譯，台北：韋伯文化事業出版社，2000 年 5 月出版，頁 73。

〔註38〕檢閱現代的色情商品或觀察現代男性對於性或女性的觀點，筆者發現其與古代豔情小說或男性意識相差無幾，這就是為何「生產過程從來不會完成，而且總是附屬於歷史、文化和權力不斷演出的過程中。」部分錯誤的觀點已不待思索而成為理所當然。

姻、單一性關係的合理性等諸多問題。

在消費者方面，正如同余德慧所言：「情色話語不受情色語言的控制，它無法預料會掉入那個世界。意味讀者接受程度不同，無法預測他會感受什麼。」〔註39〕縱使作者原先寫書立意不在淫，然對於以消遣性質而消費的讀者，恐怕很難有警醒作用。〔註40〕作者生產誇張、變形、煽情、刺激的性愛，讀者消費的便是想像。女性身體就像符號般被消費，〔註41〕只是形式的不同。《玉閨貞》就有一段男性逛窯子的場景：

> 現時的人們都不愛逛私門頭了，那窯子價錢又賤，還可以白看挑選，並且連那高低、長短、肥瘦、黑白、毛淨都看得見，誰人不愛。（頁 339）

> 兩傍土牆上儘是圓孔，多少下流人伏在上面觀看。（頁 352）

在雅文學中的女性，至少經過美化與包裝，但是通俗的豔情小說便是一絲不掛的呈現在男性眼前，這不僅是排遣，更是男權另一種形式的延伸。

第三節　遊戲心態的情欲書寫與閱讀

就情欲言之，明代是個反省的時代，然筆者不禁要問：明代是否可稱為「性解放」（sexual emancipation）的時代？性解放必須具備何種條件呢？性解放必須有重新檢討「性」意涵的話題或言論，諸如：一、性別，除了兩性身體構造上的先天差異外，應該要去檢討社會規範，即父權制度下所造成的「性別」；二、性認同，去認識及尊重多元的性關係，如男／女、男／男、女／女，並認同鰥夫、寡婦、處女的情欲；三、解構權力建構下的社會，去改變不平等的性節制與禁止。因此，「性解放」

〔註39〕引自〈社會之殘餘：情色文學的本身〉，余德慧，《中央社會文化學報》第五期，1997年 12 月，頁 6～7。

〔註40〕魯迅對讀《紅樓夢》也說：「單是命意，就因讀者的眼光而有種種：經學家看見《易》道學家看見淫，才子看見纏綿，革命家看見排滿，流言家看見宮闈祕事。」。

〔註41〕張淑香：「就消費心理與文化層面的牽涉而言，女性的情色異相為消費，就不再是一種單純的商品，而是一種 Baudrillard 所說的符號消費（sign consumption）」（引自〈男性情色幻想的美典——溫庭筠詞的女性再現〉，張淑香，《中國文哲集刊》第十七期，2000 年 9 月，頁 6。張氏認為溫庭筠詞中的女性意象已被物化並成為一種象徵，夾雜心理與文化的各種沉澱，以滿足男性潛意識的需求，所以女性成為商品。劉紀蕙也認為：男性文本中的女性都不是具象，而是男性心理的替代物。（參見〈女性的複製：男性作家筆下二元化的象徵符號〉，劉紀蕙，《中外文學》第十八卷第一期，1989年 6 月。因此男性文本中的女性，便作為研究男性心理的資料，如李志宏便從才子佳人小說中對於佳人的追尋來分析男性心理。（參見〈試論明末清初才子佳人小說敘事建構的原型模式〉，李志宏，《國立台北師範學院學報》第十七卷第二期，2004 年9 月）。

不應是一種反向操作，積極從事原本禁止的事，如濫淫，而是種意識形態的反思，並反映在實際行為上。〔註42〕我們可從性別、性認同與權力建構三方面，來檢視豔情小說是否完成了性解放活動，可發現：

一、從性別的角度而論

艷情小說表面上是在明代情欲合一的氣氛下，順應著中下階層民眾的需要而書寫的，似乎反抗著傳統對於情欲的不可言性，但若深入探討將發現它充滿父權制度下的男性觀點，視女性為第二性，以「陽具中心」觀點對女性進行二分，即不是貞女就是妓女。小說作者雖視情欲為人類天性，並為調和書寫情欲與社會期許的矛盾，而採取以淫制淫的書寫策略。然其中卻充滿遊戲性，以滿足男性欲望的性遊戲，編造詭異並令人難解的場景，並在情節中安插一個讓不在場的讀者得以窺探的位置。如《海陵佚史》：海陵表兄安定奉命使宋，因擔心妻子奈刺忽夜晚不敢獨睡，便要海陵入住其書房，以就近照顧妻子。奈刺忽想要引誘海陵，便以其夫請託海陵照顧之由，順理成章的在房內中另設一床給海陵，一方面讓海陵實現承諾，二方面另置一床，並未同床，以免落人口實。〔註43〕

> 海陵曰：「丫鬟們平昔在那裡睡的？」奈刺忽曰：「都在兩邊小房內安宿，
> 只有這丫頭阿哈素在我床前睡。他年紀小得緊，睡臥不知顛倒的，就是我
> 和你幹事，他也不曉得。（《海陵佚史》上卷，頁133）

另《別有香》：寡婦、兒子、姪子同在一床，寡婦與姪兒交媾，寡婦之子竟不知。又

〔註42〕賴守正：「解放的政治目的的實踐和目標是性認同的建構，是去改變那些造成不平等或者有權力效應的性認同的意義，而不是節制或禁止各色各樣的性慾望。」（引自〈獨特性癖與社會建構——邁向一個性解放的新理論〉，賴守正，收入於何春蕤編，《性／別研究的視野——第一屆四性研討會論文集》（下），台北：遠流出版社，1997年11月20日初版一刷，頁111）「性別認同」為了符合法律或道德（意謂社會建構以某種視為性的正常，凡符合這所謂的性正常才算是符合法律的、才有道德的），在社會建構下失去了多元性。社會建構專注在家庭、婚姻上，必定無法關注到個人的性差異，失去多元性的性生活方式，便產生壓抑與懲罰。性在如此的情況下被建構出，是如此之狹隘，人們是違反法律者為「非」、為「錯」，然這種性生活方式真的是錯嗎？我們到底要站在種基礎上去討論？法律與社會秩序觀點，？生物學觀點，承認生物個體之差異，進而包容所有存在的性差異，包括性變態（此性變態沒有正確與否，僅作為常態的相反意解釋）、獨特性癖（有非社會建構的涵義，參見〈獨特性癖與社會建構——邁向一個性解放的新理論〉，甯應斌收入《性／別研究新視野——第一屆四性研討會論文集》，頁127）？如果這種少數人的性變態影響了多數人的生活，那是否要壓抑？因此我們可以看出生物的「性」與法律規範下的「性」中間有段緊張與矛盾，要社會有秩序，必定要壓抑某些性變態。

〔註43〕參見《海陵佚史》下卷，頁134。

如《繡榻野史》：趙寡婦之子趙大里到外地辦事，金氏便以寡婦無人陪伴之由，將趙寡婦邀請至家，並要丈夫姦淫寡婦，以報復趙大里。當晚，金氏與寡婦同房不同床，東門生先與金氏交媾，再引誘寡婦。金氏、趙寡婦、東門生、阿秀、小嬌、塞紅等都睡在一間房，東門生與小嬌交媾，大家都渾然不覺，直待阿秀起床如廁時才發現。再如《癡婆子傳》：一男兩女同床，一對男女同床交媾，另一女起先不覺，後察覺，該女以謊話帶過，另一女竟相信。這些情節除了不太合常理外，也都有個特點，即刻意將局外人與男女主角放置在同一空間中，而局外人看似在同一個空間中，但對於男女主角的所作所為卻都渾然不覺，毫不相干。其實這些局外人是作者刻意預留出來，想讓讀者填補的位置，讓其身臨其境。

作者除了在故事中給予讀者一個觀看的位置外，還安排讀者加入其中遊戲。

> 高張燈燭，令室中輝煌如晝，……始與阿里虎及諸嬪裸逐而淫。……迨晚，（阿里虎）復設地衣，是諸嬪爲裸逐之戲，以待海陵，冀海陵盡興與己，而以餘波及諸嬪。……重節見海陵之溺愛己，乃曲意承顏，委身聽命，含羞忍痛，勉強支吾，唯恐海陵之興有不盡。（《海陵佚史》上卷，頁 57、60）

這場一男對多女的裸逐之戲在輝煌如晝的空間中進行，不視羅幃情事爲隱密、爲私密，並公然裸裎，相互交戲。又如《僧尼孽海》：宮女、僧徒交接於宮中，宮女戲語問僧徒：「如我今日穢汙佛門，該落第幾層地獄？」僧徒應守佛門清規，今卻與女在清修境地「短兵相接」，代表寺中建立的道德的瓦解崩盤。男女在性愛過程裡也被誇大爲一場不合情理的遊戲，如《昭陽趣史》中一段場面壯觀的性愛遊戲（引文參見論文第三章，頁 43），作者以千餘字來描述這場近五十人的集體雜交場面。雜交（參見本書第三章，頁 43）、出借妻子（參見本書第三章，頁 44）、亂倫（參見本書第三章，頁 44）、偷拐搶騙（參見本書第三章，頁 44～45）等式的性愛，都是以遊戲心態，不僅未能達成性解放，反而使社會道德淪喪。縱欲式、〔註44〕遊戲式的情欲紓解，尋求性能量的解放，尚談不上「性解放」，僅是低層動物性的需求。〔註45〕性淪爲一場戲謔性的遊戲，對其誇張不合理的情節，不禁令人莞爾，如此的書寫方式其實與情色笑話一般，以戲謔方式適度紓解禮教對情欲的壓抑。〔註46〕

〔註44〕「被壓抑而變形的性慾望，一旦被喚醒，便會以變態的形式迸發出來，走向另一極端──縱欲。」（引自《中國古代小說中的性描寫》，矛盾、傅憎享等著，大陸：──百花文藝出版社，1993 年 3 月第一次印刷，頁 110）。

〔註45〕關於眞正的性解放可參見《不同國女人》，何春蕤，台北：自立晚報出版社，1994 年 9 月第一版二刷，頁 46。

〔註46〕參見〈明清笑話中的身體與情慾：以《笑林廣記》爲中心之分析〉，黃克武、李心怡，《漢學研究》第十九卷第二期，2001 年 12 月，頁 371。

除了遊戲式的性愛外，文本也呈現暴力式的性愛，或可稱為「暴力色情」（pornography），意即刻意誇張性能力與器官，並濫用權力去強暴、侮辱、醜化另一個身體，〔註47〕如以報復心態去強暴他人、利用權力強佔為私有或將自身情欲發洩在他人的痛苦上。（舉例參見本書第三章，頁 53）

二、從性認同的角度而論

雖然豔情小說出現多種的性關係，也安排了各種式樣的性遊戲，供讀者宣洩，然也間接促成男性與女性情欲對話的可能，並「說出」他們的情欲。雖然作者書寫情欲的目的不在此，但是我們可以合理的推測，其中部分內容是當代民眾情欲觀的反映。作者生活在當代，不可能完全以臆測方式書寫情色，必在某種程度上以現實生活為基礎，正如「非世上先有是事，即令文人面壁九年，嘔血十石亦何能至此哉。」〔註48〕筆者之意並非當代人一定同《昭陽趣史》中的性愛場面般，而是如佛洛伊德認為：人類潛意識下沉潛的欲望，會在現實生活中以各種方式展示。性話語不必然等同於性解放，但透過更多的「說出」，能使性話題之能見度提高。在豔情小說中，有「同性戀」（參見本書第三章，頁 383）、「寡婦」（參見本書第三章，頁 41）、「僧尼」（參見本書第三章，頁 42）情欲的被說出。

同性戀在明代雖然也受到各方撻伐，以之為恥，如嘉靖年間，法律就禁止男同性戀從事性行為之禁令。然當代好男風的情形恐怕僅是一時的流行，並非真正的同性戀。若自當代同性戀大增的現象觀之，或許是當時社會採較寬鬆的態度。明代同性戀的實際人數雖無法估算，但是可確信的是同性戀確實存在。

夫死未改嫁的寡婦可謂中國古代婦女淒涼的一頁，她在衡量法律、社會輿論、經濟利益的考量下，作出守寡的決定，這是作為社會地位低下的婦女最沉重的抉擇。男性為了鞏固自身利益，竟讓婦女為生而寂寞一生，為節烈而甘願死。在《繡榻野史》有段寡婦在守寡歲月裡的心情，頗耐人尋味（引文參見本書第三章，頁 41～42），所謂「枯桑知天風，海水知天寒。入門各自媚，誰肯相為言。」（〈飲馬長城窟行〉）思念的心情大概只有當事者自己最明瞭，孤寂的生活將是可預見的長久。在諸多文本中，能夠站在寡婦的立場說出心聲，給予同情，甚至道出：

人生在世，唯求快樂，夫人何苦守此小節，誤了青春。（《別有香》，頁 45）

〔註47〕參見〈色情文學：歷史回顧〉，廖炳惠，《聯合文學》第七卷第十一期，1991 年 9 月，頁 150～151。

〔註48〕引自《水滸傳》一百回本（容與堂刻本）卷首評語。此評語也有人認為是葉晝所云，參見《中國小說美學》，葉朗，大陸：北京大學出版社，1982 年，頁 28。

寡婦情欲的「被說出」後，無論是否受到正視，這些情欲合一的思想都是吹縐湖水的風，影響著晚明，如馮夢龍等人對於寡婦便是寄予另一番同情。

《僧尼孽海‧題詞》：「男子生而有孽根，女子生而有孽窟。以孽投孽，孽積而不可解脫。積壞成山，積流成海，積孽詎無所極乎！」佛家認為男女性欲常帶來孽緣，因此要門下僧尼清心寡欲，才能修緣佛法。《僧尼孽海》中多記不守清規的僧尼，有僧扮女裝拐騙婦女，有自設密室私藏婦女，有僧尼私通，有尼私藏男子等，此當是壓抑過度，造成縱慾。《古今小說》就說：世間有四種人惹不得，會沾上是非，其中之一便是指僧尼。〔註49〕

> 日見婦女入寺燒香，有禮佛即出者，有遲留半日而出者，有晨而入暮而出
> 者。諸婦女出寺之時。體態端嚴，雲鬢修整者，固有其人，而鬢亂翠欹眼
> 垂面赤，輕挑跳蕩者，十有八九。《僧尼孽海》，頁206）

在當時家訓中常告誡婦女少接近廟寺或僧尼，再和《僧尼孽海》所記錄的僧尼活動情況相對照，真實性相當高。另沈德符《萬曆野獲編》有言：「尼僧有外假清修，內恣淫欲者，女人寺禮佛，因被姦汙。」〔註50〕

三、從解構已建構的權力角度而論

性解放除了要有論述與重新檢討性別、性認同等議題外，還需有積極的行動以修正不正確的性觀念。

艷情小說的作者對於情欲有自己的價值觀，將「閨房兒女之事，敍之簡策」，〔註51〕認為「世界以有情而合，以無情而離」，〔註52〕就已重新將情欲提升到人生較高的位置，甚至高過君臣關係，這已經有別於以往對情欲的觀念。但是反觀文本內容，卻是動物性欲望大過情感，並且情與欲是分開的。文本中空有新的價值觀，卻沒有積極解構的動作，僅是進行反向操作，以縱慾來反制壓抑，因此情欲的書寫中不僅充滿遊戲性，也在過度狂歡、極樂裏一度瀕臨死亡，呈現出空乏的心靈與人生價值的失落。如《浪史》（引文參見本書第三章，頁48）；又如《昭陽趣史》：

> 成帝耽於酒色，精力衰憊，行步遲澀，肉具軟弱，不能交合。（頁218）

後方士獻藥，成帝服用七粒，隔日便嗚呼哀哉。再如《玉閨紅》：張泰來與張小腳程

〔註49〕參見《古今小說》，（明）馮夢龍，大陸：上海古籍出版，1987年，頁15。
〔註50〕引自《萬曆野獲編》卷27，沈德符，大陸：北京中華書局，1959年出版，頁685。
〔註51〕引自《浪史‧序》，頁37。
〔註52〕同前註。

成婚後，便縱淫致死。因此老聖人說：

> 鑽穴相窺，踰垣相從，則父母國人皆賤之，可見不只是被人輕視，反倒連
> 性命也保不住。（《玉閨紅》，頁 324）

所以「男女情慾，貪之有損無益。」〔註53〕性遊戲與死亡相連繫，這種縱淫已接近一種極限體驗狀態。〔註54〕那是「人類存在以迷狂銷魂、混亂殘酷為特徵的非理性的一面，是人們在夢的至深處，或在醉酒、吸毒，進入性愛高潮、面臨生命危險等等情況下，發生自覺主體『消解』的時刻，而且無論在什麼情況下，這種體驗都與『死亡』緊密相連。」〔註55〕在前文提及的《昭陽趣史》中近五十人的雜交場面，正似精神崩潰、狂亂和死亡的極限體驗。（可併參本論文第三章，頁 43）

　　艷情小說在書寫斷裂下，呈現狂歡式的、極限式的性愛，未能將以男性權力為中心所建構的不平等兩性社會解構，無法消除消極的壓抑，也無法積極的生產建構，反而投入另一個更讓人迷惘、空虛的性愛遊戲。艷情小說在生產與消費的關係中，販賣誇張、變形、煽情、刺激的性愛；在傳播的過程中，仿製著一定的模式，如性別的表現、性交過程、女性身體等；讀者便是以女性身體為符號為消費對象。

第四節　艷情小說之欲與死及《三言》《二拍》之愛與死

　　明清兩代禁書甚於前朝，舉凡異教、邪術、極端言論等，足以影響讀者甚至動搖國本者皆在此列，而《三言》《二拍》等書也因有男女交媾、穿牆逾矩、縱欲淫亂等情節，被視為淫書並遭禁。《三言》《二拍》的出版，一方面代表其有預期的市場，二方面其雖部分由編者自意蒐集並加潤飾成書，或依據擬話本改編、新創，其皆隱含編、著者主觀想法，而此想法具有普遍性，或許可以反映當代民眾對於愛欲的觀念。情欲的書寫向來處於矛盾與尷尬的地位，一則情欲是身為人最正常的表現，二則情欲時常與社會理性的道德規範相牴觸，在政府，禁與不禁難以拿捏；在作者，寫或不寫，如何呈現美感，都屬難事。在男女關係方面，《三言》《二拍》與本論文所研究的艷情小說相同，呈現出多樣性，諸如未婚男女私定終生、婚外情、僧尼苟合、同性戀等，然在情欲書寫的表現方式與作者內在動機卻

〔註53〕引自《載花船》卷二，頁 82。

〔註54〕極限體驗簡單的說就是「自殺與癲狂」、「犯罪與懲罰」、「性愛與死亡」的體驗。（參見《人類情感的一面鏡子——同性戀文學》，矛鋒，台北：笙易出版，2000 年 4 月初版一刷）。

〔註55〕引自前註，頁 373。西方學者傅柯（1926～1984）在最後一次到舊金山時，便明確的、自覺的體驗過這種「夢幻興奮」，這對他後來著作《性意識》有一定的幫助。

多有不同。〔註56〕

一、情欲書寫

　　就情欲書寫的表現言之，《二拍》〔註57〕較《三言》更爲大膽，而艷情小說更甚於二拍。《二拍》側重寫實，艷情小說則寫實外呈現出色情狂，對於性交方式或性器官的詳細描摹，讓讀者覺得它僅是爲表現而表現。《三言》描寫情欲當然有過於淫佚者，然多幾筆帶過或以隱喻方式，如「紅粉妓翻粉盒，羅帕留痕；賣油郎打發油瓶，被窩沾濕。」（《醒世恆言》〔註58〕卷三，頁61）「一念願邀雲雨夢，片時飛過鳳凰樓」（《醒世恆言》卷十六，頁312）《喻世明言》〔註59〕卷二十三更以曲〈南鄉子〉描寫男女交媾的過程：「粉汗羅衫爲雨爲雲底事忙，兩隻腳兒肩上開，難當，顫春山入醉香，忒殺太癲狂，口口聲聲叫我的郎，舌送丁香嬌欲滴，初嚐非蜜非糖滋味長。」其不直接描寫性器官，或流於動物性的欲望衝動，卻更能引人遐想。《二拍》較《三言》描寫大膽直露，並以「奇」吸引讀者，如多人性愛（《初刻拍案驚奇》卷二十六）、寡婦與道士（《初刻拍案驚奇》卷三十四）等，並且性愛情節佔小說篇幅有更勝之傾向。

　　整體而言，《三言》《二拍》的情色書寫大多爲襯托男女情感之濃厚或爲凸顯腳色性格，而本論文研究的艷情小說並不以此爲目的，其中男女呈現性飢渴或色情狂，男性的性能力也蔚爲奇觀，一次交接四、五千回，或交媾時間長達數小時者相當常見，〔註60〕性愛情節幾乎佔小說篇幅一半以上，並且小說中的人物似乎僅以欲望的發洩爲目標，不斷追尋交媾對象。在情欲書寫內容上，《三言》《二拍》與艷情小說大同小異，大概如未婚男女密會、婚外情、同性交媾、僧尼縱慾、拐騙等，反映市民階層的婚戀生活，由各面向來表現商人、商婦、小販、思春少女或寡婦的內心情欲世界。

〔註56〕　本節關於《三言》《二拍》的情色書寫特色，以陳秀珍〈三言二拍情色意涵初探〉的研究結論爲論述基礎，以下不再註解。該篇收入《《三言》、《二拍》情色世界探究》，私立東海大學中國文學系碩論，2001年6月。

〔註57〕　（1）《二刻拍案驚奇》，（明）凌濛初，楊家駱編，收入《增訂中國學術名著》，台北：世界書局，1967年12月再版（2）《初刻拍案驚奇》，（明）凌濛初，楊家駱編，收入《增訂中國學術名著》，台北：世界書局，1967年12月再版。

〔註58〕　《醒世恒言》，（明）馮夢龍，收入《馮夢龍全集》，大陸：上海古籍出版社，1987年出版。

〔註59〕　《喻世明言》，（明）馮夢龍，收入《馮夢龍全集》，大陸：江蘇古籍出版社，1993年3日第一版。

〔註60〕　如《浪史》頁69、70、78、108。

二、艷情小說之欲與死及《三言》《二拍》之愛與死

　　豔情小說與《三言》《二拍》皆認同「性欲」是人的正常本能，然「欲」在各文本中卻佔不同份量。馮夢龍曾說：「天地若無情，不生一切物。一切物無情，不能環相生。生生不滅，由情不滅故。」(《情史·序》)夢龍視情為一種生命動力，而欲是應情自然而生，以此觀《三言》《二拍》，便可明瞭男女情愛或婚姻皆因此而生。而情愛也往往與死亡相連，當主角對於愛情全力以赴時，便奮不顧身，最後終於以喜劇收場，如劉惠娘(《醒世恆言》卷八)、羅惜惜(《初刻拍案驚奇》卷九)。當有情人在世雖無法結合，便在死後相守，如〈金明池吳清逢愛愛〉(《警世通言》卷三十)、〈鬧樊樓多情周勝仙〉的周勝仙(《醒世恆言》卷十四)；當主角為愛犧牲奉獻後，卻遭對方負心以對，也以死的極端實現來表達最沉痛、最極端的抗議，如〈杜麗娘怒沉百寶箱〉(《警世通言》卷三十二)、〈王嬌百鶯百年長恨〉(《警世通言》卷三十四)、〈金玉奴棒打薄情郎〉(《喻世明言》卷二十七)、〈滿少卿饑附飽颺〉(《二刻拍案驚奇》卷十一)等。在愛與死的故事中，不僅凸顯了明代男女對於愛欲的正視，也跳脫了傳統認為國家政治較個人情愛來得重要，甚至可以為仁義犧牲生命，《三言》《二拍》正重估了人的生命價值。〔註61〕此外也重視人的主體性，尤其女性。明代李贄云：「天生一人，自有一人之用。」〔註62〕如果李贄是對以人為本之價值提升，那麼《三言》《二拍》便是對女性愛欲的張揚。先不論情欲的滿足與道德規範能否兩全，女性能夠勇敢並大膽追求愛情與性欲的滿足，如〈新橋市韓五賣情〉中的女子金奴「放出那萬種妖嬌，摟住吳山，倒在懷中，將尖尖玉手扯下吳山裙褲。」(《喻世明言》卷三)又如〈赫大卿遺恨鴛鴦〉中的女尼「真念佛，假修行，愛風月。」(《醒世恆言》卷十五)再如〈況太守斷死孩兒〉中守寡十年的邵氏「禁不住春心蕩漾，慾火如焚」，而十年清白成虛。(《警世通言》卷三十五)中國男性一向三妻四妾，因此對於情欲的束縛較小，反觀女性，選擇配偶的權力小，已經犧牲了主動追求愛情的選擇，又婚姻是否繼續的主動權不在自己，個人的情欲便被犧牲。若以此角度觀看《三言》《二拍》中已婚女性的婚外情、寡婦棄守節操或妓女對愛情的渴望等，都是可以獲得同情的。

　　明代對於人性價值的重新探索，對人欲的追求，都是當時代的檢討核心，但是在拋開天理束縛的極端彰顯後，便是性欲的放縱，如豔情小說故事裡，人為追求性欲的滿足，不斷的性交，不斷的利用輔助性工具(如春意畫、淫具、春藥等)，呈現

〔註61〕關於《三言》《二拍》愛與死的情節，可參見《《三言》《二拍》愛與死故事探討》，陳嘉珮，國立中興大學中文系碩論，2004年1月。
〔註62〕引自〈答耿中丞〉，收入《焚書》卷一，大陸：北京中華書局，1974年出版。

漫無目的,到達人性最深層的、無意識的瘋狂程度,如此的狂亂使人遊走在死亡邊緣。因此,《三言》《二拍》是對愛情的捍衛而以犧牲生命爲代價,艷情小說則是爲了性欲的滿足,成爲交媾的機器,以生命的耗損來完成一次一次的性高潮。

三、情欲張揚與道德教化之抉擇

《三言》《二拍》承襲擬話本穩定的結構模式,即事理相套的模式,事中出理,以理引事,事與理連環相扣,增加說服力量,給予讀者警示、醒世的教育功能,此當是傳統思維並文以載道的文學功能下應運而生的。〔註 63〕但是要如何達成教化讀者的任務呢?馮夢龍以爲:六經國史尚理,然病於艱深,無法觸動一般百姓的心,因此《三言》便以俚俗的形式,「明者取其可以導愚也,通者取其可以通俗也。恆者習之而不厭,傳之而可久。」〔註 64〕凌濛初也持與馮氏相同的理念,認爲小說「語多俚近,意存勸諷,雖非博雅之派,要亦小道可觀。」〔註 65〕當時代「承平日久,民佚志淫,一二輕薄惡少,初學拈筆,便思污衊世界」〔註 66〕因此凌濛初便受馮夢龍編輯《三言》的影響,而著《二拍》,使讀者聞之足以爲戒。馮夢龍與凌濛初以「情」爲理念基礎編纂與創作,然有情便自然產生欲,若要讓情欲的發展順應自然,就不免會與社會道德規範相牴觸,因此《三言》、《二拍》中呈現出情與理相互徘徊的窘境。作者雖然尊重並凸顯男女對戀愛與婚姻自由選擇的價值,如《醒世通言·宿香亭張浩遇鶯鶯》:鶯鶯主動對張浩表示好感並私會後花園,然張浩另有婚約,長輩之命難違,鶯鶯逼迫父母與官府,終於以從一而終的意志戰勝那紙長輩代訂下的婚約;又如《醒世通言·崔待詔生死冤家》的秀秀與《二刻拍案驚奇·李將軍錯認舅》的翠翠,不顧門第懸殊,勇敢追求愛情。但其對情乃採節制與禮儀原則,因此,仍不免的以傳統道德觀念對部分人物的評價標準不免仍,如《喻世明言·蔣興哥重會珍珠衫》:王三巧因不守婦道遭興哥七出,爾後幾經波折,成爲興哥之妾,三巧的結局雖不至悲慘,然作者於卷首的「只圖一時歡樂,卻不顧他人百年恩義」一番話,已暗自批判了三巧。又如《警世恆言·

〔註63〕 大致上有兩種結構:一(1)入詩(2)入論(3)入話(4)入話之結詩或正話之入詩(5)正話(6)結話(7)結詩;二(1)入詩(2)入論(3)正話(4)結詩。若以「A」代表理,「B」代表事,則第一種結構爲「ABABA」,第二種結構爲「ABA」;無論採以上何種結構,其論理的成分都明顯及清晰。參見《明清小說的藝術世界》,黃清泉、蔣松源、譚邦和著,大陸:華中師範大學出版社,1992 年 6 月第一次印刷,頁 119~125。

〔註64〕 參同註 58,《醒世恆言·序》,頁 1。

〔註65〕 引自參同註 57,《拍案驚奇·序》。

〔註66〕 引自同前註。

吳衙內鄰舟赴約》：閨秀賀秀娥私定終身，又不顧父母反對，堅持自主婚姻，終究達成心願；表面上女主角自主婚姻的舉動頗讓人鼓舞，其實是作者企圖以合法婚姻，補救男女苟合所背負的不合父母媒妁的禮儀原則，也弭平了情與理的矛盾。《喻世恆言・閒雲菴阮三償冤債》中的陳玉蘭與阮三在女尼的撮合而私定終身，後阮三縱慾猝死，玉蘭懷孕；如此情節顯然違背社會道德，因此作者便安排玉蘭堅定從一而終的信念，守寡並撫養兒子成人。在《三言》、《二拍》中，有大膽的情慾書寫，但仍有以道德爲單一標準對主角評判，呈現出作者在情與理抉擇時，又必須掌握讀者閱讀水準與喜好。《三言》、《二拍》一方面在編、寫者有意以通俗形式傳達人生道理，二方面在結構上承襲擬話本的事理相套之模式下，小說中呈現濃厚的以因果論或生死輪迴的警惕方式，藉之達成對讀者的道德控制。

　　文人畢竟與民間說話人不同，其運用文字語言的方式也不同，除了要迎合讀者的閱讀需求，又要在通俗之餘維持作品的水準與寓教於樂，實屬難事。〔註67〕如再深入的觀察，將可發現作者雖以教化讀者爲目的，然文中穿插的勸誡言論又予人僅是應景，如「求快活時非快活，得便宜處失便宜。」〔註68〕又勸人莫好淫，卻又以大篇幅描寫男主角如何與女尼、兩童女交媾，比重拿捏明顯是先以讀者喜好，再以教化目的。《三言》、《二拍》如何在婚外情、男女交媾、寡婦僧尼縱慾的情節中，又要讀者誡記道德警訓？閱讀有時是種夢境的滿足、現實的補償或娛樂，講求即時性，只要當下愉快、獲得補償，道德的控制成效難以估算。作者與讀者之間難以雙向交流的情形下，豔情小說的「以淫制淫」更顯妄說，其中的淫亂情節更甚於《三言》、《二拍》，肉麻穢口中顯出作者書寫矛盾與心理焦慮。

　　矛盾曾把中國文學內的性慾描寫斥爲「惡魔道」，但是如果換個角度思考，人之情慾本是錯綜複雜並難以描述的東西，〔註69〕讀者對於作品的接受總是作者難以預期的。

〔註67〕　參見〈《三言》《二拍》與雅俗文化選擇〉，吳建國，《中國文學研究》2000 年第二期。
〔註68〕　引自同註59，第一卷〈蔣興哥重會珍珠衫〉。
〔註69〕　「矛盾把中國文學內的性慾描寫斥爲「惡魔道」，也許是根據『萬惡淫爲首』而來。成年男女兩相情願，通過交媾以滿足人性中最自然、最根本、也最強烈的需求（所謂『食色性也』）未必不是神仙道；畢竟，人有理性，會運用語言，能創造環境，如果交媾不以生育爲目的，不完全爲下意識所左右，不純受工具理性的制約，而逝至情至性的流露，當然可以成爲『神仙道』。但做爲文化存在的人，即使心一橫乾脆到底也必然無法像貓狗般順作本能的衝動辦事，眞正的雲雨之樂要靠天時、地利、人和種種因素巧妙配合，纔能契及，性交來說簡單其實錯綜複雜，堪稱古今中爲無數大德百思不得其解的公案。」引自《中國歷代禁毀小說漫談》，王從仁、黃自恆等編台北：雙迪出版，頁1。

第七章 結 論

　　本論文主要以研究明代豔情小說中的男性以及與小說相關的男性之心理特徵。一般而言，豔情小說的作者多為男性，其筆下的男性，有時是作者心理狀態之呈現，也時是當代男性的圖像，而豔情小說的創作是作者在個人經濟因素、圖書市場與消費者的期待下，有意創造的商品。因此，若從男性心理的角度觀之，豔情小說從作者、圖書市場到讀者，勾勒出明代男性部份的情欲圖像，從小說的創作到接受過程中，男性的性心理不斷的影響他人或被影響，意即：男性的性意識透過豔情小說而傳播。此外，小說中的女性有是研究男性心理的另一個角度，一方面，情節中女性的言行舉止，有可能是男性的心理期待；二方面，中國女性的思維與行為模式是在男性教育下形成的，因此，從對小說中女性的研究，或許也可成為研究男性性心理的另一片拼圖。

一、明代情色書寫的裸露程度甚於前，人性中情感的部份減少，動物性的欲望增加

　　先秦時期，民間樂府與文人古詩所欲表達的主題皆不出男女情愛，然民歌多敘事，表達情感較直接；文人古詩則重抒情，含而不露，委婉深情。

　　魏晉南北朝的詩歌，無論如何表情，其實都在訴說著一種身為人皆有的私密情感，當然包括生理欲望。自文人宮體詩觀之，表面上是描摹女性外在體態情貌及女性周邊貼身物品，內在實受情欲驅遣。民間歌謠向來以直寫與淺露為特色，除了男女情思外，對於性的渴望更是毫不扭捏地表達出來。

　　唐初張文成的《遊仙窟》與唐末白行簡的〈天地陰陽交歡大樂賦〉，是中國古代情欲書寫的轉變關鍵。《遊仙窟》以第一人稱寫男子艷遇的小說，直寫男女交媾過程，可謂是明代艷情小說之先聲。張文成在桃花窟一夜風流的故事與陶潛「桃花源」及

劉阮在天臺遇持桃仙子傳說匯流後，成為男子豔遇的仙境，並在晚唐詩中成為隱喻。白行簡的〈天地陰陽交歡大樂賦〉寫兩性活動、性器官、性反應等，乃從男女生理與心理層面對情欲的探索，以文學形式來敘寫房中術內容者，在中國文學史上恐怕是首作。

宋代部份詞作，風格香豔，內容多涉愛情或閨情。金元時期的戲曲，其情色表現更為大膽，此與民眾消費有關。文人創作遷就商業都市百姓的娛樂喜好，所以從詞到曲，其風格逐漸庸俗化，題材方面多涉性愛及戲謔化。由此可知，當中、下階層的民眾興起，成為帶動社會經濟活絡的關鍵時，情欲書寫遂迎合民眾口味，直截淺白的語言或市井粗語，也正代表娛樂市場的通俗化。

明代情欲書寫的特色在於裸露的身體與淫穢的語言，因為它直露，所以缺乏美感與想像，無論小說抑或民歌皆是如此。此現象的產生與整個時代的政治與社會環境、思想及審美觀相關。因雅俗共賞的審美需求，如小說，便披著文學的形式，其實潛藏淫穢語言、低級趣味與兩性性事。性為生活的一部分，然一旦它必須進入藝術領域時，就必須以一種符合美感的形式表達，所謂符合美感就必須以理馭情，以藝術手法如譬喻或象徵表現。然明代的情欲書寫，語言極露、搧情，書寫兩性性行為已直露，缺乏美感。

二、男性對女性的「凝視」形成一種控制力量，這股力量的背後呈顯出男性視女性為「第二性」與「陽具中心」心態

中國男性以資訊、合法、強制、獎賞等四種權力達到監控女性的目的，並且婦女在男性凝視下多具嬌羞特質，呈現陰柔氣質。豔情小說中的女性多兼具嬌柔與羞愧，便是男性因陽具自大認為女性多淫心態的反映。同時作者也透過不好的結局安排，以懲罰淫蕩女性，如殺害或幽禁女性、女性自我了結等，然此僅針對女性，對於男性多採不懲罰或寬鬆的處罰方式，如出家。嬌羞的女性，使得易於被男性控制；羞愧的女性則反映出男性藉著文化與社會輿論之機制，達到懲罰女性的目的。

豔情小說中，女性在情欲滿足裏呈現歡愉與痛苦的兩極表現，此女性情態是發自男性觀點，表面上看似女性主動尋求性愛的歡愉，然卻潛藏著男性意識下以「陽具」為中心的觀點。男性將性關係建立在女性必定要透過男性陽具方能獲得滿足，男性並以「陽具」作為對女性的酬答獻禮。男性的「陽具中心」也表現在書寫中用字遣辭上，豔情小說中常以「軍隊」譬喻性行為。男性對女性嬌羞的期待與視女性內在實為淫蕩，便是男性本質的反映；嬌羞的貞女代表男性在理性狀態下的表現，淫蕩的妓女便是男性潛意識中欲望蠢動的部份。兩種極端女性形象的相互拉扯，使

得男性非自覺的透露於書寫中，一方面男性得承受道德的束縛，另方面男性的情欲卻不斷的想衝出理性藩籬，豔情小說的出現便是另種形式的紓壓方式。豔情小說中，兼具貞女與妓女的形象者是男性集體潛意識中的女性原型，此原型反射出男性在理性／非理性的矛盾心理。

三、作者於小說中構築一個「情色花園」，即男性的「色情的理想情境」

對於明代的豔情小說而言，其中經作者所構築的情欲花園，不僅是作者自身，恐怕也是當代男性共同的花園，有學者稱之為「色情的理想情境」（pornotopia）。這樣的花園其實不陌生，在許多的文本中都曾出現，其共通點是「邊緣性」，某些不正常的性行為都會在偏僻、隱密的空間中進行，所以邊緣性的空間已被賦予「非法」意涵，具有貶義。既然一個空間是人際間之互動關係、道德觀念、權力機構與主流價值等共同運作並展現出的一個場域，因此，我們也可以從呈現出的空間與空間中之身體的行為舉動反向追溯。

男女主腳的相遇，以「慕色而主動」與「色情仲介」情況居多，顯示外貌美醜則是是否採取下步行動的關鍵。然相遇的目的是以交媾為目的。而達成交媾目的需有中介者，因此奴婢、小廝、三姑六婆或牽頭，其為有權勢者之性欲紓解對象或獵誘女色的共犯，並扮演居中穿線，如傳遞物品或刺探對方心意的工作。雙方互贈的物品除了表達情意外，在豔情小說中更以極具性暗示之物品如貼身衣物，贈與對方。此外，主動透過居間者向意愛人求歡者以女性居多。男女私會或豔遇的場景常是景色優美的郊野或後花園，不僅氣氛美好，又空間位置上具隱密與邊緣特性，一方面受禮教束縛，二方面避人耳目；呈現出對性的禁忌。此外，明代豔情小說也承襲豔遇的進行模式：地點隱密→女性主動薦枕→離別時的感傷→永不復還。若是豔遇故事時，則符合以上全部模式；若是一般豔情故事，則僅具「地點隱密」、「離別時的感傷」情節。由此可知，男女私情會刻意選擇隱密的空間，並在歡娛過後出現別離前的感傷，此情節當承襲才子佳人小說。

晚明男女私會的「後花園」不純然是個具體的物質空間，它是個能指，將我們引導到另一個世界，即晚明男女的情欲身體。該身體在空間中的舉措反映了該空間的「空間邊緣性」與「時間昏暗性」特質，此都為了逃避社會眾人眼光的監控。因此「後花園」成為一個隱喻，它可以是某個角落、小巷、曲房、閨房、空屋、暗處、無人處等。地點的選擇也凸顯出中國對性的禁忌與對性的監視，在豔情說中，更反映了情欲身體的心理焦慮，即使場內身體選擇了邊緣、昏暗的空間，仍舊擔心被場外的偷窺者發現。此外，作者也創造了一個給予不在場的讀者一個得以如同身歷其

境的合法機會，一方面讀者站在觀看偷窺者與被窺者的位置，二方面也可與被看者易位，成為被看的對象，如此，讀者不在場的偷窺便完成了欲望紓解。若晚明艷情小說可以反映部分的社會情況，那麼筆者發現：晚明在情與欲的論述、小說文體的盛行、商業繁榮與市民群體日益受重視等，艷情小說大量出現，然同時也有股力量（如政府對淫書的銷毀、家訓或閨訓的傳播）將其壓抑，致使情欲的舒放呈現躲藏式並心理充滿焦慮。對情欲的心態僅專注在「欲」方面，呈現出動物性原始欲望，這或許因為小說的定位就在色情，因此刻意放大欲的部份，然就此更可見性受壓抑的程度之大，一旦出現反動，便是從事社會不容的不正常性關係，如勾引已婚男女、搶奪良家婦女或違誡的僧尼等怪現象。

四、艷情小說創作者在書寫中，呈現淫行書寫與勸誡說教之矛盾

情欲書寫有時是作者現實生活中匱乏的外現；作者透過「書寫」，讀者通過「閱讀」將內心隱諱難明的欲望，透過文字來消解道德禁忌與工作壓力的緊張，讓情欲洪流可以有空間疏導。只是小說中對情欲的書寫呈現出過度的遊戲與狂歡，表面上的逾越／愉悅，其實表現出一種心靈的空乏，極樂過後是人生價值的失落、行為的懺悔，「先樂／後悲」顯示作者的書寫焦慮與書寫斷裂。

五、艷情小說作者創造一個性遊戲，而讀者也以遊戲心態加入遊戲中

艷情小說依賴文字製造視覺情境，以引發讀者欲望，因此該文本便具有生產欲望的能力；其也具有傳達功能，它會強化、消弱或改變讀者的某些看法或價值觀，所以它具有生產新價值觀的能力。艷情小說猶如一部欲望機器，不斷的仿製某些固定模式，如性別的表現、性交過程、女性身體等。作者企圖製造一個性遊戲，並為讀者安置一個可加入遊戲的位置；加入並非實際上的參予，而是讀者透過閱讀，彷彿填補了遊戲中偷窺者的位置。

六、從性別、性認同與權力建構三方面來檢視艷情小說，其稱不上是性解放

艷情小說表面上是在明代情欲合一的氣氛下，順應著中下階層民眾的需要而書寫的，似乎反抗著傳統對於情欲的不可言性，但若深入探討將發現它充滿父權制度下的男性觀點，視女性為第二性，以「陽具中心」觀點對女性進行二分，即不是貞女就是妓女。雖然艷情小說出現多種的性關係，也安排了各種式樣的性遊戲，供讀者宣洩，然也間接促成男性與女性情欲對話的可能，並「說出」他們的情欲。就這

方面言之，它確實是踏出性解放的第一步——「說出」情欲。性解放除了要有論述與重新檢討性別、性認同等議題外，還需有積極的行動以修正不正確的性觀念。反觀艷情小說，文本中空有新的價值觀，如「欲」受到重視，卻沒有積極解構的動作，僅是進行反向操作，以縱慾來反制壓抑，因此情欲的書寫中不僅充滿遊戲性，也在過度狂歡、極樂裏一度瀕臨死亡，呈現出空乏的心靈與人生價值的失落。從以上三點，艷情小說的出現並不代表是對性的解放。

參考書目

壹、主要研究文本

1. 《海陵逸史》，（明）無遮道人，台北：台灣大英百科出版，1995 年。
2. 《繡榻野史》，（明）呂天成，台北：台灣大英百科出版，1995 年。
3. 《昭陽趣史》，（明）古杭生，台北：台灣大英百科出版，1994 年。
4. 《浪史》，（明）風月軒又玄子，台北：台灣大英百科出版，1995 年。
5. 《玉閨紅》，（明）東魯落落平生，台北：台灣大英百科出版，1997 年。
6. 《龍陽逸史》，（明）醉竹居士，台北：台灣大英百科出版，1994 年。
7. 《弁而釵》，（明）醉西湖心月主人，台北：台灣大英百科出版，1995 年。
8. 《宜春香質》，（明）醉西湖月主人，台北：台灣大英百科出版，1994 年。
9. 《別有香》，（明）桃源醉花主人，台北：台灣大英百科出版，1994 年。
10. 《載花船》，（明）西泠狂者，台北：台灣大英百科出版，1995 年。
11. 《僧尼孽海》，（明）唐伯虎選輯，台北：台灣大英百科出版，1995 年。
12. 《如意君傳》，（明）徐昌齡，台北：台灣大英百科出版，1995 年。
13. 《春夢瑣言》，（明）不題撰人，台北：台灣大英百科出版，1995 年。

貳、古籍文獻

1. 《毛詩正義》，（漢）毛公傳（唐）孔穎達正義，收入《十三經注疏》，台北：新文豐出版
2. 《唐詩紀事》，（宋）計有功，大陸：上海古籍出版，1987 年。
3. 《水滸傳》，（元）施耐庵撰（明）羅貫中纂修（清）金聖嘆批評，台北：三民書局，1973 年。
4. 《裴少俊牆頭馬上》，（元）白樸，收入《全元雜劇》初編第十一冊，台北：世界書局，1962 年。

5. 《南村輟耕錄》,(元)陶宗儀,台北:台灣商務,1979年。

6. 《牡丹亭》,(明)湯顯祖,收入《湯顯祖戲曲集》上冊,1979年3月30日台一版,台北:九思出版社。

7. 《警世通言》,(明)馮夢龍,收入《馮夢龍全集》,大陸:上海古籍出版社,1987年出版。

8. 《醒世恒言》,(明)馮夢龍,收入《馮夢龍全集》,大陸:上海古籍出版社,1987年出版。

9. 《喻世明言》,(明)馮夢龍,收入《馮夢龍全集》,大陸:江蘇古籍出版社,1993年3日第一版。

10. 《古今小說》,(明)馮夢龍,大陸:上海古籍出版,1987年。

11. 《二刻拍案驚奇》,(明)凌濛初,收入楊家駱編:《增訂中國學術名著》,台北:世界書局,1967年12月再版。

12. 《初刻拍案驚奇》,(明)凌濛初,收入楊家駱編:《增訂中國學術名著》,台北:世界書局,1967年12月再版。

13. 《飛花艷想》,(明)樵雲山人,收入古本小說集成編委會編:《古本小說集成》大陸:上海古籍出版社,1990年。

14. 《西遊記》,(明)吳承恩,台北:三民書局,1972年。

15. 《清平山堂話本》,(明)洪楩編,大陸:北京文學古籍出版社,1987年7月第一次印刷

16. 《焚書》/《續焚書》,(明)李贄,台北:漢京文化事業,1984年5月10日初版。

17. 《露書》,(明)姚旅,收入《續修四庫全書》子部雜家類1132卷,大陸:上海古籍出版社,1995年。

18. 《藏書》,(明)李贄,台北:台灣學生書局,1974年。

19. 《五雜俎》,(明)謝肇,台北:新興書局,1971年。

20. 《萬曆野獲編》,(明)沈德符,台北:新興出版,1977年。

21. 《檮杌閑評》,(明)佚名,大陸:成都古籍書店,1981年。

22. 《萬曆野獲編》,(明)沈德符,大陸:北京中華書局,1959年初版。

23. 《客座贅語》,(明)顧起元 台南:莊嚴出版,1995年。

24. 《焚書》,(明)李贄,大陸:北京中華書局,1974年。

25. 《水東日記》,(明)葉盛,台北:漢京文化,1984年。

26. 《露書》,(明)姚旅,大陸:上海古籍出版社,1997年。

27. 《松窗夢語》,(明)張翰,台北:中華書局,1985年。

28. 《蒹葭堂雜著摘抄》,(明)陸楫,大陸:上海涵芬樓影印明萬曆刻本(未註出版年)。

29. 《四友齋叢說》，（明）何良俊，大陸：北京中華書局，1983 年出版。

30. 《明實錄》，（明）台北：中央研究院歷史語言研究所，1967 年。

31. 《明太祖寶訓》，收於叢書（明）《明實錄》，台北：中央研究院歷史語言研究所，1967 年。

32. 《明世宗實錄》張居正等撰（明）台北：中央研究院歷史語言研究所，1966 年。

33. 《大明律》，（明）劉惟謙等撰　台南：莊嚴出版，1996 年。

34. 《英宗實錄》，（明）陳文等撰，台北：中央研究院歷史語言研究所，1966 年。

35. 《閩部疏》，（明）王世懋，台北：新興出版，1974 年。

36. 《江陰縣志》，（明）趙錦修、張袞纂，大陸：上海古籍書店，1963 年。

37. 《茶陵州志》，（明）張治纂修，大陸：上海古籍書店，1990 年。

38. 《太康縣志》，（明）安都纂，大陸：上海古籍書店，1990 年。

39. 《無聲戲、十二樓》，（清）李漁，大陸：太白文藝，1996 年 10 月第一版。

40. 《醒風流》，（清）市道人，大陸：北京中華書局，1991 初版。

41. 《課子隨筆鈔》，（清）張伯行，台北：文史哲出版社，1987 年 5 月初版。

42. 《伴花眠》，（清）情癡反正道人，台北：天一出版，1985 年。

43. 《雲影花陰》，（清）煙水散人，台北：天一出版，1985 年。

44. 《歡喜緣》，（清）青陽野人編，台北：台灣大英百科，1995 年。

45. 《鴛鴦陣》，（清）古棠天放道人，台北：天一出版，1985 年。

46. 《風流媚》，（清）芙蓉夫人，台北：天一出版，1985 年。

47. 《空空幻》，（清）梧崗主人，台北：天一出版，1994 年。

48. 《風流悟》，（清）坐花散人，大陸：上海古籍出版，1990 年。

49. 《廣陽雜記》，（清）劉獻廷，大陸：中華書局，1985 年。

50. 《笠翁偶集》，（清）李漁，大陸：浙江古籍出版社，1985 年。

51. 《紅樓夢》，（清）曹雪芹，台北：三民書局，1976 年。

參、近人專著

1. 《中國文學總欣賞》，地球出版社，台北：地球出版社，未註出版年。

2. 《中國俗文學史》，鄭振鐸，大陸：文學古籍刊行社，1953 年。

3. 《性心理學》，靄理士（Ellis, Havelock）台北：第一文化社，1971 年。

4. 《設計的色彩計畫》，大智浩（Hiroshi Ohchi）著，陳曉同譯，台北：大陸書店，1974 年 4 月 6 日再版。

5. 《無聲的語言》，霍爾（E.T.Hall）著，黃聲雄譯，台北：巨流出版社，1976 年 8 月初版。

6. 《筆記小說大觀》，台北：新興出版社，1977 年。

7. 《「色彩與人生」學術研討會論文集》，熊宜中編輯，台北：台灣藝術教育館，1978 年 5 月。

8. 《元明清三代禁毀小說戲曲史料》，王利器，大陸：上海古籍出版社，1981 年 2 月第一次印刷。

9. 《中外文化與親屬的關係》，楊懋春，台北：中華文化推行委員會，1981 年 12 月初版。

10. 《陳寅恪先生文集》，陳寅恪，台北：里仁書局，1982 年 9 月 15 日出版。

11. 《中國詩學——思想篇》，黃永武，台北：巨流圖書公司，1983 年 2 月一版四刷。

12. 《士與中國文化》，余英時，大陸：上海人民出版社，1987 年。

13. 《害羞‧寂寞‧愛》，吳靜吉，台北：遠流出版社，1987 年 3 月 25 日第八版。

14. 《視覺原理》，卡洛琳‧M‧布魯墨著，張功鈴譯，大陸：北京大學出版社，1987 年 8 月第一次印刷。

15. 《空間的文化形式與社會理論讀本》，夏鑄九、王志弘編譯，台北：明文書局，1988 年。

16. 《金瓶梅研究集》，杜維沫、劉輝，大陸：齊魯書社，1988 年。

17. 《中國小說敘事模式的轉變》，陳平原，大陸：上海人民出版社，1988 年 3 月第一次印刷。

18. 《禁錮與超越——從《三言《、《二拍《看中國市民心態》，張振鈞、毛德富，大陸：國際文化，1988 年 8 月第一次印刷。

19. 《陽剛的驟沈：從賈寶玉的男女觀談中國男子氣質的消長軌跡》，范揚，大陸：國際文化出版公司，1988 年 8 月第一次印刷。

20. 《文化學辭典》，覃光廣、陳樸，大陸：中央民族學院，1988 年 8 月第一次印刷。

21. 《風騷與豔情——中國古典詩詞的女性研究》，康正果，大陸：河南人民出版社 1988 年 9 月第一次印刷。

22. 《風起雲湧的女性主義批評》，子宛玉編，台北：古風出版，1988 年 11 月台第一版。

23. 《性倫理學》，王東峰、林小璋編譯，大陸：農村讀物出版，1989 年。

24. 《貪嗔癡愛》，鄭明娳，台北：師大書苑，1989 年 1 月初版一刷。

25. 《中國婦女生活史》，陳東原，收入《國民叢書》第二編，大陸：上海書店，1990 年。

26. 《性論》，吳敏倫，台北：臺灣商務出版，1990 年 7 月出版。

27. 《魯迅作品集》，魯迅，台北：風雲時代出版，1990 年 11 月出版。

28. 《當代文化理論與實踐》，蔡源煌，台北：雅典出版社，1991 年。

29. 《教育心理學》，林生傳，台北：五南圖書公司，1991 年 8 月二版二刷。

30. 《中國古代小說演變史》，齊裕焜，台北：敦煌文藝出版社，1991 年 9 月第二次印刷。

31. 《中國古代房內考──中國古代的性與社會》，（荷蘭）高羅佩（R.H. van Gulik）著，李零、郭曉慧譯，台北：桂冠圖書股份有限公司，1991 年 11 月初版一刷。

32. 《生殖崇拜文化論》，趙國華，大陸：中國社會科學出版社，1991 年 12 月第二次印刷。

33. 《才子佳人小說史話》，苗壯，大陸：遼寧教育出版社，1992 年。

34. 《抒情傳統的省思與探索》，張淑香，台北：大安出版社，1992 年。

35. 《中國婦女史論集》，鮑家麟，台北：稻鄉出版社，1992 年。

36. 《秘戲圖考》，高羅佩，大陸：廣東人民出版社，1992 年。

37. 《文化的圖像》，李亦園，台北：允晨出版，1992 年 1 月出版。

38. 《看的方法──繪畫與社會關係七講》，約翰‧柏格（John Berger）著，陳志梧譯台北：明文書局，1992 年 1 月 15 日。

39. 《才子佳人未了緣》，龍潛庵，台北：遠流出版，1992 年 5 月 16 日初版一刷。

40. 《明清小說的藝術世界》，黃清泉、蔣松源、譚邦和，大陸：華中師範大學出版社 1992 年 6 月第一次印刷。

41. 《同性戀》，Jacpues Corraze 著，陳浩譯，台北：遠流出版社，1992 年 8 月初版。

42. 《中國歷史轉型時期的知識分子》，余英時，台北：聯經出版社，1992 年 9 月初版。

43. 《中國古代小說中的性描寫》，矛盾、傅憎享等著，大陸：百花文藝出版社，1993 年 3 月第一次印刷。

44. 《唐音論藪》，張明非，大陸：廣西師範大學出版社，1993 年 8 月第一次印刷。

45. 《中國古代性殘害》，賴琪、徐學初，大陸：四川民族出版社，1993 年 10 月第一次印刷。

46. 《中國明代習俗史》，王熹，大陸：人民出版社發行，1994 年。

47. 《中國明代政治史》，毛佩琦、張自成，大陸：人民出版社發行，1994 年。

48. 《中國明代思想史》，王健，大陸：人民出版社發行，1994 年。

49. 《中國明代經濟史》，林金樹、高壽仙、梁勇，大陸：人民出版社發行，1994 年。

50. 《中國明代教育史》，尹選波，大陸：人民出版社發行，1994 年。

51. 《奴婢史》，褚贛生，大陸：上海文藝出版社，1994 年出版。

52. 《中國艷情：中國古代的性與社會》，高羅佩，台北：風雲時代，1994 年。

53. 《神女之探尋──英美學者論中國古典詩歌》，莫礪峰，大陸：上海古籍出版

社 1994 年 2 月第一次印刷。

54. 《性意識史》，米歇爾・傅柯著，尚衡譯，台北：桂冠圖書，1994 年 4 月初版三刷。

55. 《晚明文學新探》，馬美信，台北：聖環圖書，1994 年 6 月 20 日。

56. 《權力：它的形式、基礎與作用》，丹尼斯・朗（Demmos H.Wrong）著，高湘澤、高全余譯，台北：桂冠圖書，1994 年 7 月初版一刷。

57. 《中國古代文學十大主題──原型與流變》，王立，台北：文史哲出版社，1994 年 7 月初版。

58. 《規訓與懲罰──監獄的誕生》，（法）傅柯（Michel Foucault）著，劉北成、楊遠嬰譯，台北：桂冠圖書，1994 年 8 月修訂一刷。

59. 《不同國女人》，何春蕤，台北：自立晚報出版社，1994 年 9 月第一版二刷。

60. 《晚明思潮》，龔鵬程，台北：里仁書局，1994 年 11 月 30 日初版。

61. 《中國小說美學》，葉朗，台北：里仁書局，1994 年 11 月 30 日初版一刷。

62. 《社會心理學》，安・韋伯（Ann L.Weber）著，趙居蓮譯，台北：桂冠圖書，1995 年。

63. 《人物類型與中國市井文化》，淡江大學中文系編，台北：台灣學生書局，1995 年元月。

64. 《中國言情小說史》，吳禮權，台北：台灣商務書局，1995 年 3 月初版第一刷。

65. 《女性，藝術與權力》，Linda Nochlin 著，游惠貞譯，台北：遠流出版，1995 年 5 月初版一刷。

66. 《中國人的心理》，楊國樞，台北：桂冠圖書，1995 年 5 月。

67. 《女性主義文學批評》，格蕾・格林（Gayle Greene）、考比里亞・庫恩（Copp'elia Kahn）編 陳引馳譯，台北：駱駝出版社，1995 年 7 月 12 日一版一刷。

68. 《台灣婦女處境白皮書：1995 年》，劉玉秀，台北：時報文化，1995 年 10 月 1 日初版一刷。

69. 《文化批評與華語電影》，鄭樹森，台北：麥田出版，1995 年 10 月初版一刷。

70. 《縱橫華夏性史──古代性文明搜奇》，劉達臨，台北：性林文化事業股份有限公司，1995 年 11 月初版一刷。

71. 《性愛與文明》，佛洛伊德（Freud, Sigmund）著，滕守堯、姚錦清譯，大陸：安徽文藝，1996 年出版。

72. 《人欲的解放：明清社會經濟變遷與大眾審美》，陳東有，大陸：江西高校出版社，1996 年。

73. 《消費》，Robert Bocock 著，張君玫、黃鵬仁譯，台北：巨流出版，1996 年 2 月一版。

74. 《明清時代庶民文化生活》，王爾敏，台北：中央研究院近代史研究所，1996 年 3 月出版。

75. 《地圖權力學》，丹尼斯‧渥德（Denis Wood）著，王志宏、李根芳、魏慶嘉、溫蓓章合譯，台北：時報文化，1996 年 11 月 5 日初版一刷。

76. 《文化心理學的探索》，楊國樞，台北：桂冠圖書，1996 年 12 月出版一刷。

77. 《漢語委婉語詞典》，張拱貴，大陸：北京語言文化大學出版社，1996 年 12 月第一次印刷。

78. 《由山水到宮體：南朝的唯美詩風》，王力堅，台北：臺灣商務印書館，1997 年。

79. 《中國小說史略》，魯迅，大陸：齊魯書社，1997 年。

80. 《細說唐妓》，鄭志敏，台北：文津出版社，1997 年 6 月初版一刷。

81. 《女性主義》，王逢振，台北：揚智文化事業，1997 年 7 月初版三刷。

82. 《性別學與婦女研究——華人社會的探索》，張妙清、葉漢明、郭佩蘭，台北：稻香出版社，1997 年 7 月初版。

83. 《晚明士人心態及文學個案》，周明初，大陸：東方出版社，1997 年 8 月出版。

84. 《明代中後期社會變遷研究》，牛建強，台北：文津出版社，1997 年 8 月第一刷。

85. 《性/別研究的視野——第一屆四性研討會論文集》，何春蕤編，台北：遠流出版社 1997 年 11 月 20 日初版一刷。

86. 《女人要色——女性的色情刊物權利》，溫蒂‧莫艾洛伊（Wendy McElroy）著，葉子啟譯，台北：時報出版社，1997 年 12 月 14 日初版一刷。

87. 《視覺思維——審美直覺心理學》，（美）魯道夫‧阿恩海姆著，滕守堯譯，大陸：四川人民出版社，1998 年 3 月第一版。

88. 《尋找歷史中缺席的女人——女性自傳的自體性研究》，陳玉玲，台北：紅螞蟻圖書，1998 年 5 月出版。

89. 《由典範到規範：從明代貞節烈女的辨識與流傳看貞節觀念的嚴格化》，費絲言，台北：國立台灣大學出版委員會，1998 年 6 月初版。

90. 《空間、力與社會》，黃應貴，台北：中央研究院民族研究所，1998 年 6 月二刷。

91. 《傅柯》，Barry Smart 著，蔡采秀譯，台北：巨流圖書公司，1998 年 6 月一版。

92. 《世界古代性文化》，劉達臨，大陸：上海三聯書局，1998 年 6 月第二次印刷。

93. 《明清小說》，齊裕焜，大陸：上海古籍出版社，1998 年 12 月第一次印刷。

94. 《性與中國文化》，劉達臨，大陸：人民出版社，1999 年 1 月出版。

95. 《花與中國文化》，何小顏，大陸：人民出版社，1999 年 1 月第一次印刷。

96. 《設計的色彩心理——色彩的意象與色彩文化》，賴瓊琦，台北：視傳文化事業有限公司，1999 年 3 月 1 日二版一刷。

97. 《身體思想》，（美）安德魯‧斯特拉桑（Andrew J.Strathern）著，王業傳、趙國新譯，大陸：春風文藝出版社，1999 年 6 月第一次印刷。

98. 《文學理論》，簡政珍 《當代台灣文學理論大系》，台北：正中出版社，1999年7月第二次印行。

99. 《色情研究：從言論自由到符號擬象》，林芳玫，台北：女書文化事業，1999年7月31日初版印刷。

100. 《第二性》，西蒙‧波娃（Simone de Beauvoir）著，陶鐵柱譯，台北：貓頭鷹出版社，1999年10月初版。

101. 《東亞近代思想與社會：李永熾教授六秩華誕祝壽論文集》，月旦出版社，台北：月旦出版社，1999年11月初版。

102. 《凝視女像——56種閱讀女性影展的方法》，陳儒修、黃慧敏、鄭玉菁編，台北：遠流出版社，1999年12月初版一刷。

103. 《明清社會性愛風氣》，吳存存，大陸：人民文學出版社，2000年。

104. 《殘陽如血》，羅筠筠，大陸：河南人民出版社，2000年。

105. 《視線差異》，Griselda Pollock著，陳香君譯，台北：遠流出版，2000年4月初版一刷。

106. 《人類情感的一面鏡子——同性戀文學》，矛鋒，台北：笙易出版，2000年4月初版一刷。

107. 《性與身體的解構》，Jennifer Harding著，林秀麗譯，台北：韋伯文化事業出版社2000年5月出版。

108. 《性別化流動的政治與詩學》，王志弘，台北：田園城市文化事業，2000年5月初版一刷。

109. 《性學三論、愛情心理學》，佛洛伊德（Freud, Sigmund）著，宋廣文譯，台北：紅螞蟻，2000年7月第一版。第一刷。

110. 《人類心靈的神話——容格的分析心理學》，常若松，台北：貓頭鷹出版社，2000年11月初版。

111. 《情有千千結：青樓文化與中國文學研究》，龔斌，大陸：漢語大詞典出版社，2001年。

112. 《性文學十講》，孫琴安，大陸：重慶出版社，2001年。

113. 《物、性別、觀看——明末清初文化書寫新探》，毛文芳，台北：台灣學生書局，2001年。

114. 《修辭學》，黃慶萱，台北：三民書局，2001年三版。

115. 《晚明自我觀的研究》，傅小凡，大陸：巴蜀書社，2001年。

116. 《社會學概論》，葉至誠，台北：揚智文化事業，2001年2月。

117. 《性、文明與荒謬》，王溢嘉，台北：野鶴出版社，2001年3月初版十二刷。

118. 《原初的激情——視覺、性慾、民族誌與中國當代電影》，周蕾（Rey chow）著，孫紹誼譯，台北：遠流出版社，2001年4月初版一刷。

119. 《身體與情慾》，康正果，大陸：上海文藝出版社，2001年5月第一次印刷。

120. 《空間就是權力》，畢恆達，台北：心靈工坊，2001 年 6 月初版一刷。

121. 《詩經植物圖鑑》，潘富俊著，呂勝由攝影，台北：貓頭鷹出版社，2001 年 6 月初版。

122. 《萬寶全書：明清時期的民間生活實錄》，吳蕙芳，台北：國立政治大學歷史學系初版。，2001 年 7 月初版。

123. 《宋詞的時空觀》，黎活仁，台北：大安出版社，2001 年 10 月第一版第一刷。

124. 《青樓文化與中國文學研究》，龔斌，大陸：漢語大詞典出版社，2001 年 12 月。

125. 《第六屆中國詩學會議論文集》，國立彰化師大編。台北：萬卷樓，2002 年。

126. 《文學與精神分析學》，王寧，大陸：人民出版社，2002 年。

127. 《性與理性》，柏士納（Posner, Richard A.）高忠義譯，台北：桂冠出版，2002 年。

128. 《性經驗史》，（法）米歇爾‧福柯（Michel Foucault）著，佘碧平譯，大陸：上海人民出版社，2002 年 10 月第一版。

129. 《情、欲與文化》，余安邦主編，台北：中央研究院民族學研究所，2003 年初版。

130. 《女性、帝王、神仙：先秦兩漢辭賦及其文化身影》，許東海，台北：里仁書局，2003 年 4 月 15 日出版。

131. 《無聲之聲（III）：近代中國的婦女與文化（1600－1950）》，羅久妙、呂妙芬主編，台北：中央研究院近代史研究所，2003 年 5 月初版。

132. 《性文化研究報告》，李銀河，大陸：江蘇人民出版社，2003 年 8 月第一次印刷。

133. 《欲掩彌彰：中國歷史文化中的「私」與「情」——私情篇》，熊秉眞主編，台北：漢學研究中心，2003 年 9 月初版。

134. 《文化理論詞彙》，彼得‧布魯克（Peter Brooker）著，王志弘、李根芳譯，台北：巨流出版社，2003 年 10 月初版一刷。

135. 《性政治》，米利特（Kata Millett）著，宋文偉、張慧藝譯，台北：桂冠圖書，2003 年 12 月初版一刷。

136. 《戰後台灣的歷史學研究 1945－2000》，吳智和、賴福順編，台北：行政國家科學委員會，2004 年出版。

137. 《性之性別》，施瓦茲（Schwartz, Pepper）著，陳素秋譯，台北：韋伯文化國際，2004 年。

138. 《視覺文化導論》，Nicholas Mirzoeff 著，陳芸芸譯，台北：韋伯文化國際出版，2004 年 1 月出版。

139. 《情欲明清——遂欲篇》，熊秉眞、余安邦，台北：麥田出版，2004 年 3 月初版一刷。

140. 《明清文學與思想中之主體意識與社會》，王愛玲主編，台北：中央研究院中國文哲研究所，2004 年 12 月出版。

141. 《禁忌與放縱——明清艷情小説文化研究》，李明軍，大陸：齊魯書社，2005 年 6 月第一次印刷。

肆、期刊論文

1. 〈嚮往、放逐、匱缺——「桃花源詩並記」的美感結構〉，廖炳惠，《中外文學》第十卷第十期，1982 年 3 月。

2. 〈藝術與色情的界域〉，羅門，《文訊月刊》第五期，1983 年。

3. 〈藝術大，色情小〉，關關，《文訊月刊》第五期，1983 年。

4. 〈天地正義僅見於婦女——明清的情色意識與貞淫問題〉，鄭培凱，《當代》第十六期，1987 年 8 月。

5. 〈欲解還結：文學／情色／色情〉，宋美樺，《當代》第十六期，1987 年 8 月。

6. 〈《金瓶梅》裡的性文化〉，陳東山，《當代》，1987 年 8 月 1 日。

7. 〈中國愛慾小説初探〉，韓南著，水晶譯，《聯合文學》，1988 年 9 月。

8. 〈明傳奇中的丫頭角色〉，鄭明琍，《文藝月刊》第 232、233、234 期，1988 年 10、11、12 月。

9. 〈銘文和肉體示意圖——呈示法和人的肉身〉（Inscriptioms and Body-Maps-Representatiom and the Corporeal）依麗莎白‧格羅茲（Elizabeth Grosz）原著，陳幼石譯，《女性人》第二期，1989 年。

10. 〈情與欲：近代言情小説的文化情結〉，金麗雯，大陸：《河南大學學報》，1989 年。五期

11. 〈女性的複製：男性作家筆下二元化的象徵符號〉，劉紀蕙，《中外文學》第十八卷第一期，1989 年 6 月。

12. 〈〈桃花谿〉一首是張旭的詩嗎？〉，蔡師崇名，《國文天地》，1989 年 6 月。

13. 〈「天地陰陽交歡大樂賦」發微〉，江曉原，《漢學研究》第九卷第一期，1991 年 5 月。

14. 〈天地陰陽交歡大樂賦〉，江曉原，《漢學研究》第九卷第一期，1991 年 6 月。

15. 〈明末肖像畫製作的兩個社會性特點〉，李國安，《藝術學》第六期，1991 年 9 月。

16. 〈性與文明〉，楊國賓 《聯合文學》，1991 年 9 月。

17. 〈色情文學：歷史回顧〉，廖炳惠，《聯合文學》，第七卷第十一期，1991 年 9 月。

18. 〈陶淵明〈桃花源〉的締造歷程與象徵意義〉，江寶釵，《國立中正大學學報》，第二卷第一期，1991 年 10 月。

19. 〈明清湖南市鎮的社會與文化結構之變遷〉，巫仁恕，大陸：《九州學刊》，1991

年 10 月。

20. 〈徽商與明清時期浙江經濟的發展〉，陳學文，大陸：《九州學刊》，1991 年 10 月。

21. 〈試析台灣的色情海報〉，游美惠，《聯合文學》第八卷第 3 期，1992 年 1 月。

22. 〈明代蘇州營利出版事業及其社會效應〉，邱澎生，大陸：《九州學刊》第 5 卷 2 期，1992 年 10 月。

23. 〈中國古代禁毀小說泛論〉，李時人，大陸：《北方論叢》第一期，1993 年。

24. 〈晚明袁中道的婦女觀〉，鄭培凱，《近代中國婦女史研究》第一期，1993 年 6 月。

25. 〈鞦韆、腳帶、紅睡鞋〉，丁乃非著，蔡秀枝、奚修君譯，《中外文學》第二十二期，1993 年 11 月。

26. 〈晚明文士與市民階層〉，夏咸淳，《文學遺產》第二期，1994 年。

27. 〈才子佳人小說的產生及其結構〉，李勁松，大陸：《廣西大學學報》，（哲學會科學版）第五期，1994 年。

28. 〈晚明文士與市民階層〉，夏咸淳，大陸：《文學遺產》第二期，1994 年。

29. 〈論《金瓶梅》的道德倫理〉，辛文，大陸：《徐州師範學院學報》第一期，1994 年。

30. 〈從性視角視宋玉〈高唐〉〈神女〉賦〉，龔維英，大陸：《長沙水電師範社會科學學報》，1994 年第一期。

31. 〈《桃花源》的原型是道教茅山洞天〉，張松輝，大陸：《宗教學研究》二一期，1994 年。

32. 〈論目前文學中的性描寫〉，李玉悌，大陸：《寶鶴文理學學報》，1994 年第 2 期。

33. 〈借男女之真情，發名教之偽藥——從《三言《愛情、婚姻題材看明代世俗之真情》楊子怡，大陸：●●師專學報，1994 年第一期。

34. 〈論明代社會生活性消費風俗的變遷〉，常建華，大陸：《南開學報》，1994 年第一期。

35. 〈《三言》對人性的張揚和表現〉，歐陽代發，大陸：《湖北大學學報》第五期，1994 年 5 月。

36. 〈私人時間與政治——中國城市閒暇模式的變化〉，王紹光，《中國社會科學季刊》十一期，1995 年。

37. 〈《人面桃花》的演變〉，趙俊嶠，大陸：《西北大學學報》第二五卷第八六期，1995 年。

38. 〈仙妓合流現象探因——唐代愛情傳奇片論之二〉，詹丹，大陸：《上海教育學院學》，1995 年第三期。

39. 〈從《杜騙新書》看晚明婦女生活的側面〉，林麗月，《近代中國婦女史研究》

第三期，1995 年 8 月。

40. 〈社會學與性別研究〉，呂玉瑕，《近代中國婦女研究》第三期，1995 年 8 月。

41. 〈明清之際的婦女解放思想綜述〉，李國彤，《近代中國婦女史研究》第三期，1995 年 8 月。

42. 〈中國「性」觀初探〉，翟本瑞，《思與言》第三十三卷第三期，1995 年 9 月。

43. 〈色情現象與生活世界：一個分析類型的提出及其意義〉，張家銘，《思與言》第三十三卷第三期，1995 年 9 月。

44. 〈明清婦女的生活想像空間——評高彥碩《閨塾師：十七世紀中國的婦女與文化》〉鄭培凱，《近代中國婦女研究》第四期，1996 年 8 月。

45. 〈《紅樓夢》花園意象解讀〉，俞曉紅，《紅樓夢學刊》，1997 年增刊。

46. 〈晚明心態與晚明習氣〉，吳承學、李光摩，《文學遺產》第六期，1997 年。

47. 〈宋玉〈神女賦〉與曹植〈洛神賦〉的比較〉，高秋鳳，《國文學報》，第二十六期，1997 年 6 月。

48. 〈明末清初的文化生態與書法藝術〉，鄭培凱，《藝術》第一一九期，1997 年 7 月 1 日。

49. 〈晚明文人纖細感知的名物世界〉，毛文芳，《大陸雜誌》第九十五卷第二期，1997 年 8 月。

50. 〈社會之殘餘：情色文學的出身〉，余德慧，《社會文化學報》第五期，1997 年 12 月。

51. 〈「淫詩」與「淫書」〉，林保淳，《淡江大學中文學報》第四期，1997 年 12 月。

52. 〈社會之殘餘：情色文學的本身〉，余德慧，《中央社會文化學報》第五期，1997 年 12 月。

53. 〈唐詩中桃花源主題的流變——繼承、轉化與發揚〉，歐麗娟，《國立編譯館館刊》第二六卷第二期，1997 年 12 月。

54. 〈明代艷情傳奇小說名篇的歷史價值〉，王汝梅，大陸：吉林大學社會科學學報 1998 年第六期。

55. 〈採芳遺佩——試談《詩經》、《楚辭》中男女贈物之寄託意涵〉，邱宜文，《國文天地》，1998 年 2 月。

56. 〈明代文人「情」概念之遞變探究〉，林嘉怡，《中國文化月刊》第二一五期，1998 年 2 月。

57. 〈身體：女性主義視覺藝術在再現上的終極矛盾〉，王雅各，《婦女與兩性學刊》第九期，1998 年 4 月。

58. 〈身體愛欲女性主義立場：女性文化空間的浮現〉，史小玲，大陸：《懷化師專學報》第十七卷第四期，1998 年 8 月。

59. 〈身體與空間：一個以身體為取向的空間研究〉，陳其澎，《設計學報》第一卷第一期，1998 年 11 月。

60. 〈女性意識與愛情悲劇〉，吳存存，《歷史月刊》，1998 年 11 月。

61. 〈由美色、美人談古人的審美觀〉，孫秋雲、陳寧英，《歷史月刊》，1998 年 12 月。

62. 〈精微之身體：從批判理論到身體現象學〉，何乏筆，《哲學雜誌》第二九期，1999 年夏季號。

63. 〈空間與共存：關於空間本質的現象學思考〉，方省，大陸：《山西大學師範學院學報》第二期，1999 年。

64. 〈青樓：中國文化的後花園〉，王鴻泰，《當代》第一三七期，1999 年 1 月 1 日。

65. 〈從《金瓶梅》看明代奴婢〉，陳偉明，《歷史月刊》，1999 年 4 月。

66. 〈明清時期寡婦守節的風氣——理性選擇（rational choice）的問題〉，張彬村，《新史學》第十卷第二期，1999 年 6 月。

67. 〈情色與色情〉，康正果，《當代》第一四二期，1999 年 6 月 1 日。

68. 〈明代平民服飾的流行風尚與士大夫的反應〉，巫仁恕，《新史學》第十卷第三期 1999 年 9 月。

69. 〈衣裳與風教——晚明的服飾風尚與「服妖」議論〉，林麗月，《新史學》第十卷第三期，1999 年 9 月。

70. 〈中國古代思想史中的「身體政治學」：特質與涵義〉，黃俊傑，《歷史月刊》，1999 年 10 月。

71. 〈熊大木現象：古代通俗小說傳播模式及其意義〉，陳大木，《文學遺產》第二期，2000 年。

72. 〈明代家庭的權力結構及其成員間的關係〉，徐泓，《輔仁歷史學報》第二期，2000 年。

73. 〈《三言》《二拍》與雅俗文化選擇〉，吳建國，《中國文學研究》，2000 年第二期。

74. 〈求女、神女、神仙——論宋玉情賦承先啟後的另一面向〉，許東海：《中華學苑》第五十四期，2000 年 2 月。

75. 〈有關「空間現象學」的經典詮釋——兼對抽象空間與虛擬空間的批判〉，汪文聖《哲學雜誌》第三十二期，2000 年 5 月。

76. 〈九十年。代文學話語中的欲望物件化——對女性形象的肆意歪曲與踐踏〉，劉慧英《九十年。代兩岸三地文學現象國際學術研討會論文》，2000 年 6 月。

77. 〈介紹倫理及其外〉，宵應斌，《哲學雜誌》第三十三期，2000 年 8 月。

78. 〈從「自己的房間」到「自己的身體」－論女性與哲學〉，吳秀瑾，《哲學雜誌》第三十三期，2000 年 8 月。

79. 〈男性情色幻想的美典——溫庭筠詞的女性再現〉，張淑香，《中國文哲集刊》第十七期，2000 年 9 月。

80. 〈略論唐人小說中的婢女〉，湯明，大陸：《寧夏大學學報》，（人文社會科學版）第二十三卷第二期，2001 年。

81. 〈晚明清初江南《打行《研究》，郝秉鍵，大陸：《清史研究》，2001 年 1 月。

82. 〈《遊仙窟》的創作背景及文體成因新探〉，李鵬飛，大陸：山西師大學報（社會科學版）2001 年 1 月，第 28 卷第一期。

83. 〈明末清初才子佳人劇之言情內涵及其所引生之審美構思〉，王瓊玲，《中國文哲研究集刊》第十八期，2001 年 3 月。

84. 〈情、義論述：晚近人文社會科學的若干觀察〉，余安邦，《漢學研究通訊》第七十八期，2001 年 5 月。

85. 〈凝視下的女性身體——從佛洛依德到傅柯〉，高榮禧，《當代》第一六六期，2001 年 6 月 1 日。

86. 〈荀子的「身、禮一體」觀——從「自然的身體」到「禮義的身體」〉，伍振勳，《中國文哲研究集刊》第十九期，2001 年 9 月。

87. 〈十八世紀中國社會中的情欲與身體——禮教世界外的嘉年華會〉，李孝悌，《中央研究院歷史語言研究所集刊》，2001 年 9 月。

88. 〈李贄的婦女觀及其實踐〉，陳桂炳，大陸：《南通師範學院學報》，（哲學社會科學版）2001 年 9 月。

89. 〈姚旅《露書》中的明代社會經濟史料〉，邱仲麟，《明代研究通訊》第四期，2001 年 12 月。

90. 〈西方性別理論在漢學研究中的運用和創新〉，孫康宜，《台大歷史學報》第二十八期，2001 年 12 月。

91. 〈羞恥、身體（女性）他者的凝視：論 D.H.勞倫斯《戀愛中的女人》〉，陳音頤，《中外文學》第三十卷第九期，2002 年 2 月。

92. 〈羞恥、身體合（女性）他者的凝視〉，陳香頤，《中外文學》第三十卷第九期，2002 年 2 月。

93. 〈中國思想史中「身體觀」研究的新視野〉，黃俊傑，《中國文哲研究集刊》第二十期，2002 年 3 月。

94. 〈古代詩文中女性肖像描寫變異考〉，楊菊，大陸：《南通師範學院學報》，（哲學社會科學版）第十八卷第一期，2002 年 3 月。

95. 〈物的神話——晚明文震亨《長物志》的物體系論述〉，毛文芳，《中國文哲研究集刊》第二十期，2002 年 3 月。

96. 〈宋詞中「桃花」的象徵意涵〉，張佩娟，《中國語文》，2002 年。5、6、7、8 月。

97. 〈論漢魏六朝《神女——美女《系列辭賦的象徵性》，郭建勳，大陸：湖南大學學報（社會科學版）2002 年 5 月。

98. 〈魏晉南北朝夫妻關係的研究〉，詹惠蓮，台灣師範大學國研所集刊第四十六

號 2002 年 6 月。

99. 〈唐詩中的皇家女冠綜述〉，林雪鈴，《東方人文學誌》第一卷第二期，2002
年 6 月。

100. 〈明代婢女生存模式探析〉，王雪萍，大陸：《長春師範學院學報》第二十一卷
第三期，2002 年 9 月。

101. 〈明清笑話中的身體與情慾：以《笑林廣記》爲中心之分析〉，黃克武、李心
怡，《漢學研究》第十九卷第二期，2001 年 12 月。

102. 〈明代士大夫與轎子文化〉，巫仁恕，《近代史研究集刊》第三十八期，2002
年 12 月。

103. 〈滿園春色關不住——元雜劇中的《後花園《文化現象》，李源，《藝術百家》
第七十四期，2003 年。

104. 〈對「存在」的原始驚異——《詩經》中的水畔「神女」〉，呂怡菁，《暨大學
報》第六卷第二期，2003 年 1 月。

105. 〈崔護《人面桃花》故事在明代的演變〉，楊林夕，大陸：《求索》，2003 年 1
月

106. 〈論唐詩中桃源意象的宗教化與情愛化〉，吳賢妃，《中正大學中國文學研究所
研究生論文集刊》第五期，2003 年 5 月。

107. 〈晚明的旅遊活動與消費文化——以江南爲討論中心〉，巫仁恕，《中央研究院
近代史研究所集刊》第四十一期，2003 年 9 月。

108. 〈生活、知識與文化商品：晚明福建版「日用類書」與其書畫門〉，王正華，《中
央研究院近代史研究所集刊》第四一期，2003 年 9 月。

109. 〈身體的回歸：弗朗西斯‧培根隱晦的身體與儒家身體美學〉（英）文潔著，
胡笳譯，《術理論與美學》，2003 年 11 月。

110. 〈斂抑與狂歡的背後：身體話語與消費文化研究〉，孫桂榮，大陸：《寧夏大學
學報》，（人文社會科學版）第二十六卷第五期，2004 年。

111. 〈明代商品經濟的繁榮與市民社會生活的嬗變〉，孟彭興，大陸：《上海社會學
院學術季刊》，1994 年第 2 期。

112. 〈略談唐傳奇中的婢女〉，高林清，大陸：《龍岩師專學報》第二十二卷第二期，
2004 年 4 月。

113. 〈娼妓眞的是「神女」嗎？〉，李南衡，《歷史月刊》第一九五期，2004 年 4
月。

114. 〈明清人的《奢靡》觀念及其演變——基於地方誌的考察〉，鈔曉鴻，大陸：《歷
史研究》，2004 年 4 月。

115. 〈明清社會《男風》盛行的歷史透視〉，崔容華，大陸：《河北學刊》第二十四
第三期，2004 年 5 月。

116. 〈從《顏氏家訓》觀婦女對家庭的影響〉，傅耀珍，《孔孟月刊》第四十二卷第

十一期，2004 年 7 月 28 日。

117. 〈試論明末清初才子佳人小說敘事建構的原型模式〉，李志宏，《國立臺北師範學院學報》第十七卷第二期，2004 年 9 月。

118. 〈情欲、瑣屑與詼諧──「三六九小報」的書寫視界〉，毛文芳，《近代史研究所期刊》第四十六期，2004 年 12 月。

119. 〈政治制度與中國古代服飾文化〉，伍魏，《消費經濟》，2004 年 4 月。

120. 〈明代社會流動性初探〉，陳寶良，大陸：《安徽史學》第 2 期，2005 年。

121. 〈論明末清初才子佳人小說中「佳人」形象範式的原型及其書寫──以作者論立場為討論基礎〉，李志宏，《國立臺北教育大學學報》，第 18 卷第 2 期，2005 年 9 月。

122. 〈柳暗花明又一村──從中國園林談陶淵明「桃花源」之原型〉，傅耀珍，「清華大學 2005 年。中文系全國研究生論文研討會」，2005 年 11 月 5 日。

123. 〈正文、性別、意識型態〉，于治中，《中外文學》第一期第十八卷。

124. 〈《龍陽逸史》與晚明的小官階層〉，吳存存，《中國文化》第十二期（未註發表日）。

125. 〈辭賦作品中神女喻象的分化演進〉，郭建勳，大陸：湖南大學學報（未註發表日）。

伍、學位論文

1. 《解讀居家中女性的自我與異己》，陳麗珍，私立中原大學室內設計學系碩論，1992 年 7 月。

2. 《《二拍》婦女研究》，劉燕芝，國立高雄師範大學國文學碩論，1996 年 12 月。

3. 《《金瓶梅詞話》人物形象研究》，莊文福，私立文化大學中國文學研究所碩論，1996 年。

4. 《從婚姻、嫉妒、性慾看《金瓶梅》中的女性》，馬琇芬，國立中山大學中國文學系研究所碩論，1996 年。

5. 《《三言二拍一型》之戒淫故事研究》，馮翠珍，私立文化大學中文系碩論，2000 年。

6. 《《三言》、《二拍》情色世界探究》，陳秀珍，私立東海大學中國文學系碩論，2001 年 6 月

7. 《打開男色大門─男／性的身體情慾圖像》，郭明旭，私立樹德科技大學人類性學系碩論，2001 年。

8. 《《金瓶梅》中婦女內心世界研究：欲望與現實之間的掙扎》，全恩淑，國立清華大學中國文學系碩論，2001 年。

9. 《男色興盛與明清的社會文化》，何志宏，國立清華大學歷史學系碩論，2001 年。

10. 《《三言》之越界研究》，吳玉杏，國立政治大學中文系碩論，2003 年 6 月。

11. 《金瓶梅王婆形象之塑造及其影響》，秦佳慧，國立中正大學中國文學系碩論，2003 年。

12. 《《弁而釵》、《宜春香質》與《龍陽逸史》中的男色形象研究》，林慧芳，國立中正大學中國文學系碩論，2003 年。

13. 《晚明的男色小說：《宜春香質》與《弁而釵》》，蕭涵珍，國立政治大學中國文學系碩論，2003 年。

14. 《《三言》《二拍》愛與死故事探討》，陳嘉珮，國立中興大學中文系碩論，2004 年 1 月

15. 《《金瓶梅》「男女偷情」主題研究》，梁欣芸，國立中興大學中國文學系碩論，2004 年。

16. 《《金瓶梅》人物論》，潘嘉雯，私立玄奘大學中國語文學系碩論，2005 年。

17. 《晚明男色小說研究——以《龍陽逸史》《弁而釵》《宜春香質》為本》，林雨潔，私立佛光人文社會學院文學系碩論，2005 年。

附錄一 「桃」意象在明代艷情小說中的轉變

筆者發現，在明代艷情小說中，當作者在稱呼性器官時，會以它物借代，如會以「花心」、「桃」、「桃花蕊」等來稱呼女性性器官。自明代以至清代，艷情小說中桃意象已流於極端肉欲，多用來隱喻女性生殖器。桃意象自中晚唐起已有向情欲轉變的情況。中國古代文人常將大自然中的各種意象，如日、月、山、川、風、雨、動物、植物等帶入作品中，以之點明季節、情感之起興或人事物之比附。因此，在文學史中，此類意象大多呈現延續前人的穩定路線，然也因各時代環境、文化背景或詩人的個別性等，而同中有異。就植物言之，某些意象會呈現兩極的變化，如桃，其兼具「禁慾式」與「縱慾式」一體兩面。〔註1〕

「桃」自神聖性走向世俗化，期間必然經過一段轉化的過程，筆者針對唐及唐前詩〔註2〕中的桃意象作番整理，發現唐詩中的桃意象多沿襲前代，然自中晚唐起，桃意象逐漸朝情色一線發展，至明代轉變更劇。就意象的意涵言之，無論詩、詞、曲，甚至散文、戲曲、小說，常是相互影響的，然而在小說、戲曲或民間歌謠中，更見桃意象的俗化。本文所討論的「桃」意象，不侷限於花部，也兼論果實。

第一節 明以前的桃意象

唐詩中的桃意象大致上是承繼前代，而在中晚唐發生轉變，因此本節將桃意象的討論放在唐代。本文的研究重點非此，然又須對桃意象作大致介紹，以對轉變部

〔註1〕《中國詩學——思想篇》，黃永武，台北：巨流圖書公司，1983 年 2 月一版四刷，頁 35～43。

〔註2〕本文在歸結桃意象時，主要材料以《全唐詩》為主。因唐代詩詞中，其意象情況大至相同，因此筆者主觀採以唐詩為主要探討範圍。

分作承接，因此本節僅梗概敘述。〔註3〕

一、歌詠桃花

以桃花作爲歌詠的對象，如：「獨有成蹊處，穠華髮井傍。山風凝笑臉，朝露泫啼妝。隱士顏應改，仙人路漸長。還欣上林苑，千歲奉君王。」（李嶠〈桃〉）「千株含露態，何處照人紅。風暖仙源裏，春和水國中。流鶯應見落，舞蝶未知空。擬欲求圖畫，枝枝帶竹叢。」（齊己〈桃花〉）

二、傷花感時

中國文學中，惜時、悲秋、春恨等常是文人們抒發的主題，〔註4〕文人以有限的生命，追逐著不知何時能達成的夢想時，總是升起積極處世或消極退避的念頭。如：「金穀園中鶯亂飛，銅駝陌上好風吹。城中桃李須臾盡，爭似垂楊無限時。」（劉禹錫〈楊柳枝詞〉）「洛陽城東桃李花，飛來飛去落誰家。洛陽女兒好顏色，坐見落花長歎息。今年花落顏色改，明年花開復誰在。已見松柏摧爲薪，更聞桑田變成海。」（劉希夷〈代悲白頭翁〉）「自惜桃李年，誤身遊俠子。」（韋應物〈擬古詩十二首〉）

陸機〈文賦〉：「遵四時以歎逝，瞻萬物而思紛。悲落葉於勁秋，喜柔條於芳春。心懍懍以懷霜，志眇眇而臨雲。」當人面對自然之際，其心情常因其變化而受影響。藉之述說女子閨情的詩篇，如：「樹頭樹底覓殘紅，一片西飛一片東。自是桃花貪結子，錯教人恨五更風。」（王建〈宮詞一百首〉）「門前桃柳爛春輝，閉妾深閨繡舞衣。雙燕不知腸欲斷，銜泥故故傍人飛。」（張窈窕〈春思二首一〉）表達男子不遇心情的詩篇，如：「新年何事最堪悲，病客遙聽百舌兒。太歲只遊桃李徑，春風肯管幾寒枝。」（盧仝〈悲新年〉）「願君學長松，愼勿作桃李。受屈不改心，然後知君子。」（李白〈贈韋侍禦黃裳二首之一〉）

三、世外桃源

東晉陶淵明〈桃花源詩並記〉中，描繪出一個人間仙境——桃花源，其中百姓不知源外今是何年，過著單純的自給自足的生活，好像脫離了時間線，在另一個空

〔註3〕唐代部份以（清）聖祖敕編《全唐詩》爲材料（大陸：上海古籍出版，1986年。）
〔註4〕《中國古代文學十大主題——原型與流變》，王立，台北：文史哲出版社，1994年7月初版王氏將中國文學的內容區分出十大主題：惜時、相思、出處、懷古、悲秋、春恨、遊仙、思鄉、黍離、生死。

間中安然自適。〔註5〕之後，文人時時在詩中流露對於仙境的嚮往。如：「隱隱飛橋隔野煙，石磯西畔問漁船。桃花盡日隨流水，洞在清谿何處邊。」（張旭〈桃花谿〉〔註6〕）「歸山深淺去，須盡丘壑美。莫學武陵人，暫遊桃源裏。」（裴迪〈崔九欲往南山馬上口號與別〉）

四、形容女子容顏

以桃花顏色形容女子面容，一方面因年輕健康，充滿紅潤的血氣；二方面桃花在春天開花，並且花期短，所以多以之比喻青春的少女，青春因其短暫，更顯可貴。如：「貴人難得意，賞愛在須臾。莫以心如玉，探他明月珠。昔稱夭桃子，今為春市徒。鴟鴉悲東國，麋鹿泣姑蘇。誰見鴟夷子，扁舟去五湖。」（陳子昂〈感遇詩〉三十八首之十五）「朱脣一點桃花殷，宿妝嬌羞偏髻鬟。細看只似陽臺女，醉著莫許歸巫山。」（岑參〈醉戲竇子美人〉）

五、男女艷情

自唐起，桃花意象明顯轉變為男女艷情，主要是東晉陶淵明的「桃花源」與「劉阮傳說」合流造成，其原因與狀況將在下文詳述。「畫簷（一作梁）春燕須同宿，蘭浦雙鴛肯獨飛。長恨桃源諸女伴，等閒花裏送郎歸。」（步飛煙〈寄懷〉）「何事桃源路忽迷，惟留雲雨〔註7〕怨空閨。仙郎共許多情調，莫遣重歌濁水泥。」（張賁〈和襲美醉中先起次韻〉）

六、其　他

（一）長　壽

東漢班固《漢武帝內傳》：「王母仙桃三千年一開花，三千年一生實」，因此，王母的仙桃代表長壽。與此相關的詩篇如：「其桃千年，始著花些。」（顧況〈朝上清

〔註5〕　〈唐詩中桃花源主題的流變——繼承、轉化與發揚〉，歐麗娟，頁 92、93。歐氏指出：（一）桃花源所展示的樂園，是凡人達不到的絕境；（二）在桃花源中，是以親情與鄉裏情感在維繫人際關係，而非政治與經濟；（三）桃花源始終脫離歷史演進。

〔註6〕　蔡師崇名以為〈桃花谿〉作者非張旭，而是蔡襄。〈〈桃花谿〉一首是張旭的詩嗎？〉，《國文天地》五卷1期，1989年6月。

〔註7〕　在詩中，「雲、雨、水」多有「性」的隱喻。此外，宋玉〈高唐賦〉：「妾在巫山之陽，高丘之陰，旦為朝雲，暮為行雨。朝朝暮暮，陽臺之下。」後人因以「巫山雲雨」喻男女歡情。「濁水泥」當是化用曹植〈七哀〉：「君若清路塵，妾若濁水泥。」張賁與韓偓詩中，「桃源」成為男女歡愉的夢鄉。雖然不一定是指一夜情，但是「桃源」意義轉變為與男女情愛相關之跡甚明。

歌〉）「更道玄元指李白，多於王母種桃年。」（高適〈玉眞公主歌〉）

（二）友人互贈

如：「貧薄詩家無好物，反投桃李報瓊琚。」〔註8〕（白居易〈歲暮枉衢州張使君書並詩因以長句報之〉）「能迂驥馭尋蝸舍，不惜瑤華報木桃。」（錢起〈重贈趙給事〉）

（三）高潔品格

漢代司馬遷《史記・李將軍列傳》：「桃李不言，下自成蹊。」意謂桃李不曾言語，但因其色美果香，自然吸引許多遊客。以之比喻只要爲人眞實誠懇、品格高潔，便會得人青睞。與之相關詩篇如：「桃李無言又何在，向風偏笑豔陽人。」（杜牧〈紫薇花〉）「桃李不須令更種，早知門下舊成蹊。」（戎昱〈上李常侍〉）

（四）培養後進

桃、李爲對弟子的美稱，如歌頌教師的教育成果爲「桃李滿天下」，因此「樹桃李」即是培養人才之意。如：「杜下聞周史，書中慰越吟。近看三歲字，遙見百年心。價以吹噓長，恩從顧盼深。不栽桃李樹，何日得成陰。」（張謂〈寄李侍禦〉）「紫陌紅塵拂面來，無人不道看花回。玄都觀裏桃千樹，盡是劉郎去（一作別）後栽。」（劉禹錫〈元和十一年自朗州召至京戲贈看花諸君子〉）

第二節　明代艷情小說中的「桃」意象

自中晚唐起，桃意象逐漸世俗化，往男女情欲一線發展。小說自始便被視爲殘叢小語、稗官野史、小家等，先天的形式造成後天難以與詩這類雅文學並駕齊驅，然正因如此，許多不敢見於詩文的思想，尤其邪狹一類，便在小說中大放異彩，毫不顧忌。自唐傳奇始，小說漸有豐富的與群眾現實生活相關的內容，如愛情、諷刺等，到了明代，群眾的基礎、作者大量運用民間口語、情欲的解放等，促使艷情小說大量成長。筆者自明代的艷情小說中發現桃意象除了延續唐以前的蹊徑，以桃比附女性的容貌，如：

> 宿醒如初，如桃花合露，撫眉萬千。（《宜春香質》第二回〈雪集〉）

> 高窗曲欄仙侯府，捲簾羅綺豔仙桃；纖腰怕未金鐘斷，鬢髮宜春白雪高。

> 愁傍翠蛾深八字，笑迴丹臉利雙刀；無因得薦陽台夢，願拂餘香到蘊袍。

〔註8〕後人化用《詩經》上列詩句爲「投桃送李」，以示兩人互贈物品。

（《浪史》，頁 109）

兩頰如桃花。（《如意君傳》，頁 59）

顏如桃花。（《春夢瑣言》，頁 362）

此外，更出現比中晚唐甫出現世俗化的桃意象，更具肉欲色彩的情況，意即以桃隱喻女性生殖器官。

篠帝刺破桃花蕊，任你貞堅又如何。惜得黃花身已破，只堪隨波逐污流。
（《玉閨紅》，頁 344）

黑松林下水潺潺，點點飛花落滿川。魚唧桃浪遊春水，衝破松林一片煙。
（《海陵佚史》下卷）

井泉百般捏弄，拍開看看就如紅桃子開裂一般的。（《繡榻野史》，頁 126）

這正是你貪我，我戀你，倆好和一好。欲辭苦李覓甜桃，那信甜桃味果高。
（《龍陽逸史》，頁 98）

那相公還不快合手，出那賊鑽來，鑽到我那下面桃花洞中玩一會。（《龍陽逸史》，頁 145）

瓊花乍吐，桃浪已翻，羞赧嬌啼，難態萬狀，尼遂輕輕，略為動搖，而與錢妻鏖戰許久。（《僧尼孽海》，頁 245）

黃以白綾帕取紅，知客嬌啼不勝，黃曰：「桃瓣驗矣」。（《僧尼孽海》，頁 310）

明代艷情小說中桃的意象，除了以之比喻女子紅潤的雙頰外，諸如嫁娶、長壽、品德、培植後輩等意義均不太多見，明顯的往情欲的路線前進。以桃的花或果實外型而言，其桃紅粉嫩的花色易與女性容貌作聯想，甚而借代為年輕貌美的女性。另發現也以「桃源洞口」隱喻生殖器。桃又有性行為場景的隱喻。如：

玉簪點破鴛鴦竅，桃浪橫沾翡翠衾。（《僧尼孽海》，頁 210）

花心拆動，桃浪已翻。（《浪史》，頁 120）

桃除了點明季節或春景外，常與男女豔情的場景相連結，以之襯托男女艷會的心理狀態。如：「潮頭望入桃花去，鴛鴦相對浴紅衣。」〔註9〕也出現「桃源」詞彙：

路入桃源十洞天，亂紅飛處遇嬋娟。（《浪史》，頁 95）

咫尺桃源路不迷，相逢何意便相離。只愁惹起閒蜂蝶，空逐東風上下飛。
（《龍陽逸史》，頁 195）

〔註9〕《繡榻野史》，頁 231。

此當是陶淵明的「桃花源」經過文人舊酒新瓶後的結果，從一個文人夢想的理想地域，轉化爲男女歡會的場景。下文將由以上理出的幾條線索，追溯桃意象轉變的原因。

第三節　明代艷情小說中「桃」意象情欲化的原因

意象的轉變通常是有跡可循的，不會突然產生變化，並且轉向至完全不相干係的另一極端。中國古典文學中的桃意象，雖然呈現神聖化／世俗化或禁欲／縱欲兩端，然仔細究之，其中總是藕斷絲連的。若要探討桃意象情欲化的軌跡，其實是可以追朔到《詩經·桃夭》一篇，其以粉紅花色暗喻正值年華的女子歡喜結婚，而蓁蓁枝葉與豐滿桃實，也流露出多子多孫的期待，自此，桃花或桃實、〔註10〕青春或生殖都與女性息息相關。因此，本節就從詩經開始，慢慢理出桃意象轉變的原因。

一、遠古生殖崇拜的遺俗

在遠古時代，尤其是母系社會時，原始人見女性懷孕十月，並自產道生出孩子，因不明瞭原因，於是開始崇拜女性生殖器，視它具神聖性。因此，在其使用的器物外型上，常會描繪魚紋、三角紋、花瓣紋、果實紋等以象徵女性生殖器（陰蒂、陰唇）或子宮、肚腹的紋路。〔註11〕從植物的表象來觀察，花瓣、葉片或果實與女性生殖器形狀相似；自內涵而言，其一年開一次花，結一次果，具有繁殖的能力，與女性的生殖功能相同。花類與女性陰部的聯想，應可視爲遠古生殖崇拜的遺俗，在《詩經》中，〈摽有梅〉〈桃夭〉〈木瓜〉〈椒柳〉等篇也殘留此文化。〔註12〕隨著社會的發展，人類智慧的長進，遠古時代的生殖崇拜大多已淡化，但是以花類作爲女性陰部的象徵依然沿用，尤其在通俗的小說中相當常見，如劉達臨指出「形容強而有力的性行爲『直搗花心』；嫖處女的代名詞爲『開苞』。」其他也有以「花徑」「蓬門」等指稱女性陰部。〔註13〕

〔註10〕桃樹所生之花爲「桃花」，所生之實爲「桃子」。《禮記·月令》：「仲春之月，桃始華。」仲春爲春季的第二個月，即陰曆二月，因此桃花在春天開花。此外，李時珍《本草綱目·桃釋名》：「桃性早花，易植而子繁。」據《詩經植物圖鑑》，桃不僅早花，且花期短，花落隨即結實。

〔註11〕本文與生殖崇拜相關敍述參見（1）《生殖崇拜文化論》，趙國華，大陸：中國社會科學出版社，1991年12月第二次印刷（2）《縱橫華夏性史——古代性文明搜奇》，劉達臨，台北：性林文化事業，1995年8月初版一刷。

〔註12〕同前註，頁223～225。

〔註13〕同註11，劉氏著，頁25。

在明代艷情小說中，多以「桃花瓣」隱喻女陰，此不僅與形狀甚至顏色也有關。花與女性生殖器的關聯可視爲遠古生殖崇拜的文化，然爲何不直接以共名「花」作譬喻，反而以別名「桃」？此外筆者也發現，小說中更以「桃花洞」「桃源洞口」暗喻女陰，此中原因一方面當然與遠始人常將「洞」與女性產道作聯想，而出現以有孔的「陶環」「石環」作爲女陰的象徵物，〔註14〕另一方面可能與陶淵明「桃花源」相關。此與之後討論的問題相關，容後敘述。

二、桃顏色是女性的代表色

《詩經・國風・周南・桃夭》：「桃之夭夭，灼灼其華。」唐代孔穎達《毛詩正義》：「夭夭，言桃之少；灼灼，言華之盛。」再如曹植《雜詩》之四：「難國有佳人，容華若桃李。」其皆以桃花的粉紅色彩，形容年輕女子的容貌，也成爲往後文學中很重要的譬喻方式。

中文裡的桃色相當於粉紅色，英文爲 "pink"，十六世紀才成爲色彩名稱，法文則爲 "rose"。色彩的刺激會引起人的情感作用，因此桃色會使人引起溫柔、幸福、羅曼蒂克、男女關係的曖昧。在國外，桃色甚至有「妖精般的粉紅」的形容。〔註15〕正因桃紅色在色彩心理中因其具有溫暖、柔軟的感覺，因此成爲女性的代表色。「色彩引起的心理感覺，會受到時代、習俗文化、民族、個人等許多因素影響」，〔註16〕並且視覺經驗所得的感覺外，常會透過聯想，而形成明確的感情上的感應。〔註17〕總上，筆者以爲，桃紅色與女性的關係在中國人心中應當具有普遍性的認同，〔註18〕否則不會自詩經始，到明清，多以桃花的紅潤顏色作爲女性青春、健康、美麗的形容。

此外，筆者尚要解決的問題是「桃花」與「桃花源」之間的連結問題。一旦確

〔註14〕 同註 11，趙氏著。

〔註15〕 《設計的色彩心理——色彩的意象與色彩文化》，賴瓊琦，台北：視傳文化事業有限公司 1999 年 3 月 1 日二版一刷，頁 101、141、143。

〔註16〕 《「色彩與人生」學術研討會論文集》上、下兩冊，熊宜中編輯，台灣藝術教育館，1978 年 5 月，頁 113。

〔註17〕 《設計的色彩計畫》，大智浩（Hiroshi, Ohchi）著，陳曉同譯，台北：大陸書店，1974 年 4 月 6 日再版，頁 35。

〔註18〕 從色彩心理學的角度視之，筆者想提供兩個經驗作爲旁證。筆者於 1998 年 7 月參觀台北市立美術館「慾望場域」展，該展的宣傳海報以桃紅色爲底色，並展覽場地也以該色爲基調。此外，也曾造訪台北市萬華區華西街的公娼，其室內燈光也以桃紅色爲主。兩種經驗同以桃紅爲表現或展示色彩，此當非巧合，應與中國人對於桃花觀點相關，也當是桃花意象轉變後，留存於人們心中的印象之展示，並且也與色彩心理學相關。

立其間關聯性的問題後，再解決往後「桃花」「桃花源」「劉阮傳說」相互影響的原因時當較清楚。首先當自東晉陶淵明的〈桃花源詩並記〉論起：

> 晉太元中，武陵人捕魚為業。緣溪行，忘路之遠近，忽逢桃花林，夾岸數
> 百步，中無雜樹。芳草鮮美，落英繽紛。漁人甚異之，復前行，欲窮其林。
> 林盡水源，便得一山。山有小口，彷彿若有光；便捨船從口入。初極狹，
> 纔通人；復行數十步，豁然開朗。

自陶淵明的「桃花源」的接受史來看，自南朝後期的陳、隋兩代始，文人才開始受其影響，〔註19〕而「桃花源」儼然成為眾人心目中的理想國，之後隨著時代思想的影響，此桃源意象逐漸轉化，此轉變的過程也影響了桃意象，不過筆者為使問題單純化，先在此節暫時打住，先討論「桃花」與「桃花源」間的關係。

　　讀者在吟詠〈桃花源詩並記〉時，腦中必然浮現諸多意象，如「捕魚人」「緣溪行」「兩岸桃花，落英繽紛」「山有小口」等。就色彩學的角度言之，在吟讀中，直接映入眼簾，並且留下深刻印象的，大概是那兩岸的桃花樹與一地繽紛的桃花瓣。桃在此詩中不僅點出了季節，同時也有欣欣向榮、生生不息的氣氛，因為「春秋代序，陰陽慘舒，物色之動，心亦搖焉。」（劉勰《文心雕龍・物色》）人屬自然界，大自然的變化會牽動人的情緒，故鍾嶸說：「氣之動物，物之感人。」一地的落花，代表開始要結桃實了，這象徵著自然的交替與生物的繁衍永不停息。兩岸不僅有桃花，同時也是遍地芳草，紅綠相間、潺潺溪水，更襯托出桃花的紅潤。因此後代文人在運用桃花源意象時，總會以桃花作為主要景色，如東晉末，歷經南北兩朝，到隋代為止，在總數近五千首詩作中，直接提及桃花源者不多，然仍有些在字面上與之相關的近似語，如「桃花水」「桃花渚」「桃花澗」「源上桃」「桃花春源」等與桃源主題暗合的詞語。〔註20〕此外，唐、宋兩代如：「漁舟逐水愛山春，兩岸桃花夾去津。」（王維〈桃源行〉）「桃花滿蹊水似鏡。」（劉禹錫〈桃源行〉）「家傍流水多桃花，桃花兩邊種來久。」（武元衡〈桃花行送友〉）「桃花滿庭下，流水在戶外。」（蘇軾〈和桃花行〉）由上所舉之例可發現，讀者在陶淵明「桃花源」的接受中，「桃花」在色彩或型態上讓人留下深刻的印象。而人在記憶時，圖像是最符合大腦記憶的機制，〔註21〕因此讀者在重新記憶起「桃花源」時，腦中往往最先浮現桃花繽紛

〔註19〕同註5，頁89。

〔註20〕同註5，頁95～96。

〔註21〕《教育心理學》，林生傳，台北：五南圖書公司，1991年8月二版二刷。一般常見資料呈現的型態，有數字、文字、聲音、圖像四種，而圖像型態最容易讓人記得住，因其最符合大腦記憶的機制。人的大腦分為左右兩區，左腦區管語言、數字、邏輯、歸納等，右腦區管韻律、空間、想像、圖樣、顏色、整體等，因此人在吟詠詩句時，

的景象。於明清艷情小說中，作者在描述性心理時以桃花來形容，如「桃花心裏蝴蝶舞」（《桃花庵》第十二回　宴園林交杯對飲）、「妾年方入篲，那知月下期。今宵郎共枕，桃瓣點春衣」（《歡喜冤家》第二十二回　黃煥之慕色受官刑），這或許也可以色彩心理學的角度解釋。桃花的色澤與形象，通過〈桃花源詩並記〉的閱讀後，深植人心，儼然成爲「桃花源」的圖像記憶；甚至在「桃花源」情色化後，這樣的印象一併帶入，使「桃色」（桃花顏色）具有情色的象徵意義，直到今日，〔註22〕連「桃花源」也是具有象徵意義的空間。

　　筆者在探討「桃花」與「桃花源」的關連時，是採用心理學的視角，或許有人認爲，兩種意象的聯合僅是字面上的關聯罷了（皆有「桃花」二字）。然筆者以爲文學的欣賞是種非邏輯性、情感性的活動，其感官意識相當強烈，在接受的過程中，除非看不懂，或其過於說理，否則其圖畫性是顯著的，更何況〈桃花源詩並記〉的前段敘述中，其畫面是相當精采的。筆者此論，不妨聊備一說。

三、「桃花源」意象的情色化

　　「桃花源」意象在南朝後期被接受後，開始呈現仙化的現象，此當受當代神仙思想的影響。〔註23〕往後，在初唐，其呈現田園化與隱逸化；在盛唐，爲仙道化、佛道化並行；在中、晚唐，則邁入世俗化。〔註24〕明代艷情小說中，「桃花源」意象大部分皆與情愛相關，山水遊歷、田園、隱逸者反而少見，此當與中晚唐「桃花源」意象世俗化、情愛化相關。另唐詩中，至少到中晚唐以前，除了盧照鄰「俱邀俠客芙蓉劍，共宿娼家桃李蹊」（〈長安古意〉）與杜甫「顛狂柳絮隨風去，輕薄桃花逐水流」（〈漫詩〉）稍露情慾傾向外，其他大部分都看不出情欲化的色彩。

　　陶淵明的「桃花源」在南朝晚期，僅是個典故的運用，尚未及理想世界的主題，

多是運用右腦區，這也是爲何詩篇是許多意象的組合，而讀者閱讀時，腦中所呈現的也是一幅幅的圖像。另王師義良也以爲：「創作構思的過程中，作者思考的是腦中一些空間意象，近乎圖畫的表像記憶。」（《《文心雕龍》文學創作論與評論探微》，高雄：復文圖書出版社，2002 年 9 月一刷，頁 108）。

〔註22〕現今，常用「桃色」（婉指男女情愛，多指不正當的男女關係）、「桃色新聞」（涉及男女關係的緋聞）、「桃花運」（愛情方面的運氣）等詞語。參考《漢語委婉語詞典》，張拱貴主編大陸：北京語言文化大學出版社，1996 年 12 月第一次印刷，頁 81、82、88、94。

〔註23〕同註 5，頁 97、98。歐氏指出：桃花源清新脫俗的環境、脫離時間的架構等，與道教追求長壽不死有相同的特質，這是造成桃花源仙化的主因。甚至張松輝認爲，桃花源是陶淵明取材自道教的洞天神話（〈“桃花源”的原型是道教茅山洞天〉，大陸：《宗教學研究》第二一期，1994 年）。

〔註24〕參同註 5。

至唐代始成爲日後文人詩中表達「烏托邦」思想的慣用意象。〔註25〕此時的「桃花源」已非陶淵明建構的樸素農莊，取而代之的是濃厚的仙境色彩，因此南朝晚期可謂之爲「桃花源」意象的第一次再創造。初唐時期的「桃花源」意象可視爲陶淵明的「桃花源」的回歸、仙境與人間的轉換。〔註26〕盛唐時期可視之爲「桃花源」意象的第二次再創造；其因佛教的盛行，因此呈現仙、佛、道三者融合並行。中、晚唐時期，其政治環境崩落、人心消極，因此「桃花源」意象逐漸遠離「樂園」型態，〔註27〕而指向世俗化與情色化。如，韋莊與章碣詩：

> 曾向桃源爛漫遊。也同漁父泛仙舟。皆言洞裏千株好。未勝庭前一樹幽。
> 帶露似垂湘女淚。無言如伴息嬀愁。五陵公子饒春恨。莫引香風上酒樓。
> （韋莊〈庭前桃〉）

> 絕壁相欹是洞門，昔人從此入仙源。數株花下逢珠翠，半曲歌中老子孫。
> 別後自疑園吏夢，歸來誰信釣翁言。山前空有無情水，猶遶當時碧樹村。
> （章碣〈桃源〉）

若自情色角度視之，韋莊詩「千株好」可以隱射女子，「桃源」可作爲眾女子聚集所在；〔註28〕章碣詩，頭帶珠翠並在花下賞遊歌唱的女子，已有向情色轉化的傾向。陶淵明的「桃花源」原本是建構在脫離人世間的時間序列中，但又依隨著大自然四季循環的恬淡的田園生活，之中沒有政治實體在運作，僅靠百姓間相互的依賴與自給自足。後代文人對「桃花源」的接受中，便因時代、環境與個人因素，而使其型態不斷的質變，起初是個神仙煉丹以求長生的地方，後摻入佛教思想；其中的仙子，原本具備仙界的體質，後又向世俗化轉進，而成爲有七情六慾的，宛若凡間女子般的感情。其實，詩中的仙子並非在唐代就由神聖性轉向世俗性，早在漢時，宋玉〈高唐賦〉、司馬相如〈大人賦〉即出現原本難求的神仙界，驟變爲不再具神聖性與神女輕易取得，由天上謫落人間的情形。〔註29〕

在中晚唐詩中，出現「桃花源」意象與世俗化「仙子」、「劉阮傳說」〔註30〕兩

〔註25〕〈外境追尋到內心契入——由唐至宋詩中桃花源主題的轉變〉，陳怡儀，《宋詩的時空觀》台北：大安出版社，2001年10月第一版第一刷，頁13。
〔註26〕參見（1）同前註，頁1。（2）同註60，頁89。初唐的「桃花源」意象一方面繼續仙化的路線，另一方面有朝陶淵明所建構的田園式的「桃花源」回復。
〔註27〕〈陶淵明《桃花源》的締造歷程與象徵意義〉，江寶釵，國立中正大學學報，第二卷第一期1991年10月。
〔註28〕同註11，頁128。
〔註29〕〈女性、帝王、神仙——先秦兩漢辭賦及其文化身影〉，許東海，台北：里仁書局，2003年4月15日出版，頁39。
〔註30〕元代雜劇作家如王子一根據歷史傳說素材，演繹成《誤入桃源》，作品將劉、阮所遇

種元素的結合。據吳賢妃說法：〔註31〕在盛唐〈孫長史女與焦封贈答詩〉，「桃花源」首次與「劉阮傳說」融合，之後直到中、晚唐才獲得繼承，《全唐詩》中就有十四首。〔註32〕

> 劉晨、阮肇入天臺取谷皮，迷不得返。經十餘日，糧食乏盡，飢餒殆餐。遙望山上有一桃樹，大有子實，而絕巖邃澗，了無登路，攀葛乃得至，噉數枚，飢止體充。復下山，持杯取水，欲盥漱，……谿邊有二女子，姿質妙絕。……因要還家。家簡瓦屋，南壁及東壁下各有一大牀，皆施絳羅帳，角縣鈴，上金銀交錯，床頭各十侍婢。……行酒有群女來，各持三、五桃子，笑而言：「賀女婿來酒，甘作樂。」劉、阮忻怖交並。至暮，令各就一帳宿，女往就之，言聲清婉，令人忘憂。……遂住半年，天氣常如二、三月，晨、肇求歸不已，女乃僊，主女子有三十人，集會奏樂其送劉阮。指示還路，既出，親舊零落，邑屋全異，無復相識，問得七世孫，傳聞上世入山，迷不得歸。

以上出於劉義慶《幽明錄》，〔註33〕大意是：漢明帝永平五年，劉晨、阮肇在天臺山中迷路，遇二女，便受邀還家，劉、阮遂留半年，後思歸下山。孰料故舊皆不識，兒孫已至七世代。這段故事可能因「持桃仙子」與仙化後的「桃花源」間產生聯想而合流，〔註34〕使得「桃花源」意象第三次轉化為男女情愛。

> 妾失駕鴛伴，君方萍梗遊。少年懽醉後，只恐苦相留（贈封）。
> 心常名宦外，終不恥狂遊。誤入桃源裏，仙家爭肯留（封酬）。
> 鵲橋織女會，也是不多時。今日送君處，羞言連理枝（別封）。

女子稱作「桃源洞仙子」。

〔註31〕〈論唐詩中桃源意象的宗教化與情愛化〉，吳賢妃，《中正大學中國文學研究所研究生論文集刊》第五期，2003年5月，頁60、74。

〔註32〕同前註，吳賢妃指出「桃花源」與男女情愛交涉的詩篇有九首，然筆者查找《全唐詩》發現，除盛唐當孫長史女〈孫長史女與焦封贈答詩〉外，中、晚唐時期有十四首，羅列如下：（一）張賁〈和襲美醉中先起次韻〉（二）曹唐〈小遊仙詩九十八首〉（三）曹唐〈劉阮洞中遇〉（四）曹唐〈仙子送劉阮出洞〉（五）曹唐〈劉阮再到天台不復見仙子〉（六）曹唐〈劉晨阮肇遊天台〉（七）韓偓〈欲去〉（八）步非煙〈寄懷〉（九）湘妃廟〈與崔渥冥會雜詩〉（十）元稹〈劉阮妻（一作山）〉二首。（十一）章碣〈桃源〉（十二）韋莊〈庭前桃〉（十三）潘雍〈贈薓氏小娘子〉（十四）薓氏女〈和潘〉。

〔註33〕《筆記小說大觀》第三一編，台北：新興出版，1977年；或《太平廣記》卷四一，（宋）李昉（南朝宋）劉義慶《幽明錄》，台北：新興出版，1973年。

〔註34〕同註29，頁76。

> 但保同心結，無勞織錦詩。蘇秦求富貴，自有一回時（封留別）。（孫長史
> 女〈孫長史女與焦封贈答詩〉）

孫長史女化用「劉阮傳說」意在表達男女思念之情，然文人對於「劉阮傳說」的接受視角可謂是多所不同，有採劉阮離開，仙子思念的「思念」意涵，如孫長史女〈孫長史女與焦封贈答詩〉；有劉阮山中迷途的「迷途」、「尋人」意涵，如張祐〈憶遊天臺寄道流〉；有劉阮在山中享樂的「享樂」意涵，如白居易〈對酒〉；有劉阮與仙女艷遇的「情愛」意涵，如潘雍〈贈葛氏小娘子〉。而劉阮與仙女艷遇的「情愛」意涵常與仙化後的「桃花源」結合，成為後代文人在男女情愛上習慣套用的意象，並且「桃花源」經常成為男女艷遇的地點。此外，唐初張文成《遊仙窟》〔註35〕或許也是影響「桃花源」情色化的原因。〔註36〕

> 緣細葛，泝輕舟。身體若飛，精靈似夢。須臾之間，忽至松柏巖，桃花澗，
> 香風觸地，光彩遍天。

張文成從汧隴，奉使河源，道經一地，名曰「遊仙窟」，張氏遂潔齋三日，打算前往一遊。駕舟緣溪前行，忽然間映入眼簾的是滿谷桃花，並香氣宜人，色彩滿天，這正是「遊仙窟」的景色。這段駕舟忽逢美景的文字與陶淵明的〈桃花源詩並記〉前段貌似，然不如陶氏精采，不過可看出陶淵明對張文成的影響。張文成在「桃花源」的基本架構上，添加男女豔遇的元素，對於中晚唐情愛化的「桃花源」不可說沒有影響。

> 下官（張文成）詠曰：「昔時過少苑，今朝戲後園。兩歲梅花匝，三春柳
> 色繁。水明魚影靜，林翠鳥歌喧。何須杏樹嶺，即是桃花源。」

> 十娘詠曰：「梅溪命道士，桃澗佇神仙。舊龜成大劍，新龜類小錢。水湄
> 唯見柳，池曲且生蓮。欲知賞心處，桃花落眼前。」

張文成於神仙窟中邂逅十娘，並在園中接受十娘招待。上文即兩人享受園中美景而相和的詩作，由此可知園內如仙境般桃花遍野、春色宜人、鳥語花香。這樣的場景便成為後來男女歡會場所固定套用的佈景型態，此可從明清艷情小說中找到佐證。此外，「桃花源」也成為追求愛情的代稱，如「盼嬌娥，盼嬌娥，欲覓兒家，須向桃花洞裏過。」（《駐春園小史》第四回　擬實為招魂風前隕涕　憑空偏捉影江上聞聲）「秋水盈盈玉絕塵，簪星開雅碧綸巾。不求金鼎長生藥，只戀桃源洞裏春。」（《初刻拍案驚奇》卷二十六　風情村婦捐軀假　天語幕僚斷獄）

〔註35〕《遊仙窟》，（唐）張文成，台北：天一出版社，1985年。

〔註36〕據後人研究，張文成的《遊仙窟》其實是假「仙窟」代指「妓院」，「遊」當然實指「嫖妓」；並稱張文成為稱妓為仙的第一人。參見《細說唐妓》，鄭志敏，台北：文津出版社，1997年6月初版一刷，頁17。

　　總上，以情欲的角度來看，黃永武認為：「從『紅粉粧』、『人面桃花』、桃花江、桃花運……從這個思想的路線延伸下來，桃花從春色、女色，而淪落為肉慾的象徵了。」〔註 37〕南朝劉孝綽「此日倡家女，競嬌桃李顏」（〈雜詩〉）、唐初駱賓王「倡家桃李自芳菲，京華遊俠盛輕肥」（〈帝京篇〉）、盧照鄰「俱邀俠客芙蓉劍，共宿娼家桃李蹊」（〈長安古意〉）等，以桃花形容女子容顏，或以「桃李蹊」代娼家，描述對象已從普遍（一般婦女）轉變到特定（娼女），雖然有的娼女是以表演歌舞曲藝維生，並非皆為「非其利則不合矣」（唐代房千里《楊娼傳》），然其所處環境較為複雜，身分地位低下，以桃花作喻，便產生貶的意味。宋代程棨《三柳軒雜識》曾云：「餘嘗評花，以為梅有山林之風，杏有閨門之態，桃如倚門市倡，李如東郭貧女」，其直接以桃比喻倡女。唐代杜甫〈雜詩〉：「顛狂柳絮隨風去，輕薄桃花逐水流」或五代陳標〈健（缺字）怨〉：「飄零怨柳凋眉翠，狼籍愁桃墜臉紅」，「輕薄」「狼籍」似有所隱喻。清代孔尚任《桃花扇》中，侯才子提筆成詩：「夾道朱樓一徑斜，王孫初禦富平車。青溪盡是辛夷樹，不及東風桃李花。」此暗示了士與妓的關係；另一段是：「侯生與香君攜手同入洞房。侯生見香君微被酒熏，春色滿面，比暖翠樓下相會時更覺宜人，情不自禁，輕輕抱上床，你貪我愛，說不盡雲情雨意；顛鸞倒鳳，只覺得風抖花顫。正是：『劉郎已入桃源內，帶露桃花怎不開？』」由此可知，桃花已逐漸轉變為淫佚褻蕩的象徵，其因乃自是中國遠古的生殖崇拜遺俗，並劉、阮在天臺遇持桃仙子、張文成在桃花窟一夜風流與「桃花源」成為男子豔遇的仙境後，桃意象就由以花之外貌顏色形容女子容顏一線而下，進而帶有情色意涵，甚而隱喻男女艷會場所、性行為與女性生殖器。

　　補充說明：桃之情色內涵在清代的豔情小說中其實更盛，如以桃花隱喻女性生殖器，在《伴花眠》、〔註 38〕《雲影花陰》、〔註 39〕《歡喜緣》、〔註 40〕《鴛鴦陣》〔註 41〕等都出現過；以「桃源」隱喻女性生殖器，在《風流媚》、〔註 42〕《空空幻》、〔註 43〕《春洩繡榻》等也曾出現。以「桃源洞」作為男女私會之場景，除了當代《二刻拍案驚奇》：「幽房深鎖多情種，清夜悠悠誰共？羞見枕衾鴛鳳，悶則和衣擁。無端猛烈陰風動，驚破一番新夢。窗月華霜重，寂寞桃源洞。」出現外，同樣的也出現

<hr>

〔註 37〕　同註 56，頁 36。
〔註 38〕　《伴花眠》，情癡反正道人，台北：天一出版，1985 年。
〔註 39〕　《雲影花陰》，煙水散人，台北：天一出版，1985 年。
〔註 40〕　《歡喜緣》，青陽野人編，台北：台灣大英百科，1995 年。
〔註 41〕　《鴛鴦陣》，古棠天放道人，台北：天一出版，1985 年。
〔註 42〕　《鴛鴦陣》，古棠天放道人，台北：天一出版，1985 年。
〔註 43〕　《鴛鴦陣》，古棠天放道人，台北：天一出版，1985 年。

在清代艷情小說，如：「英英自是風雲客，兒女娥眉敢認仙。若問武陵何處是，桃花流水到門前。」〔註44〕「挹香道：『芳卿人如仙子，室如仙闕，小生幸入仙源，眞僥倖也。』」〔註45〕

〔註44〕《風流悟》第八回。

〔註45〕《青樓夢》第二回。

附錄二　柳暗花明又一村——從中國園林談陶淵明「桃花源」之原型

一、前　言

　　東晉陶淵明之〈桃花源詩並記〉在當代未受矚目，直至南朝後期之陳、隋，文人始受其影響。陶淵明所建構的「桃花源」儼然成爲中國人心目中理想世界的象徵，各時代對其之接受，受各時代社會環境的影響，而呈現不同的變異，如失落的樂園，或是情色的樂園。〔註 1〕後人也對「桃花源」作不同視角的研究，其中特別探討到「桃花源」的原型是否眞有一個「桃花源」的存在作依據，甚至有人直指其確實地點。〔註 2〕學者多從「桃花源」去研究陶淵明，再以其相關詩作歸結出陶淵明的思想，並給予「田園詩人」之美稱。筆者想要瞭解的是：陶淵明崇尚恬淡天然的生活，從「採菊東籬下，悠然見南山」〈飲酒詩二十首其五〉可看出其與大自然合而爲一，想要寄託這種思想，可以有〈歸園田居〉、〈飲酒詩〉、〈和郭主簿詩〉、〈歸去來辭〉等作品，然其又是如何產生出這樣一個似眞似假的地方——桃花源？是根據什麼來建構的？抑或受了某種機緣之觸發，而正好可以之承載其閑淡自然的思想？

　　每位詩人除了先天的氣質、天賦與後天的學習浸潤，其也深受當時環境的影響。陶淵明生於東晉，正值園林盛行的年代，文人將身寄於自己建築的自然中，正如他所言：「結廬在人境，而無車馬喧」〈飲酒其五〉，雖身居鬧境，也能隨己意

〔註 1〕　請參考（1）吳賢妃：〈論唐詩中桃源意象的宗教化與情愛化〉，《中正大學中國文學研究所研究生論文集刊》，第五期，2003 年 5 月。（2）歐麗娟：〈唐詩中桃花源主題的流變——繼承、轉化與發揚〉，《國立編譯館館刊》，第二六卷：第二期，1997 年 12 月。

〔註 2〕　有說「桃花源」的原型在大陸湖南武陵或北方的弘農或上洛（請參華唐：〈人間何處〈桃花源〉——〈桃花源〉的原型與變體〉，《明道文藝》，1994 年 10 月。）

構築一個有限的空間，徜徉其中。因此，筆者合理的推測，或許「桃花源」之原型是受當代園林的影響。首先，本文嘗試由魏晉之政治環境與當代思潮導入其對於園林發展的影響。其次，理出「桃花源」的園林特徵。再其次，園林作為一個專有獨享的空間，其中必定依照園主之喜好與期待去設計，比如何處設山、何處鋪路、何處造橋等。因此，園中各種布置都受其審美觀之指導。對於「空間」的討論必納入「身體」，該空間方有意義；對於「身體」的討論同樣不能不涉入「空間」，因為其會受空間的影響與刺激。同理，「桃花源」中對於人事物之安排，也隱含陶淵明之個性及思想。因此，筆者嘗試從「空間」之配置與「身體」之互動視野切入「桃花源」，以更貼近淵明其人。

二、魏晉時代的思想與園林特色

中國古代，園林因其作用的不同而有諸多異稱，如囿、獵苑、宮苑、園、園池、宅園、別業等。〔註3〕「園林」一詞，大概最早見於西晉張翰：「暮春和氣應，白日照園林。」（〈雜詩〉）異稱雖多，其內涵是大同中有小異：異者在於該空間並不全然以居住為主要目的，有以經濟為考量，種植蔬果與豢養牲畜供食用；有以帝王季節性畋獵之目的，畜養獵物；有為純粹娛樂休閒而設。同者在於無論該空間建構之初衷，其都直接或間接的產生了休憩娛樂、心靈沉澱之效益。要了解園林當從中帝王的宮殿談起。〔註4〕據文獻記載，於黃帝時代即有城邑與宮室，〔註5〕而考古工作者也於中國境內發掘出新石器時代之城邑與夏代宮室，它們的建築形制與結構，被後代宮殿所習用。大約在殷商時期已出現宮殿群，意即附屬於主要宮殿周邊的建築群；這些建築群的作用有供帝王居住、娛樂、畋獵與供應皇室生活需求品（如種植蔬菜、豢養牲畜）等。〔註6〕由此可以發現，作為帝王處理政事、生活起居的空間之外，於殷商時已開始出現，雖是附屬，然在某些層面上是相對

〔註3〕 參見《中國大百科全書》（台北：錦繡出版，1993年4月），「園林」條，頁515。殷商時代，畜養禽獸以供狩獵與遊樂，此地稱為「囿」、「獵苑」；秦漢時代，出現供帝王休憩之場所，此稱為「苑」、「宮苑」；屬政府機關或私人，供玩樂場所稱為「園」、「宅園」、「別業」。

〔註4〕 多人著作中都認為談園林可追溯到「囿」，筆者以為沒有錯誤，然若能從帝王宮殿談起，方能了解最初園林與帝王的關係，因為其需要休閒與娛樂，才產生了帝王的園林，往後也影響了魏晉時代的私人園林。

〔註5〕 帝王宮殿並非本文主要探討對象，因此對於傳說時代的宮室與夏商宮殿等相關記載，請參從雲、陳紹棣、林秀貞：《中國宮殿史》（台北：文津出版社，1996年8月初版一刷），頁3-13。

〔註6〕 參同前註，頁68。

獨立的休閒空間，如《史記‧殷本紀》：「厚賦稅以實鹿臺之錢，而盈鉅橋之粟。益收狗馬奇物，充仞宮室，益廣沙丘苑臺，多取野獸蜚鳥置其中，慢於鬼神，大聚樂戲於沙丘，以酒爲池，懸肉爲林，使男女裸，相逐其間，爲長夜之飲。」紂王耗鉅資於沙丘建苑臺，「臺」是主建築物，「苑」則是附屬的建築群，其內有動、植物供帝王娛樂。〔註7〕在宮殿群中，帝王已特別劃分一個獨立的空間，以作娛樂休閒之用的意識時，中國的園林才有可能從帝王園林向私家園林發展的可能。作爲一個獨立休閒空間或經濟考量與娛樂並存的空間而言，中國園林源自商代末年的「囿」，〔註8〕其中豢養野獸並種植樹木以供帝王狩獵。〔註9〕「囿」中的自然景觀乃爲帝王狩獵而來，因此，娛樂功用僅是附帶，非主要目的。春秋戰國時，諸侯造園日漸普遍。〔註10〕自商周到秦代，「囿」呈現出「佔地廣、工程浩大、人工設施日趨繁衍」〔註11〕的情況，因不專以畋獵，相對的增加了帝王休憩的場地，此場所可稱爲「苑」「宮苑」，如秦代阿房宮。〔註12〕到了漢代，則開始重視自然景色與宮殿的安排與規劃，尤其東漢的園林規模雖較西漢小，但更精巧。〔註13〕魏晉南北朝時期，因文人思想的解放、老莊佛思想盛行、玄談風氣興盛等，漸漸帶動私家園林、宗廟園林與自然風景園林之興盛，其面積雖不及帝王園林浩大，然皆是作爲休憩、遊樂、宴飲、吟詩、閑談之處。唐、宋時期，開始有些佈局、造景的概念，到了明、清，則是中國私家園林的鼎盛時期，現代造園的原理原則

〔註7〕　參同註5，頁36。

〔註8〕　中國最早見於文字記載的園林是《詩經‧靈臺》：「經始靈台，經之營之。庶民攻之，不日克之。經始勿亟，庶民子來。王在靈囿，麀鹿攸伏，白鳥翯翯。王在靈沼，於牣魚躍！虡業維樅，賁鼓維鏞。於論鐘鼓，於樂辟廱。於論鐘鼓，於樂辟廱。鼉鼓逢逢，矇瞍奏公。」《毛詩》：「囿，所以養禽獸也，天子百里，諸侯四十裏。」

〔註9〕　參考杜順寶：《中國園木》（台北：淑馨出版社，1988年出版），頁8。

〔註10〕黃長美：《中國庭園與文人思想》（台北：明文書局，1985年），頁8，該書註解5。

〔註11〕引自劉策：《中國古典名園與苑圃》（台北：明文書局，1986年初版），頁4。

〔註12〕（漢）司馬遷：《史記‧秦始皇本記》（台北：華正書局，1974年）。其載阿房宮前殿爲「東西五百步，南北五十丈」。秦始皇統一列國後，開始侈用人力物力，建造宮殿，如渭水以北營建咸陽宮，渭水以南則爲上林苑；上林苑中最著名的離宮別館爲阿房宮。（參同註9杜著，頁12）

〔註13〕參同註9，頁7。漢代一方面因城鄉分工，城市與大自然分冊，因此城市中人於城內私造園林，以闢安靜遠離塵囂之處；二方面是當代 繪畫中加入山水，使人對大自然的冊始嚮往，於是在苑圃中模山範水。關於「園林」之定義，鄭文僑解釋甚詳，其說：「在一有形空間範圍中，有機地栽種花草樹木，堆石鑿泉，修築庭臺樓閣；或於其中屯田種穀，植蔬樹果，豢養牛羊犬馬，以其經濟自足，形成一人工環境，並且這種園內設施與園藝營造，能使人放鬆身心，寄託情感，起到休閒娛樂的功能，並進而達致美感的體悟。」引自《魏晉園林之士文化意蘊》（國立成功大學中文所碩士論文，2004年6月），頁11。

皆是自魏晉時期的園林意境的思想發展出來的。〔註14〕總上可知，魏晉以前的園林多附屬於帝王宮殿，有經濟與休閒之功能，然當園林不再是附屬物，並其目的為純粹休閒娛樂時，則標示著園林的正式成熟。魏晉時期的園林在前代的基礎上，同時也因社會政治狀況、當代思潮與審美觀下，正式開啟園林之一頁。魏晉園林包括皇家園林、私家園林、自然風景園林與寺廟園林，皇家園林因政治環境不穩定，加上其建築形制、佔地等沒有漢代來的浩大壯偉，因此皇家園林的發展呈現停滯狀態，如曹操的銅雀園可為代表，甚至是魏晉園林之發軔；私家園林在前代的經驗成果、當代老莊玄學思潮、佛教傳入及文人雅好自然等因素下，此類型園林興起；〔註15〕文人名士好賞游自然山水，時時留連於郊外名亭，人工的亭子映搭著自然山水，逐漸成為文人雅士聚集、清談品評、送往迎來之處，成為自然風景園林，如蘭亭；佛教與道教的發展，使得寺廟道觀大量出現，如北魏楊衒之《洛陽伽藍記》對此有大量記載。〔註16〕

樓慶西認為當時文人為了能夠徜徉在大自然的環境中，於是開始在自己的居住地上，建構屬於自己「私有」的園林。〔註17〕然為何會在魏晉時代？其正如劉天華所說的：「我國園林藝術發展到兩晉南北朝，產生了一個大飛躍。」〔註18〕魏晉是個「破」與「立」的時代：儒家式微，禮教枷鎖之掙脫與宗經思想之瓦解，進而代之的是於老莊思想中找尋自我靈魂、個人色彩的洋溢並建立起獨到的審美觀。此外，佛教之輸入，對於建築藝術產生重大影響，其在造型、裝飾、石雕、壁畫技法等，也影響到一般的建築。因此，魏晉時代於政治、社會、文化、藝術產生重大的變化下，引發園林的變革。西晉時，已出現山水詩與遊記，到了東晉，謝靈運、陶淵明之詩與王羲之之書法藝術，其恬淡自然的意境對於園林有著深刻的影響。園林到了魏晉，漸從建築群體之附屬，轉變為主體，並以自然山水為其導向。當代文人，藉園林以象徵自然、表現人格與寄情，並為後代園林建立穩定的基礎。老莊思想以自然為主，是站在與萬物齊一的角度去觀照世界。而玄學的發展，則進一步的發展這種思想，在藝術上的表現則為「言不盡意」與重「神」不重「形」。如此的思想表現

〔註14〕 參同註 9，朝鮮與日本的園林乃是接受中國影響而發展起來的，雖然在發展的過程中，揉合了自己本國的文化，但是在造園的原則與審美情趣上，仍與中國的園林一脈相承，共同形成東方的造園系統。

〔註15〕 請參同註 3，則「三國兩南北朝建築」、「園林意境」、「中國古代園林」條，頁 369、523、562。

〔註16〕 參同註 13 鄭著，頁 30-45。

〔註17〕 參考樓慶西：《中國園林藝術》（台北：藝術家出版社，2001 年 8 月），頁 14。

〔註18〕 引自劉天華：《園林美學》（台北：地景企業（股）有限公司，1992 年 2 月），頁 53。

在園林時，呈現出「若自」的寫意，著重將大自然的素材，如石、水、植物等，經過取捨與篩選，以藝術典型的集中概括手段，將之布置於園林之中。爲的不是自然的模仿，而是自然精神的表現。

　　中國園林是在天然的地理環境上建立的，有山有水與動植物，然此是帝王才有的權利，一般的文人不具豐厚的經濟能力，並且想取塊適合的地點也是不易，因此，園林的範圍漸漸縮小，移置石塊代替山，種植花草樹木代替林，即將自然或經人工改造的山水或植物，配合建築物的比例，成爲整體。於中國園林中，自然的山水與人造的閣、軒、亭、榭，充分顯現人與大自然的融合爲一，形成中國文人獨到的審美觀。中國園林其實是文人長期受儒、道思想浸染的外在體現。在有限的空間中，建築起暫時自我沉澱的世界，與自然結合的環境中，是對道體自然的嚮往；楹聯、〔註19〕帶有君子意涵的蓮與竹等，是內聖外王的自我砥礪。

三、陶淵明「桃花源」之園林特徵

　　魏晉園林受當代政治環境與思潮下，士人建立一個有別於前代，不以經濟生產爲主的莊園，而作爲一個遠離、逃避、休憩的場所。「由浮動到華競到平靜，由仕誕到安逸到豁達的心靈流動。正所謂『繁華落盡見眞淳』，東晉園林相較於西晉，更富含生命的內涵與理趣。」〔註20〕魏晉園林的思想內涵成爲後代，甚至是明、清兩代造園原理之基礎，即有魏晉園林的發展，才有後代在其園林思想基礎上以不同的形式展現。〔註21〕

　　根據學者的研究，夏代與之前的城邑宮室大抵具有以下特點：(1)有一定範圍(2)城的主要城門皆有大道連結城內、城外，大道的寬度大約在一點七公尺 (3) 城內的交通呈棋盤狀 (4) 帝王宮室設於城邑中，宮室居於交通要衝，意即東西南北大道之交匯處。〔註22〕由此可知，城邑與宮苑是有空間限定的；道路作爲連結城內與城外，並關係著建築物的重要性，意即道路是種權力，越有方便道路的使用權者，就掌握越多的權力，權力者所居的建築物相對的就增加其重要性。再觀夏代的「二里頭遺址」，發現宮殿建築有堂、廊、庭、門的組合，正殿前有「寬敞的庭院，四周以廊廡相繞，

〔註19〕參考劉天華：《園林藝術及欣賞》（大陸。上海教育出版社，1989 年），頁 304-305。
〔註20〕參同註 13，頁 182、188。
〔註21〕筆者之意，即魏晉園林在中國園林的發展中具關鍵性，在合理推測下，其園林形式必定不如明、清兩代來的豐富多樣與完整，但是在內涵思想上卻是明、清兩代園林原理之基礎。因此，本節是由園林的思想內涵上來討論「桃花源」的園林特徵，而不以各種樣貌與形式展現來探討，因爲魏晉園林多不見顧今。
〔註22〕參同註 5，頁 4-15。

南面有敞闊的大門和配『塾』的門道」；〔註23〕「堂、廡、庭」是建築物某部分具體的空間，「門」是往來個別空間的出入口，在這些組合中隱埋了可在建築物中交通的路線。同樣的也可參看周代的宮室平面圖，〔註24〕道路連結院、堂、房、廡等空間。總上，從作爲連結各建築空間的道路言之：道路規定著可否進入城內、從何處進入、如何進入（路寬僅容人或車馬通過）；道路的走向代表著權力的集中，意即帝王對道路之操控權，道路集中處，代表權力的集中。道路的使用權也可呈現權力之多寡，如《漢書・成帝紀》：「初居桂宮，上嘗急召，太子出龍樓門，不敢絕馳道，西至直城門，得絕乃度，還入作室門。」〔註25〕帝王有專用的馳道，就連太子也未敢逾越，此凸顯帝王之特權。此外，道路之寬度，也代表權力的高低，如周代以前城中的南北東西大道之寬度，大約有一點七公尺，漢代則出現十二至二十公尺。

就宮殿的空間與道路特色而言，作爲原是宮殿建築群之一的園林也同樣具有此特質。在空間方面，園林被圈定一定的範圍，再依照主人主觀心意，創造一個近似天然的環境，在空間上具有封閉性。園林之腹地有廣有狹，然皆由數個景觀組合而成，廣者如漢武帝之皇家園林——上林苑，其乃由許多的宮殿群組合而成，其中最大的建章宮，也是由數個景觀組成：

> 其東則鳳闕，高二十餘丈。其西則商中，數十裏虎圈。其北治大地，漸臺高二十餘丈，名曰太液，池中有蓬萊、方丈、瀛洲、壺梁，象海中神山龜魚之屬。其南有玉堂壁門大鳥之屬，立神明臺、井幹樓，高五十丈，輦道相屬焉。（《漢書・郊祀記》）

就路線交通而言，上林苑四個方位的景觀（即建築群組）間有輦道以往來，此輦道可視爲遊覽路線。據《三輔黃圖》記載：「周二十餘裏，千門萬戶，宮在未央宮西、長安城外。」武帝爲了往來方便，跨城建築輦道，可從未央宮直至建章宮。從《三輔黃圖》對建章宮的描述可知，建章宮建築群外圍築有城垣，自其佈局觀之，從圓闕（正門）、玉堂、前殿至天梁宮形成一條軸線，其他宮室分佈左右，全部以閣道相互交通。

> 築山穿池，列樹築木。（《晉書》卷六四〈會稽王道子傳〉）

> 崇門豐室，洞房連戶，飛館生風，重樓起霧。高臺雲榭，家家而築；花林曲池，園園而有，莫不桃李夏綠，竹柏冬青……入其後園，見溝瀆賽產，石蹬磋堯。朱荷出池，綠萍浮水。飛梁跨閣，高樹出雲。（楊衒之《洛陽

〔註23〕引自註5，頁7。

〔註24〕參同註5，頁31之「陝西省岐山鳳雛西周甲組建築基址平面圖」。

〔註25〕引自（東漢）班固，（唐）顏師古注：《漢書》（台北：新陸書局，1964年出版）。

伽藍記》)

重樓、高臺、花林、列樹、山池等可視爲個別景觀，園林之主要目的是供人目翫，因此，個別景觀間必有可供游人行進之路徑。

> 遠創造精舍，洞盡山美，卻負香爐之峰，傍帶瀑布之壑。仍石疊基，即松載構，清泉環階，白雲滿室。復於寺內別置禪林，森樹煙凝，石徑苔合，凡在瞻履，皆神清而氣肅焉。(《高僧傳》卷六〈慧遠傳〉)〔註26〕

慧遠之精舍（廬山東林寺）築於白雲繚繞的山中，外有瀑布、松木；內治禪林，其間是森樹煙凝、石徑苔合。精舍外景是慧遠主觀挑選的自然佳地，是自然形成的；內景雖是人工設計過的景物，然也是取自天然。外景的階梯、內景的石徑等正是慧遠平日走覽與聯外的路徑，其設置必然以可觀賞最佳景色爲優先考量。

　　總上可發現，園的取地與設計皆從主人的主觀考量，選擇一個最佳的地點設置園林，這個園林就是主人對外築起的密閉空間。園中的任何設計必然以能提供最佳視野與休閒爲依歸，築臺要能遠觀美景，達到借景之效；遊覽路徑的設計以方便到達個別景觀，能漸進、不遺漏的抓住近景；個別景物的設計則視主人對此空間之期待與本身之審美觀。在園林的形式設計上，必然是各代越形精進，然其中的原理原則與審美心態是一致的。隋唐以前的園林現今不多見，然仍可自其詩文與相關記載看出漢代已向宏偉精緻發展；魏晉南北朝更從皇帝、諸侯宮殿式的雄偉建築，轉向私人居家式的園林。〔註27〕本節對於園林與「桃花源」的相關討論上，著重在遊覽動線與空間中審美的創造上，分爲（1）空間的封閉性（2）欲露先藏、虛實相涵（3）遊覽路線的隱與消解（4）生境四方面。又爲分析之故，因此全錄〈桃花源記〉於後：

> 晉太元中，武陵人捕魚爲業，緣溪行，忘路之遠近。忽逢桃花林，夾岸數百步，中無雜樹，芳草鮮美，落英繽紛。漁人甚異之，復前行，欲窮其林。林盡水源，便得一山。山有小口，彷彿若有光；便舍船從口入。初極狹，才通人；復行數十步，豁然開朗。土地平曠，屋舍儼然，有良田、美池、桑之屬；阡陌交通，雞犬相聞。其中往來種作，男女衣著，悉如外人；黃髮垂髫，並怡然自樂。見漁人，乃大驚，問所從來，具答之。便要還家，設酒，殺雞作食；村中聞有此人，咸來問訊。自云先世避秦時亂，率妻子邑人來此絕境，不復出焉，遂與外人間隔。問今是何世，乃不知有漢，無論魏晉。此人一一爲具言所聞，皆歎惋。餘人各復延至其家，皆出酒食、

〔註26〕（梁）釋慧皎撰、湯用彤校注、湯一玄整理：《高僧傳》(北京：中華書局，1992年)，頁321。
〔註27〕各代園林的演變及特色，請參同註13。

停數日，辭去。此中人語云：「不足爲外人道也。」既出，得其船，便扶
向路，處處誌之。乃郡下，詣太守說如此。太守即遣人隨其往，尋向所誌，
遂迷不復得路。南陽劉子驥，高尚士也；聞之，欣然規往。未果，尋病終，
後遂無問津者。

（一）空間的封閉性

園林爲了要凸顯「私有」，會有空間上的界限（該空間，筆者稱爲「大空間」），
特以牆垣或水與外界作阻隔。而內部會有數個主題的景觀（筆者稱爲「小空間」），
景觀間彼此也有界限，通常以矮牆、小門、橋、水或林木等。該獨立的大空間顯現
出園林主人獨特的審美觀和區隔外界的強烈不容踰越性，即使此大空間是對外開
放，人員可自由進出，然一進入此，就必須依照該空間的規劃與遊覽路線的操控，
因此，這樣的空間仍然呈現出強烈的主導性。（請參附圖一）

「桃花源」也是個封閉性的大空間，其對外的入口就是「狹小的洞口」。源內居
民自云祖先爲避秦亂，便與妻子、鄉里來此空間，此後未嘗離開。村中居民聽聞有
「外人」進入，便都來詢問外界的情況，可見此空間的封閉程度相當高，這漁夫可
能是唯一有幸進入的。漁夫一旦出去後，便無法再進入，這更顯現出此空間的不可
入侵性；它對該空間有充分的主導權，包括進出權。

（二）欲露先藏、虛實相涵

私家園林是在有限的土地上建構個人的樂園，因此必須有效的把握土地面積，充
分顯現其邊際效能，所以會運用一些方法，使其景觀多、空間大，以形成幽深、多變、
新意層出的藝術境界。使其景觀多的方法如借景，〔註28〕即借用景色。比方「遠借」
就是借園外之景；「俯借」就是借水面的倒影；「仰借」就是借高處之景等。〔註29〕使
其空間大的方法之一就是「欲露先藏」。中國的私家園林有種特色，即無論是進入到
大空間或是小空間，其通道大多是狹窄、曲折與晦暗，此意在避免一覽無遺。自前門
一下就能將全景看透，會使該空間更顯狹小，若是運用心理錯覺，「於入口處設有假
山、小院、漏窗等作爲屏障，適當阻隔視線，使人隱約看見一角園景，然後幾經盤繞
才能見到園內山池亭閣的全貌」，〔註30〕如此，映入眼簾的景觀在感覺上必定大於心
理預期的，這就是「虛實相涵」的運用。〔註31〕園內數個小空間彼此的聯繫上，多以

〔註28〕早在秦代園林就出現「借景手法」，請參註 13 鄭著，頁 21。
〔註29〕同註 10，頁 129。
〔註30〕引自伍蠡甫《山水與美學》（台北：丹青圖書，1987 年），頁 311。
〔註31〕參同前註，頁 116。

狹隘的步道、水流、橋等。作爲阻隔作用的假山、小院、漏窗、小門、小橋、流水等是「虛」，彼此被阻隔的數個小空間是「實」。

　　「桃花源」在空間上同樣採取「欲露先藏」、「虛實相涵」的手法，即「狹小洞口」與「緣溪行」的策略。「桃花源」對外的出入口爲狹隘的洞口，然對外的聯繫並非僅此，尚有「溪」、「桃花林」、「水源處」與「山」。漁夫「緣溪行」，沿途可以欣賞到「桃花林」、「水源處」與「山」，因此這些可視爲個別的景觀（小空間），這些小空間是由「溪」的欣賞路線連貫起來的，然這些小空間可視爲大空間向外的延伸。「溪」的觀賞路線是預先被設計好的，正因爲沿途的美景，致使漁夫不自覺得落入進入「桃花源」的圈套；也因爲小空間的轉換，使得漁夫幾乎忘了自己走了多遠，無預警的走近綿密的桃花林，走著走著，依稀聽到水聲，在不可預期中發現山口流出的水源與一鑿小光。捨船進入透出光線並僅容一人通過的小洞口，僅數十步，竟然「豁然開朗」，眼前一片開闊，出乎意料的景觀。空間的置換，透過「狹窄」的通道，產生「量」上的變化，以對比的心理差距，使得空間因心理因素反而延伸並加長。在中國園林佈局中有個說法，即「水面太虛而點以小島石峰以實補虛」、〔註32〕「山爲實，水爲虛」。〔註33〕因此，聯繫「桃花源」內外的管道「溪」可視爲「虛景」，〔註34〕沿途景觀，甚至是源內的「平曠土地」、「儼然屋舍」、「良田」「美池」、「桑之屬」等，可視爲實景，「桃花源」內外，在空間的組合上便是運用了「虛實相涵」。「芳草鮮美，落英繽紛」、「林盡水源」可見該溪爲源源不絕的活水，灌養周邊的草木；既是活水，想必清澈，否則漁夫便不致被吸引，而繼續緣溪行，而忘路之遠近。這即是清代乾隆皇帝改建祈年殿，引水造山時說：「水無波瀾不致清，山無曲折不致實。」（〈塔山西面記〉）此外，若以「桃花源」這個大空間來看，「土地、屋舍、田、池、桑、交通、雞犬、男女」等可視爲實景，「怡然自樂」則爲虛的表現。然不可忽視「怡然自樂」四字，這是在陶淵明所建構的大空間中，最耐人尋味之處，它不僅呈現出陶淵明寄予該空間的自然思想，也留下一片「空間」，即「留白」。〔註35〕「留白」是虛，代表無形、非具體可感

〔註32〕　參同註17，引自245頁。
〔註33〕　參同註18，引自115頁。
〔註34〕　參同註9，頁115。中國庭園中，在「虛實」的表現方面，水爲「虛」，山爲「實」；敞軒、涼亭、迴廊等亦實亦虛，看在如何與洞門、漏窗、簷廊之聯繫，而造成虛以接實、實以襯虛的效果。
〔註35〕　「空白」或「留白」是藝術空間與時間的展示，它並非孤立的存在，正如「山外有山，雖斷而不斷；樹外有樹，似連而非連」；在空間中，透過時間的展延，造成距離上的短暫斷裂，但實際上它又並未斷裂，而需要依賴藝術的想像力，將其斷裂接填。（請參高若海：〈中國藝術的空白與美學上的虛實相生說〉（收錄蔣孔陽主編《美學與藝術論》，大陸：復旦大學出版社，1993年11月出版），頁172-175。）「空白」

的，它需要通過藝術的想像去填滿。「桃花源」中的留白就是需要依賴實景部分去補足；「怡然自樂」不僅代表快樂與愉悅，而是在一個沒有政府干預，生活皆自給自足，四季自然運行，萬物自然生長，一切順應自然等所呈現出來的安然、平淡的「知足之樂」。

「借景」是虛實相涵的表現方法之一，把缺少的借過來，然並非是「借一就增加一」的同比例增加，而是造成無法量化之「虛」的效果，即借「實」景，而增加「虛」景的功效。「桃花源」中，「土地、屋舍、田、池、桑、交通、雞犬、男女」是實景，透過該景便也將自然界的許多現象一併借進，如季節變化造成的草木枯榮及作物收成、太陽光影的挪移、風雨雷電、鳥叫蟲鳴、樹蔭花香等和人類生命的繁衍。陶淵明藉實景營造出來的園林景致，實際上隱含了老莊天人和諧、萬物一體的自然思想。

（三）遊覽路線的隱與消解

筆者在前述及，私家園林因土地面積上的限制，所以要想些方法使得整個園林更廣闊些並園中景觀豐富，所以藉由虛實互用來達成目的。然景觀豐富了，就必須考慮到內部行進動線的問題，若設計得好，便會達到步移景換、柳暗花明之效，並且不會造成遊客往來的混亂，破壞遊園的興致。因此，園林在設計上大概是水上有橋、橋連接亭子、封閉的兩院就開個門、兩景間設個軒閣、小徑通往居室等。這遊覽的路線好比無形的軸線，軸線上串聯了不同的小空間。〔註36〕此外，園中往往藉迂迴曲折的小路，「以展延其長度，爭取更多的遊覽機會」〔註37〕意即延長遊覽路線，並於各路線上佈置景觀，使得遊客誤以爲走了許多路與欣賞了許多景觀。

在「桃花源」的空間上也有條隱形的軸線，這軸線將個別的小空間限定住，主導著漁夫活動的範圍。而當漁夫自「桃花源」離開後，這條軸線就被消解了，無論太守遣人或劉子驥規往，皆迷而不復得路，直到無問津者。軸線的消解，即代表「桃花源」對外的聯繫從此斷落，空間上的失落。事實上，軸線的解除，更代表了「溪」、「桃花林」、「水源處」與「山」等小空間的解除，於是「桃花源」便彷彿自三度空間中遺失，無法聯繫上。「桃花源」的空間頓時從有限趨向無限，因爲無法確定其正確座標，每個座標皆是可能，卻也充滿不確定性，這也可以說是空間上的「空白」。

是種心境的符號，對於人的心情起著象徵的作用，如「恬淡、閒適、悠然、冷峻、悲哀、愁苦、純潔、神聖的感受。」（引自高若海：〈中國藝術的空白與美學上的虛實相生說〉，頁175。）
〔註36〕參考劉奇俊：《中國古建築》（台北：藝術家出版，1987年），頁21。
〔註37〕參同註17，引自頁306。

此外，源內過著四季循環、自給自足的生活，並「不知有漢，無論魏晉」，就某種程度而言，源內的時間與源外的不大相同。因此，「桃花源」在時間、空間的意義上是「失落的」，失落在現實時空的常軌中。

（四）生　境

「生境」即是要使園林的一切布置，宛然現實環境，意在體現大自然，創造出生意盎然的環境與活活潑潑的氣息，〔註38〕因此最忌「假」，意謂園內景觀雖是自然實景的縮小版，然一草一木皆是實景，並非以假物代真。明代造園家計成曾說：「雖由人作，宛自天開」，〔註39〕意即「造園要素：一為花木池魚；二為屋宇……。花木池魚，自然者也。屋宇，人為者也。」〔註40〕「生境」不僅要自然宛若生活，也要具備美感，即將山、水、草、木作藝術概括與集中表現，將生活美與自然美融於一園之中。

自從漁夫離開「桃花源」，而後人皆無復進入後，「桃花源」儼然從空間上消失，然此並非代表其是超現實的，反而讓人覺得其帶有真實感，這也就是為何後人多歷歷得指出其真實的地點。〔註41〕「桃花源」在路線上雖然帶有「無法回復」的特性，然其空間的構建卻是建築在現實之中。沿著「溪」連接小空間，並繼續延伸到大空間的路徑來看：首先，漁夫是忽逢一片「桃花林」，溪水兩岸呈現出繽紛的景象，直接映入漁夫眼簾，並且留下深刻象的，大概是那兩岸的桃花樹與一地繽紛的桃花瓣。〔註42〕就色彩學而言，紅色的光波最長，所含的熱量最多，因此給人「熱情」的感覺，〔註43〕因此，色彩的刺激會引起人積極的或消極的情感作用。一地的落花，代表開始要結桃實了，這象徵著自然的交替與生物的繁衍永不停息。其次，漁夫進入源後，看見的是良田（代表糧食的來源）、美池（代表耕作與飲用的水源）、桑之類（代表衣布的原料）、交通（代表人的通行）、雞犬（代表牲畜的畜養）、屋舍（代表

〔註38〕參考周鴻、劉韻涵：《環境美學》（台北：地景企業（股）有限公司，1993年2月初版），頁88。

〔註39〕出自（明）計成：《園冶》（台北：金楓出版社，1987年）。

〔註40〕引自童雋：《江南園林志》（台北：文海，1980年），頁20。

〔註41〕參考劉明華：〈理想性、神祕性、歷史真實──對"桃花源詩並記"的多重解讀〉，《文學遺產》，1999年第一期，頁95。

〔註42〕桃花有白、紅兩大色系，然仍以紅色系為多，其包含淡紅、深紅、鮮紅、粉紅等。（參考何小顏：《花與中國文化》（大陸：人民出版社，1999年1月第一次印刷），130頁。）陶淵明指出「芳草鮮美，落英繽紛」，又「繽紛」即雜亂而繁盛的樣子，可以想見溪水兩岸滿地散佈著紅白夾雜的桃花。

〔註43〕參考曹利華：《美學基礎理論》（大陸：北京師範大學，1992年9月第一次印刷），頁212。

風避雨的處所）、黃髮垂髫（兩者並列，代表皆能有養）。再其次，居民一見漁夫，除了好奇的詢問一番外，便是相繼熱情地邀請他回家吃飯。以上所言可以發現，漁夫沿途所見的景物，是自然可愛、順乎自然的；源內老百姓的生活，都是眞眞實實的現實生活。這正體現了自然之美的境界。

以上從園林的幾大特徵來探尋陶淵明之「桃花源」，這些特徵是對園林把握的最初步，現今的造園法則更是複雜。魏晉私人造園尚是起步，其依據的原則乃是老莊思想中的與自然共體的概念，魏晉人雅好自然、山水，因此特別建築園林，無論築於城市與居住結合，抑或建於郊區與莊園結合，〔註44〕其目的都在讓自身能自由徜徉在大自然中。

四、「桃花源」之園林空間的隱喻——「身體」與「空間」之論述

「身體」不僅是指「物質身體」（肉體），更包含「心」；「心」會作思考、建構、抉擇等，「身體」則將「心」的思考、建構、抉擇等化作行動。「空間」不僅是指「物質空間」、〔註45〕「地理」、「自然空間」、「生活空間」，它更指「空間」與「身體」互動中形成具個別意義的空間。「身體」作爲一種存在，必須在空間中找尋一個定足點，因此「身體」與「空間」便形影不離，換句話說，沒有「空間」就無法達成「身體」的存在；沒有「身體」，「空間」僅是物質性的，而不具意義。「身體」面對「空間」時會作出反應與動作，誠如上所說的思考、建構、抉擇等，這些反應通常來自人的意識、前意識，甚至潛意識所作出的反射動作等。因此，這樣的「空間」已不再是原本的「物質性」空間、靜止的空間，它已渲染了「身體」的意義（即意向），〔註46〕成爲會流動的「空間」。〔註47〕該「空間」當然包

〔註44〕 參考同註13鄭著，頁31-33。

〔註45〕 此空間是指「自然的地理形式（geographic form）」。（請參黃應貴主編：《空間、力與社會》，中央研究院民族學研究所出版，1998年6月，頁3「導論」。）「通常以長、寬、高三個指標或向度，來定位物理空間，也即通稱之三度空間。物理空間通常被人認爲是一眞實空間。」（引自劉思量：〈傳統繪畫中的空間表現〉，《藝術評論》第十二期，頁204。）

〔註46〕 身體透過心中意念而作出對空間的反應，所以蔡瑜稱之爲具有「意向性」；身體對空間產生的一連串之反應與動作，可連接成一弧線，稱之爲「意向弧」。（請參〈試從身體空間論陶詩的田園世界〉，台北《清華學報》，新三十四卷：第一期，2004年6月，頁156-157。）「意向性」即是個體對空間產生的主體表現，有時來自意識、前意識或潛意識。各種「意向性」即連成一「意向弧」，即是筆者在文中說的空間與身體互動中形成具個別意義的空間，這有意義的空間包含身體的文化、習慣、習俗、認識觀、慾望、知學等。因此，身體與空間的研究，即在找出並探索「意向弧」。（筆者依據蔡瑜對「意向弧」之說法，另作圖以示，請參本論文附圖二。）

含「時間」之流動，「身體」對「空間」所作出的行動與反應即是在「時間」的流逝中展演完成。〔註48〕

　　「桃花源」透過文字構築空間，需要讀者通過想像力在腦中浮出圖像，它成爲一種「畫面空間」〔註49〕或稱想像的「物質空間」。該空間不斷的向我們暗示著陶淵明之內心世界。「桃花源」在後人接受中，已建築在中國文人的心靈，轉譯著文人的心理，投射出其集體意識，這些都融於園林－「桃花源」－的美感直覺中。「桃花源」儼然成爲一個「能指」，其「所指」將我們引導到另一個世界，〔註50〕它已達到「人格化」，或許可以稱爲具普遍性的「人格化空間」。〔註51〕

　　「桃花源」作爲一個園林空間，透過其遊覽路線以沿途展示景觀。而遊覽路線貫連內外，預先提供了「他者」（漁人）闖入內部空間的機會。「他者」的巧設並非偶然，他代表著「源外空間」的「身體」（集體意識）。因此，在本節，筆者想透過「桃花源」內外的「身體」，探討其個體、集體的心理狀態。

（一）「桃花源」之視覺空間展示與空間中身體的穿梭

　　「桃花源」是陶淵明心靈空間的具體呈現，其在源中任何的布置都好比是一

〔註47〕關於「身體」與「空間」的論述，可參考（1）參同前註，頁151-178。該篇將西方對於「身體」與「空間」的論述，轉譯並融會後呈現給台灣的讀者，對於未諳西文者，此乃敲門磚。（2）劉宛如、李豐楙：〈空間、地域與文化──中國文化空間的書寫與闡釋〉，《中國文哲研究通訊》，第十二卷：第四期，2002年12月，頁203-218。該文羅列國內重要的「身體」與「空間」的文章，幫助讀者瞭解此論述應用的多種面向。

〔註48〕中國人以「宇宙」稱空間與時間，「宇」即上下四方，爲整個空間的總稱；「宙」即古往今來無限的時間。

〔註49〕劉思量所稱「畫面空間」乃指二度平面的畫面。（參同註36，頁204。）筆者化用「畫面空間」一詞，並重新賦予另一意義──腦中圖像。

〔註50〕「桃花源」已成爲一個符號的概念。一般所說的符號可分爲語言與非語言（參考周廣華：《中國符號學》（台北：揚智文化事業股份有限公司，2000年12月初版一刷），頁10。），「桃花源記」作爲一個有文字的文本（text），是個語言的符號。然陶淵明透過文字建構出的「桃花源」，已積澱著中國文人的集體意識與文化習慣，負載著陶淵明，也是其他人共有的「人格色彩」，於是便成爲一個非語言符號，符號內涵指向著一個更袤廣、更深層的心理狀態，即「隱」的心態，在文後會對之論述。此外，筆者指稱「桃花源」可作爲中國文人共同心理的「替身」，可從歷代對「桃花源」的接受看出。（「替身」一詞，來自何秀煌：《記號‧意識與典範──記號文化與記號人生》（台北：東大圖書公司，1999年10月初版），頁2。其說：從最基本的層次而言，符號有著「替身」的作用，可代表、代替、代理其他事物。）

〔註51〕陳從周說：「中國人以情感物，進而達到人格化。」（引自《美學與藝術》，台北：木鐸出版社，1985年9月初版，頁340。）「桃花源」已不是個客觀的空間，是個充分具備陶淵明個人情感、思想色彩的主觀空間，即「人格化」的空間。然此空間又沉潛著中國文人普遍的心理，所以筆者稱此空間具備普遍性。

個符號，皆共同指向陶淵明的內心世界。因此，筆者嘗試將欣賞繪畫的視覺角度（視覺遠近、視覺寬窄），應用在分析「桃花源」的空間內部布置與色彩呈現上。空間的意義來自於身體；身體在空間中的活動，可以透露出其與空間的關係。於此，筆者分別從視覺的遠近、大小、色彩等一窺該空間，並透過各種裝置〔註52〕說明空間的意義。

自漁人穿過洞口，直接映入眼簾的實景就是陶淵明為「桃花源」佈置的場景，首先是「平曠的土地」，粗淺的勾勒出源內的視線輪廓，並且這片土地即是「身體」的存在點。其次，視角縮小在土地上出現的靜景上，即「屋舍」、「田」、「池」、「桑」，這顯示出身體的「生活空間」，有屋舍以避雨遮風與休憩；有田地可種以飽足生理；有池水供飲用與灌溉；有桑木以製衣──這是個可以自給自足的「生活空間」。再其次，在靜物中穿梭著「身體」的蹤影：「阡陌交通」代表源內居民的行動往來路徑；「雞犬相聞」代表了農村中最常見的家禽（雞：報晨、食用）與家畜（狗：人類的忠實夥伴）；「往來種作」呈現出正在勤奮勞動的身體──此是身體的「活動空間」。

漁夫的「身體」隨著眼前景物的視覺展示，逐漸步移至村莊人煙聚集處。首先，他看到了「黃髮垂髫」，並且感受到其「怡然自樂」；此乃透過近距離的接觸，從孩童與老人的臉上、身體表現上，感知到的神情愉悅與內心滿足的狀態。爾後，一個「新面孔」出現在農莊中，不禁引起當地人的好奇，因此居民漸漸朝他接近，詢西問東後，「便要還家，設酒，殺雞作食」。這顯示一個「互動的空間」，孩童、老人的怡然面容，顯示出家庭和樂、長幼有序、皆能有養；居民在第一時間爭相邀請漁人歸家招待，顯示出鄉裏人際互動良好、相處融洽、樂善好施。

陶淵明分別從遠景、中景、近景漸漸展示出源內的各項佈置，視點是由遠至近、從大到小；身體與空間的互動是由實到虛。從漁夫自源外踏入源內的遠觀到逐步走進的近視，展現眼前的是物質性的景觀、感覺人的走動、聽到雞狗的鳴叫、孩童與老人，這是由遠至近、從大到小，與源內居民作最初步的「身體」靠近，這僅是第一印象──有些人住在這塊土地上，他們倚農維生。緊接著，漁人的眼光停駐在孩童與老人的面部表情上，如果孩童天真不會騙人，並且老人有時是十足的小孩個性，那麼「怡然自樂」的表情將是真性情毫不掩飾地湧現，這是漁人從景物與自然身體（實體），正式進入身體心靈（虛處），產生進一步的認識──從他們的表情看來，生活應該過得不錯。以上僅是漁人對源內居民的初步認識，

〔註52〕「桃花源」在本文可視為想像的物質空間，因此筆者指空間中被放置的物品為「裝置」。然「桃花源」在「文本」與「想像的物質空間」中是互涉的，所以「裝置」也是中國詩學中所說的「意象」。「意象」是已被創作者賦予特殊意義的形象。

而在眞正與居民言語、肢體互動，並停留數日後，方能體會其身體與空間、身體與身體互動自然與和諧。

從畫面的層次而言，我們可從「身體」在「空間」中的位置、「身體」彼此間的距離來看「身體」互動。居民的食衣住行有賴土地，因此身體與空間是貼合的。「先世避秦時亂，率妻子邑人來此絕境，不復出焉，遂與外人間隔」，此顯示源內的自然環境適合人居住，農作物也有固定收成，使得居民與外人絕，不願離開。「身體」間的互動展現在家人與鄰居上，黃髮垂髫的怡然自樂，顯示無勞動能力的老人幼孩皆獲得良好的照顧，並且這種照顧不僅是食物的提供，必定包含愛與尊重，否則不會有發自內心之怡然自得的表情；鄰人在面對素未謀面的陌生人時，皆能主動攀談，進而接力式的邀請他吃飯，即可看出平日鄰裏間的情感是融洽的。因爲「空間」的舒適性，〔註53〕使得「身體」能保留原來的自然質性，人際互動而無機心。

就畫面的色彩而言，〔註54〕源內充滿大地的顏色，即土地（土色）、田（綠色）、阡陌（土色交雜綠色）、池（水色），而無人工添加色。土色與綠色人一種靜謐的感覺，在此呈現出一幅閑淡的農家生活與田野風光。「田園」主題在陶淵明的作品中佔有相當大的比重，該主題在其不斷的書寫，其筆下的田園儼然成爲後世文人書寫田園的典型與範本。造園也重視色彩的選擇與植物的安排。陶淵明於遊覽路線－溪－上安排了一個個小景，其中桃花的色彩與植物的選擇上，也透露出陶淵明的心理狀態。讀者在吟詠〈桃花源詩並記〉時，等於是重複著漁夫的經驗，直接映入眼簾，並留下深刻印象的，大概是夾岸的桃花樹與一地繽紛的桃花瓣。桃花不僅點明季節，同時也具有欣欣向榮、生生不息的氣息，因爲「春秋代序，陰陽慘舒，物色之動，心亦搖焉。」（劉勰《文心雕龍‧物色》）人屬自然界，大自然的變化會牽動人的情緒，故鍾嶸說：「氣之動物，物之感人。」一地的落花，代表開始要結桃實了，這象徵著自然的交替與生物繁衍的永不停息。兩岸不僅有桃花，同時也是遍地芳草，紅綠相間、潺潺溪水，更襯托出桃花的紅潤。因此後代文人在運用桃花源意象時，總會以桃花作爲主要景色，如王維「漁舟逐水愛山春，兩岸桃花夾去津」（〈桃源行〉）、劉禹錫「桃花滿踏水似鏡。」（〈桃源行〉）讀者在「桃花源」的接受中，「桃花」在色彩或型態上讓人留下深刻的印象。人在記憶時，圖像是最符合大腦記憶的機制，〔註55〕因此讀者在重新記憶起「桃

〔註53〕「舒適性」除指此空間調和的四季，適合人生存外，也指沒有政治干擾或迫害、沒有人爲的束縛等，所呈現的舒適的空間。

〔註54〕此畫面色彩僅就桃花源內而言。

〔註55〕林生傳：《教育心理學》（台北：五南圖書公司，1991 年 8 月二版二刷）。一般常見

花源」時，腦中往往最先浮現桃花繽紛的景象。就色彩心理學言之，暖色系會予人往前推移的感覺，所以它具有積極的情感作用，且對視覺而言，明亮的色彩看起來較近、較大，給人往外延伸的感覺。〔註56〕因此，沿岸的桃花林，讓人起著洋溢、活潑的精神，並且因其明亮的光度，讓漁夫不知不覺的向前延伸。在中國，桃花因與王母娘娘〔註57〕的關聯，所以帶有聖性、仙味；這似乎是陶淵明在暗示我們，「桃花源」本是遙不可及的。

（二）空間留白與身體意向

在「畫面空間」中，具體可辨識的稱爲「形象」，形象的背後，稱爲「北景」。〔註58〕在中國，形象爲「實」，背景爲「虛」（留白）。「留白」被運用在許多方面，如詩、〔註59〕音樂、繪畫、〔註60〕戲劇〔註61〕與園林建築。園林建築的「留白」特別表現在空間的處理上。在西方，將空間理解爲一個三度的向量盒子，自外面看是

資料呈現的型態，有數字、文字、聲音、圖像四種，而圖像型態最容易讓人記得住，因其最符合大腦記憶的機制。人的大腦分爲左右兩區，左腦區管語言、數字、邏輯、歸納等，右腦區管韻律、空間、想像、圖樣、顏色、整體等，因此人在吟詠詩句時，多是運用右腦區，這也是爲何詩篇是許多意象的組合，而讀者閱讀時，腦中所呈現的也是一幅幅的圖像。另王師義良也以爲：「創作構思的過程中，作者思考的是腦中一些空間意象，近乎圖畫的表像記憶。」（《《文心雕龍》文學創作論與評論探微》，高雄：復文圖書出版社，2002年9月一刷，頁108。）

〔註56〕 參考陳木子：《園林景觀中的色彩理念》，《現代育林》，1994年9月，頁38。

〔註57〕 東漢班固《漢武帝內傳》：「王母仙桃三千年一開花，三千年一生實」，因此，王母的仙桃代表長壽。

〔註58〕 「形象」、「背景」之名詞原用於繪畫。（參同註37，頁213。）筆者以爲該詞彙的內涵與建築、戲劇等藝術相通，因此將之用於園林建築之相關論述，以充分解析陶淵明如何佈置該空間（桃花源），藉之尋找空間之隱喻。

〔註59〕 「詩」的留白表現：語言文字（能指）之「所指」暗示一個難以言喻的「世界」，這個世界就是留白的部分，中國人稱之爲「韻味」，其依賴讀者根據本身的天賦、後天教育與生活經驗等自己讀出多樣意義。（參考葉維廉：《比較詩學》（台北東大圖書公司，1988年6月），頁208。）

〔註60〕 「音樂的有聲到無聲，無聲到有聲，形成節奏。」「繪畫的實景到虛景，疏處到密處，形成層次。」（引自註36劉著，頁188。）「繪畫」方面，明代畫家唐志契於《繪事微言》雲：「小幅臥看不得塞滿，大幅豎看不得落空。小幅宜用虛，愈虛愈妙。大幅則實中帶虛，若亦如小幅用虛，則神氣索然矣。」「虛」的表現就是在「留白」，「留白」部分必須仰賴觀者透過藝術的想像將其補足。明代戲劇家王驥德嘗言：「戲劇之道，出之貴實，而用之貴虛。」藝術作品應以現實生活作基礎，這是「實」；在將素材作藝術的典型概括時，則須透過作者的想像與虛構，這是「虛」。

〔註61〕 「戲劇」乃不以道具爲主的情況下，透過演員的肢體動作來完成各種行爲，如抬腳跨門動作、轉幾個圈代表穿越數個物質空間等。此外，如以衣袖遮臉代表腳色內心說話，甚至服裝與臉譜都可以代表臉色的身分地位與社會階級。

實體，從內部看是空間；該空間是物質的、可觸及的、有限度的。〔註62〕在中國，是以「無限性」來理解空間，認爲空間是無形的、不可度量的、不可觸及的。空間的無限性，需要由欣賞者依據本身的生活經驗與想像力來感知。〔註63〕在「桃花源」中，「實」的部分是物質部分（土地、屋舍、田、池、桑、阡陌、雞犬）與自然身體（男女、黃髮、垂髫、漁人）；此是陶淵明爲該空間設計出的布景，各項裝置都是隱喻。「虛」的部分是居民的心理、陶淵明的心理、中國文人的集體意識，皆是身體受空間的刺激後，產生的心理反應（意向），個別心理可以折射出大眾的心理（意向弧），此即是筆者的主要目的。

　　「土地平曠」顯示出一個自由敞開的空間，居民在其中享用大地的資源並自給自足，這是個體心靈充實飽滿與人際往來互動良好的主要來源。對以農立國的中國而言，「桃花源」所呈現的是你我相當熟悉的田園景色。這樣場景安排的目的不於田園風光的展示，而在於一個穩定、安樂、和諧、自足生活的期待。源內居民之表情、人互動之情形等意向，構成一條意向弧，該弧線正暗示出該空間的理想性──人與自然的合一、人與人的和諧。（請參照本論文附圖三）

　　漁人作爲一個外來的身體，其在離開原先的「空間」，進入另一個「空間」，該空間對他的刺激是什麼？他作出何種「意向」？其與源內的「身體」（居民）如何作互動？漁人剛踏入源內是「豁然開朗」，「豁然開朗」不僅說明穿過狹小洞口後，身體與心情上的舒放，亦是眼前目光的開展，有別於先前叢密、光線在相對之下較陰暗的桃花林。他以視覺（土地、屋舍、田、池、桑、阡陌、雞犬、男女、黃髮、垂髫，甚至是觀察居民的面部表情）、聽覺（雞犬相聞、與居民交談）、觸覺（文本雖未明示，然可想像的到，如氣候、溫度、空氣、風等）去感知該空間，這些是透過身體的感覺器官去察覺，並對他的心靈形成刺激。當地居民「不知有漢」，這在漁人聽來當是相當驚訝──世界上竟會有這樣一個對外封閉的地方；居民聽了漁人說明外界的情況後，便表示「歎惋」；這歎惋隱含著自先世避秦亂後，源外的世界仍未改變，仍舊是亂。這聽在漁人心裡將是心有戚戚焉，並且有更深

〔註62〕參同註36，頁21。

〔註63〕比方，中國園林大多與文人（即園林主人）的家居生活合併，因此園內會有文人的書房。文人常在窗外養竹，窗景就好比掛在室內的一幅畫：文人在室內讀書時，佈滿竹子的窗景，不僅具有裝飾、美觀效用，很大的作用在於「自我砥礪」。因此，就創作而言，乃以實（竹）代虛（竹子對文人的象徵意義，如君子、氣節）；就欣賞者而言，第一層的認識是「美觀」，第二層認識是「明白竹子對文人的象徵意涵」；第二層的認識不僅賴於欣賞者的藝術感知的想像力與基本常識（或生活經驗）。竹的「留白」部分便是依據欣賞者的能力將之「補足」；「補足」過程的完成，將是一件作品自「創造」到「接受」的完成。

的感觸——因爲自己身處其中。同樣的身體在不同的空間刺激下，想必在漁人心中起著漣漪，才會在離開桃源後，便處處標下記號，期待下次再來。漁人的舉動皆是其與桃花源和居民接觸後，產生的種種「意向」；漁人將消息帶出，太守、南陽劉子驥等人試圖追尋；追尋的原因在於「匱乏」的補償；追尋未果，自此，「桃花源」成爲「理想」的象徵。源外人受「桃花源」的刺激後，產生的種種意向聯繫成了一條意向弧（請參照本論文附圖四）。這條弧線可資作爲後代人在「桃花源」的接受中產生的集體意識。

「源外的身體」（包含實際經歷桃花源的漁人與僅憑聽聞的其他人）在受「桃花源」的刺激後，便產生了四種意向（反應與行動）。四種意向呈現出「匱乏·追尋（尋找補償）·昇華（追尋物成爲理想象徵）」的心理演變。〔註64〕若將「附圖三」與「附圖四」的意向弧作一比較，可發現：「源外身體」所匱乏的即是呈現在「附圖三」的意向弧上，再將之與馬斯洛（Abraham. H. Maslow，1908～1970）的「五大需求」〔註65〕作比對（請參照本論文附圖五）。

馬斯洛之「五大需求」，從最低級至最高級分別是：生理、安全、愛與歸屬、尊重與自我實現；前四項爲匱乏性質的需求，最後爲自我成長性質的需求。要特別說明的是：愛與歸屬是指：人際關係、友情、愛情等；尊重需求是指：社會群體的歸屬感、與被社會承認；自我實現需求是個性需求，當人已滿足前四項需求後，便會順著自己個性，完成自我目標。源內居民「自給自足」，滿足「生理需求」；「老幼皆能有養」，不僅衣食飽足，也獲得「安全感」；生命世代之延續（隱藏在

〔註64〕筆者從一個對「桃花源」的接受角度提出「匱乏·追尋（尋找補償）·昇華（追尋物成爲理想象徵）」的心理演變程序，以凸顯源外居民與後世文人對於陶淵明所建構出的「桃花源」的情感。在接受過程中，心中將自身所處的時代環境與「桃花源」作比較，於是產生了「匱乏」。出現匱乏便想獲得滿足，其方式或許是重讀「桃花源詩并記」，或許是在山林中意圖尋找相似的、可供自己徜徉，使心靈獲得沉澱的地方，或許是對「桃花源」的再創作（對此從後代文人以桃花源爲主題所作的詩文可知）。在尋找滿足的過程，發現滿足之不可得，便逐漸昇華，因此尋找滿足的方式也可視爲「昇華」的方式。此外，筆者也受到廖炳惠〈嚮往、放逐、匱缺——「桃花源詩并記」的美感結構〉（《中外文學》，1982年3月。）一文影響。廖氏從讀者的角度來看「桃花源詩並記」的美感，認爲讀者在接受過程中「嚮往」中夾雜「放逐」與「匱缺」，源內居民自我放逐到「桃花源」中，讀者被「桃花源」排拒在外，視同被放逐，因此「匱缺」并生。筆者認同廖氏的說法，然筆者更擴大從後續的心理層面去理解，意即後世文人在「匱缺」後會昇華爲多樣方式，以寄託情感，此是積極的層面。

〔註65〕請參（美）馬斯洛（Abraham. H. Maslow）著，林方譯：《人性能達的境界》（大陸：雲南人民出版社，1987年8月第一版）。

文本中,然可讀出)、鄰里「人際關係融洽」可視爲「愛與歸屬」的滿足;「桃花源」即是一個小型社會,因此「人際關係融洽」也代表個人獲得社會的接納與認同;「個體心靈之自由敞開」表示身體處於生理、心理充足充足的狀態,至於個體如何去尋求自我表現,在文本內雖未明確揭示,但是卻隱藏了可能性。陶淵明因質性自然、熱愛田園生活,因此棄官歸隱,直到終老,此正是自我的實現,敢於面對眞正的自我與生命。

總上可知,源外的身體因人類「五大需求」的匱乏,意欲追尋「桃花源」,然都無疾而終,便乏人問津;這並非代表對「桃花源」的不再記憶,反而是潛藏心中,成爲一個「理想」的象徵。我們可發現自南朝後期之陳、隋兩代,文人開始接受「桃花源」的影響起,各代文人都不約而同的書寫對「桃花源」的遙遠記憶與呼喚,逐漸地,這段記憶便沉積爲中國文人的集體記憶。因此,「桃花源」空間中留下的空白,即是源內作爲各種符號的裝置所共同指向的「世界」,它向我們暗示著一段「匱乏/追尋/補償/昇華」的歷程;透過漁人依循遊覽路線前進,一步步補償歷代文人的匱乏。

(三)封閉/開放之空間弔詭

陶淵明嘗稱自己是「性剛才拙」(〈與子儼等書〉),朱熹亦言:「陶淵明詩,人皆說是平淡,據某看,他自豪放,但豪放得來不覺耳。陶卻是有力,但語健而意閑。隱者多是帶性負氣之人。」〔註66〕陶淵明建構的理想國——桃花源,消極意義上是「逃避」、是「隱逸」;積極層面上卻是個充滿個性、勇於改變現狀與逐夢踏實,此點從其卸官歸田可獲得印證。「桃花源」的隱喻與「隱者」的心理有極大的關聯性。若照朱熹的「隱者多是帶性負氣之人」說法,「桃花源」的建立並非柔弱或消極的逃避,反而是積極開拓一個統治者管轄不著的場域。在此空間中,統治者的權力被漁夫返家的路線所消解,在源中,居民的「身體主權」是屬於個人的,傾向於「自然的身體」,〔註67〕以自然的身體去感知自然空間,少受社會規範的束縛;僅有性別、年齡與長幼輩分,而沒有社會階級、富貴權勢。因此可以發現,陶淵明意圖在消解多種權力關係,如君/臣、君/民、國/家,將原本「封閉」的空間,藉由權力關係的消解,而另外構建一個「開放」的空間。從園林空間的概念下分析「桃花源」,表面上看似是一個封閉的空間,但是陶淵明初創的本意卻不在「封閉的」,反而是「開放的」,這個看似矛盾的說法可藉傅柯對於權力

〔註66〕引自朱熹著,張伯行輯訂:《朱子語類》卷140(台北:臺灣商務,1968年)。
〔註67〕人的身體可以分爲自然的(前文說的物質的身體、肉體)、社會的身體。社會的身體是社會規範下的身體。

與空間的概念來解析。傅柯指出：〔註68〕規訓與懲罰是種權力的展現，而這種權力的展現需要以一個「封閉」為前提、為其施展的空間，如：學校、軍隊軍營、工人宿舍等。因此，「權力」是種權威、說服、操縱與武力，〔註69〕它對「身體」造成屈服、限制，甚至傷害。在「桃花源」中，沒有政府的存在，依賴著僅是最基本的道德規範——長幼有序；維繫著最單純的人際關係——父母、夫妻、兄弟姊妹、鄰居；維持著最基本的生活品質——自耕自足；體驗著最自然的生活狀態——怡然自得。在該空間下，「身體」是自然、自性、自由的。因此，「桃花源」是為了「隔絕」政治操縱的「封閉空間」，而另筑一個相對「開放」的空間，其心態不是消極逃避或隱逸，而是積極的面對。其在園林構築上表現為一旦離去便「無法再進入」的空間不可入侵性，對於空間的進出有充分的主導權。在此，陶淵明充分顯現「隱者多是帶性負氣之人」的性格，展現士人的傲氣，使得「桃花源」人格化。

魏晉時代，「時方顛沛，則顯不如隱，萬物思治，則默不如語」（《晉書·袁宏傳》），士人多隱，有隱於廟堂、宗教、山林或田園者；〔註70〕其中陶淵明以躬耕田野、不離人群，而獨幟一格。陶淵明四次棄官，任彭澤令八十餘日後，便親耕於南畝。其自云：「少無世俗韻，性本愛丘山」（〈歸園田居〉六首之一）、「少學琴書，偶愛閒靜，開卷有得，便欣然忘食。見樹木交蔭，時鳥變聲，亦復然有喜」（〈與子儼等疏〉）、「質性自然，非矯厲所得」（〈歸去來辭·序〉）；陶淵明性好自然，衷愛讀書，若非為了家計也不會「久在樊籠裏」（〈歸園田居〉六首之一）。在仕與隱的抉擇中，最後是崇尚自我的個人主義勝出——選擇了適合本性的田園生活。陶淵明以「桃花源」寄託其「隱」的思想，與當代隱士不同。淵明是在「開放」的空間中求隱逸，其並未斷絕人際關係，並從真正的勞動中體會自然真意；其他隱士則在「封閉」空間中求逃避，表面上崇尚自然，卻離群索居，斷絕人際往來。

（四）路線消解與時空斷裂

遊覽路線是種連接不同建築體或小空間的軸線，代表遊客行進的路線與活動範

〔註68〕 本文關於傅科的說法，請參考（1）（法）傅柯（Michel Foucault）著，劉北成、楊遠嬰譯：《規訓與懲罰——監獄的誕生》（台北：桂冠圖書（股）有限公司，1994 年 8 月修訂一刷）。（2）Barry Smart 著，蔡采秀譯：《傅柯》（台北：巨流圖書公司，1998 年 6 月一版）。

〔註69〕 參考鄧尼斯·朗（Demmos H. Wrong）著，高湘澤、高全餘譯：《權力：它的形式、基礎與作用》（台北：桂冠圖書，1994 年 7 月初版一刷），頁 39-57。

〔註70〕 關於隱逸的型態請參考林登順：〈從儒家「時」的概念論魏晉士人之隱逸風格〉，《南師語教學報》，第二期，2004 年 7 月。

圍。然東、西方對於軸線的概念，也因其對空間理解的不同，而有極大的差異。在西方建築中，軸線之兩側對稱佈置著建築物或小空間，並此軸線明白的指出終點，該軸線牽聯出的空間是明確的。在中國園林中，軸線連接著不對稱、大小不一的建築體或小空間，該軸線在視覺上是看不出明確的終點，必須走完全程，才能獲得完整的空間範圍。其軸線避免了一覽無遺，在小空間的無預期的轉換中，獲得新鮮的遊園樂趣。〔註71〕

「桃花源」的遊覽軸線，在視覺上也同樣看不出明確的終點。在漁夫緣溪而行的軸線上，陶淵明設計了第一個空間（桃花林），讓漁夫在無預警下「忽然」地闖進，接連的一連串景致皆是在原先設計中，造成漁夫不得不繼續前進，然卻不知道能走到哪兒。漁夫離開「桃花源」時，再重複原先來的路，他已掌握整個「桃花源」的空間範圍，明白當下走的路徑正是下次來時的路，因此「處處誌之」，但這個動作已有「試圖侵犯」的意圖，所以隨著該動作的被重複，也一步步消解「入／出」的路線。這顯示出「入／出」的遊覽路線被陶淵明掌控，宣示著空間的主權，「不足為外人道也」，也同樣暗示空間的不可逾越性。

「桃花源」隨著路線的被消解後，其在時間、空間上與源外呈現斷裂狀態。魏晉人受儒、道、佛思想之影響，再加上當世的社會環境，因此呈現出具時代特性的時空觀念。就文學作品言之，常常帶著時光短暫易逝、及時把握行樂，甚而有縱於逸樂的思想。這些都是人處於不穩定的環境下，加上玄學盛行，時常有「跳躍性」的時間概念。〔註72〕「桃花源」同樣也受當時影響，跳出現實空間中，另外建構屬於自己的時空。

（五）空間、身體之尺寸和身體實踐

中國園林特色之一是「尺寸」。在西方建築中，常出現大尺寸的建築體，其意在建築體與人體的懸殊比例下，造成一種崇高美，即心理生畏而產生的美感經驗。而中國園林於尺度方面，在尋找建築體與人體間的適當比例，造成距離，然在人力可及的程度下下，是最符合人的心理期待的比例。為了觀景，登上小山、穿過迴廊，都是在人力允許的高度與長度下完成的。「可達成」方有與建築體融合一體的機會。

「桃花源」同樣採取「可達成」的尺寸比例。「緣溪行」、「復前行」便能窮盡水源、得一山；穿過不大不小，僅容一人的小洞，即能有豁然開朗的視野，在身體可

〔註71〕軸線的概念，請參同註36，頁21。
〔註72〕有關「跳躍性」的時間概念，請參沈宗霖：〈由〈桃花源記並詩〉檢視陶淵明筆下的現實虛構與時空重設〉，《東華中國文學研究》創刊號，2002年6月，頁111。

履行的情況下，獲得的不僅是沿途景致，更是在勞動的經驗下，得到另一番的生命體會。「桃花源」的意涵不僅是文人集體潛意識下建構出的理想國，也透過漁人的身體力行與源內居民耕作溫飽、養桑製衣的勞動下，以體會人與大自然的關係。一種無為、順應自然、人政和諧的狀態，就是理想狀態。

五、結 語

中國園林起自於帝王之宮殿群，帝王除了主要宮殿外，會在附近針對需求（如狩獵、食用、娛樂等）設置不同功能的園林。魏晉時代因政局不穩定，造成帝王園林的發展停滯，又因當代之政治環境、老莊玄學思潮、雅士喜好自然、文人喜歡清談等，造就私家園林的發展，並未往後的古典園林奠定基礎。除了私家園林外，自然風景的園林與宗教園林也同樣因為特殊的時代環境，而大量在魏晉時期產生。在園林盛行之下，筆者認為陶淵明所建構的「桃花源」有可能受其影響。

筆者從園林特質發現「桃花源」具有四種園林特徵，即（一）空間的封閉性：漁夫一旦離去，便無法再進入，顯現出該空間的不可入侵性與對空間的充分主導權。（二）欲露先藏、虛實相涵：即「狹小洞口」與「緣溪行」的策略。（三）遊覽路線的隱與消解：即空間上如「狹小洞口」、「緣溪行」的顯性軸線與漁夫自「桃花源」離開後，不復得路的軸線消解。（四）生境：即「桃花源」的現實感。〈桃花源記〉當中的成分很複雜，故事的原型、歷史的定位、空間的配置等，在在表現出人類心理的象徵或隱喻。從空間的配置一窺某種難以言喻的心理狀態，例如路線和主導權，特別令人有所收穫。隱者的心理，其實不是柔弱與逃避的，他是要建立一個統治者管不到的世界，這倔強面、積極面，與文中所提及外人進出的許可、路線的主導是一致的。

園林作為一個空間，其中的任何配置都呈現出園主的思想與審美觀，因為園林對於文人而言，不僅是居住的場所，也是隔絕外界喧鬧，讓心靈沉澱的處所。因此，我們可以說該空間具有園主的個人特質。「桃花源」也同樣具備了陶淵明的個人特質，然其最特殊之處在於其也積澱著中國文人之集體潛意識。「桃花源」在後世的接受中，儼然成為老莊自然思想之實現地，也是個無政治干擾、豐衣足食、有親情與友情的理想世界之象徵。對此，筆者特從「空間」與「身體」的關係，去發掘「桃花源」的隱喻，發現：首先，一般認為陶淵明卸官歸園隱居是種逃避與消極，然筆者以為淵明正如朱熹所言之「帶性負氣之人」，他勇敢得脫離政治權力中心，敢過自己想要的生活，並且加入耕種生活，這是積極的。明代李贄也說：「志氣超絕，不屈一人之下，如莊周、嚴光、陶潛、邵雍、陳摶數公者乎？蓋身雖隱而心實未嘗隱也。」

〔註73〕陶淵明其身雖隱，然其心卻依然關懷天下百姓，並非回頭不顧，消隱山林之
中，只是不在其位，無法對社會有所作為。淵明在「桃花源」的遊覽路線上握有外
人進出的許可、路線的主導，這更顯現出他倔強的一面。其次，自源外居民（指漁
人、太守、劉子驥、後世的文人）對於「桃花源」之追求，呈現出一段「匱乏‧追
尋‧昇華」的心理歷程，「桃花源」的遊覽路線被消解，因此，因匱乏而展開的追尋
便失落了，轉而將之昇華為一個理想的象徵，沉澱在文人心中，成為一個集體心理。
如唐初張文成《遊仙窟》〔註74〕：

> 緣細葛，沂輕舟。身體若飛，精靈似夢。須臾之間，忽至松柏巖，桃花澗，
>
> 香風觸地，光彩遍天。

張文成從沂隴，奉使河源，道經一地，名曰「遊仙窟」，張氏遂潔齋三日，打算前往
一遊。駕舟緣溪前行，忽然間映入眼簾的是滿谷桃花，並香氣宜人，色彩滿天，這
正是「遊仙窟」的景色。這段駕舟忽逢美景的文字與陶淵明的〈桃花源詩並記〉前
段貌似，然不如陶氏精采，不過可看出陶淵明對張文成的影響。又如唐代王維以詩
對「桃花源」作了番鋪陳：

> 漁舟逐水愛山春，兩岸桃花夾古津。坐看紅樹不知遠，行盡青溪不見人。
>
> 山口潛行始隈隩，山開曠望旋平陸。遙看一處攢雲樹，近入千家散花竹。
>
> 樵客初傳漢姓名，居人未改秦衣服。居人共往武陵源，還從物外起田園。
>
> 月明松下房櫳靜，日出雲中雞犬喧。驚聞俗客爭來集，競引還家問都邑。
>
> 平明閭巷掃花開，薄暮漁樵乘水入。初因避地去人間，及至成仙遂不還。
>
> 峽裏誰知有人事，世中遙望空雲山。（〈桃源行〉）

王維詩中的「桃花源」有兩項特徵：（1）群山環抱的一塊平地（2）屋舍儼然，民
風淳樸。再如明末清初的黃周星（黃九烟）在《將就園記》〔註75〕中描繪了他的
園林：

> 其地周遭皆崇山峻嶺匼匝，環抱如蓮花，城繞城之山……山形內□而外
>
> 峭隔絕塵世，無徑可通，獨就山之腰，西南陷一穴，僅可容身。穴自上
>
> 而下蜿蜒登降，瞑行數百步乃達洞口，口外有澗，亦可通人，間山溪谷，
>
> 然洞口纔大如井，而山巔有泉飛流直下，搖曳為瀑布，正當洞口四時不

〔註73〕（明）李贄：《焚書‧隱者說》（台北：漢京文化事業，1984 年 5 月 10 日出版），頁
74。

〔註74〕（唐）張文成：《遊仙窟》（台北：天一出版社，1985 年）。

〔註75〕（清）黃周星：《將就園記》收於《叢書集成續編》（台北：新文豐，2002 年出版）
卷九一，頁 81-82。

竭，狀若懸簾，自非衝瀑出入，絕不知其為洞。

黃周星的私人園林處於將山與就山之間的平原上，唯一的出入口就是兩山間的瀑布，穿過瀑布便是「山中平衍，廣袤百里」，其中「凡宇宙間，百物之產，百工之業，無一不備。其中者居人淳樸親遜，略無囂詐。」自以上或再觀歷代詩文可知，「桃花源」已成為一個典故，文字指向著一個自然恬淡、安和樂利的理想世界。再從「桃花源」的形制來看，由外在進入內部，是先窄後寬、先幽後明，內、外中介是個狹窄、僅容一人之洞口，成為「路徑＋洞口＋盆地」模式，因此，後代園林的「廊〔註76〕＋小門」模式，可視為其「路徑＋洞口＋盆地」模式的延伸。〔註77〕

陶淵明〈桃花源記〉影響後代文人至深，並對之採取各種角度進行研究，目的在於更加了解淵明其人。筆者以空間的角度，試圖從園林特點貼近，另開一道視野，姑且聊備一格。

【附圖一】：遊覽桃花源路線圖

註：遊覽路線上的小圓圈代表沿途景觀（小空間）。

【附圖二】：身體與空間互動產生之意向弧

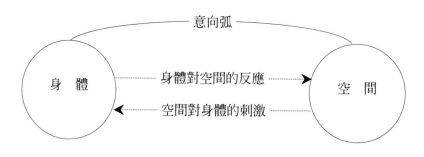

〔註76〕「廊」可分為（1）屋簷下的過道，及其延伸成獨立有頂的「廊」（2）園林中無頂的「園廊」。在功能上，廊可遮封避雨、分隔空間、聯繫園內各小景觀與遊客遊覽路線；在園林意境上，可透過不同形式的廊，達到換景、借景，以增加風景層次，豐富園內景觀。請參同註3，見「園廊」條，頁514。

〔註77〕俞孔堅：《理想景觀探源——風水的文化意義》（北京：商務書局，1998年）。其謂桃花源的景觀模式為「走廊＋豁口＋盆地＝世外桃源」。

【附圖三】：源內身體與桃花源互動產生之意向弧

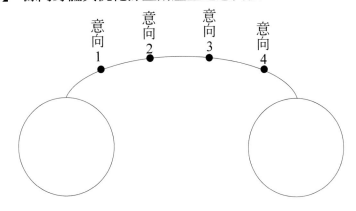

　　註：
　　「意向 1」：空間平曠，個體內心是自由敞開的。
　　「意向 2」：居民辛勤工作，自給自足。
　　「意向 3」：老幼皆能有養，因此怡然自樂。
　　「意向 4」：居民間之人際關係融洽。

【附圖四】：源外身體與桃花源互動產生之意向弧

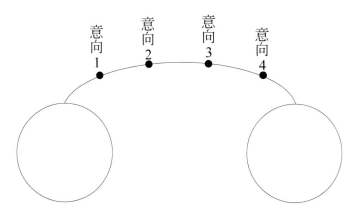

　　註：
　　「意向 1」：漁夫處處標記，期待再次進入。
　　「意向 2」：源外人對桃花源產生的好奇感。
　　「意向 3」：源外人因「匱乏」，意圖尋找桃花源以資補償。
　　「意向 4」：源外人追尋未果，桃花源成為一個「理想」的象徵。
　　※各種「意向」連接成一條「意向弧」。

【附圖五】：馬斯洛「五大需求」與源外居民匱乏對照表

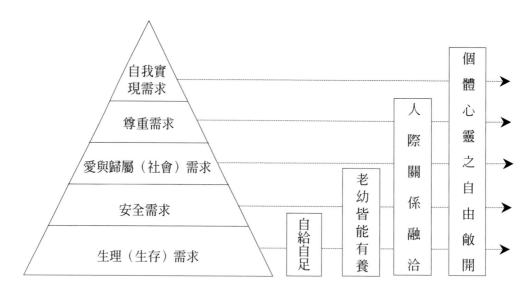